振袖の謎森

勘違い淑子と丈太郎の不思議な花嫁列車物語

ホシヤマ昭一
HOSHIYAMA SHOICHI

幻冬舎MC

振袖の謎森

勘違い淑子と丈太郎の不思議な花嫁列車物語

> この小説を手に取り
> 読んでくださった方が
> 何かを感じ阿武隈急行で
> 謎の森へ出掛けることがあれば
> 幸いでございます。

故　佐藤 岩雄氏に捧げる

目　次

第１話
崖の上で啼く猫とゲームの始まり …………………………… 8

第２話
花嫁を乗せずに花嫁列車が出発？ ……………………… 26

第３話
女神山の山頂は不思議なことだらけ ……………………… 37

第４話
父母を失った悲しい過去の思い出と霊山 ……………… 50

第５話
結婚式の招待状と結婚 ……………………………………… 61

第６話
滝に落ちる女と頭に乗せる男がいて ……………………… 73

第７話
浮かぶ大岩と公務員予言者 ………………………………… 84

第８話
水たまりと南朝のお殿様 ……………………………………… 98

第９話
顕家公に説教と接吻 ………………………………………… 109

第１０話
なぞなぞクイズは生死を分ける ……………………………… 121

第11話
　洪水の恐怖とゴンの奮闘 ……………………… 138

第12話
　神代の時代からの招待 ……………………… 150

第13話
　近くの未来とお月様の過去 ……………………… 164

第14話
　神代の昔への権禰宜の叱責 ……………………… 173

第15話
　父母の背中と地底のこと ……………………… 190

第16話
　富作の告白と洋二の活躍 ……………………… 213

第17話
　猫魔殿と立石の祭壇 ……………………… 236

第18話
　閻魔大摩天堂で叫ぶ丈太郎と八重子 ……………………… 262

第19話
　謎の森の炎とウラムの秘密 ……………………… 283

第20話
　死のゲームに泥魔王と富作が ……………………… 310

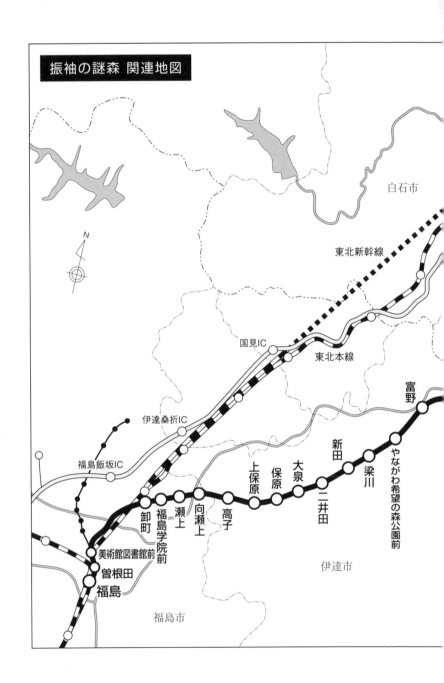

第1話
崖の上で啼く猫とゲームの始まり

　２匹の猫が見上げるほど高い岩から、少年を見ています。
「にぎゃーん。にぎゃあー」
　黒猫が辺りに響き渡る低い声で啼きました。
　少年が運動靴に普段着の軽装でヘルメットもかぶらずに、垂直にそそり立つ崖の根元を登り始めました。何十メートルもの高さの垂直な崖で、風化して崩れ落ちた岩のかけらが足元に積もっています。
　２匹の猫は少年が頂上には登ってこないだろうと思っていましたが、巨石の足元を斜めに登り、秘密の場所に向かっていることに、戸惑い不安げな様子でした。
〈ワシで追い払え、霧や霞で見えぬようにするんだ〉
　黒猫が厳しい口調で言いました。
〈万一あの入り口が見つかったら……〉
　弱気そうな三毛猫が長いひげと一緒に声を震わせます。
　ワシは上空を舞っていますが太陽の光が強く、霞（かすみ）も霧（きり）も出る気配はありません。黒猫は身もだえして少年を見ました。
　少年はずんずん登って、ワシ岩のすぐ下まで来ました。
〈秘密の入り口がこいつに見つかってしまう〉
　三毛猫が悲痛な声で黒猫に訴えました。

第 1 話
崖の上で啼く猫とゲームの始まり

「ギャオー」
 短く強く、そして悲しい啼き声を発したのは黒猫でした。
 掴まっていた樹木が折れ、少年は深い谷へと転落したのです。
 急に黒雲が現れました。
〈魔不惑命だなー〉
 黒猫がつぶやきました。
 黒雲が2匹の子猫に言いました。
〈死のゲームの始まりだ〉
 黒猫は黙っていません。
〈死んだらゲームの終わりだ〉
 黒雲は天空を震わせるような声で言いました。
〈あの子は死んでおらん〉
 黒猫は真実ではないと、反発を強めて言いました。
〈落ちるところを見た〉
 雷のような響きが2匹に降りかかってきました。
〈おまえはまぼろしを見たのだ〉
 2匹の子猫は小さく口を開け険しい表情でつぶやきました。
〈デスゲーム、スタート〉

登場人物

北城河 丈太郎（ジョー） ……… 淑子の弟　　　　　　　　12歳

北城河 淑子（ヨッシー） ……… 花嫁列車で嫁ぐ娘　　　　19歳

北城河 高之助・匡子 …………… 淑子・丈太郎の父母

本牧 八重子 ……………………… 丈太郎と淑子の叔母　　　62歳

団圃 団吾 ………………………… 淑子の婚約者　　　　　　31歳

綾奈小路 姫子 …………………… 淑子の同級生　　　　　　19歳

高橋 翔 …………………………… 淑子の高校の先輩　　　　21歳

夕反田 勇 ………………………… 不動産会社専務　　　　　21歳

万城目 洋二 ……………………… 高之助の友人

濱田 耕太郎 ……………………… 匡子の友人

安倍 生命 ………………………… 預言者　　　　　　　　　22歳

富作

大黒田 裕治郎 …………………… 福島県警刑事

ねうじ	黒猫
ねうぺ	三毛猫
魔不惑命(まふぁるめ)	大魔神猫
ゴン	猿のボス
ゆうまろん	猫ハウスの案内猫
ソウブックル	案内猫1
エントマルカ	案内猫2
マンノ	雌の大蚕神
オゼマ	雄の大蚕神
ズッポ	ウリ坊
チモル	ウグイス
フランチェスカ	ミミズ
猩々緋(しょうじょうひ)	オオカミ
泥魔王(どろまおう)	エントロピー王

翌日、淑子の家で

「ほら、猫がいるよ」

丈太郎は２匹の猫を発見し、姉の淑子に声をかけました。

「ヨッシー、猫かわいい」

19歳の淑子と弟で12歳の丈太郎は２人っきりのときだけジョー、ヨッシーと呼び合っていました。

「えっ、猫？　どこ？」

「納戸だよ。かわいいなー。白と茶と黒でさあ、白が多いかな、顔の半分は茶色でさ、頭から背中が白いんだ。脇腹とか手足は黒いよ」

淑子は冷静に話しました。

「昨日、山で頭を打ったかもね。病院で診てもらったら？」

「ひどいよ、ヨッシー。病気じゃないよ」

「ジョー、それどころじゃないでしょ。明日引っ越しよ」

「もう１匹は真っ黒。目がギンギンに光ってヨッシーを見ているよ」

霊山の帰り道で、丈太郎は小鳥が話しているとか大木がつぶやいているとか言って、迎えの八重子を気味悪がらせていました。

しかし不思議なことに、丈太郎の話を聞いているうちに、なぜか淑子にも見えてきました。

「ジョー、少し見えてきたわよ、姉さんにも」

「かわいいでしょう！　ねえねえ、飼ってもいい？」

「絶対におばばに叱られて、子猫の行き先は阿武隈川ね」

「そんなのいやだ、絶対いやだー。僕も川に身投げするー」

第1話
崖の上で啼く猫とゲームの始まり

　身投げ……。
　そんな言葉を使う弟の背中を、淑子はいつの間に成長したのかと思いながら見てました。
「わかったわ。見つかんないように飼いましょうね」
「ありがとう。花嫁列車で2匹の子猫はリュックサックの中だね」
　淑子は少し笑顔になった丈太郎に話しかけました。
「ねえ名前さー。ヤエーなんかどう？」
「ヨッシー、誰の名前を付けるの？」
　淑子は、口を結んで首を振りますが、表情が笑っていました。
「名前はね。えーと。黒猫がねうじ。三毛猫がねうぺさ」
「えっ、もう名前付けたの？」
「いや、そうじゃないんだ、この子たちが言ったんだよ」
「私は、ねうじですって？」
「そう。自己紹介ってやつじゃない？」
「嘘おっしゃい」
　淑子は納戸の戸をこぶしでたたきました。
「ほんとうなんだってばー」
「まだまだ小学6年生の子供ね」
　しかし、いままでおぼろげにしか見えなかった2匹の猫の姿が、くっきりと周囲の暗がりから浮かび上がってきたことから、嘘ではないのかもと思い始めました。特に黒猫の目がランランとしてきたことに淑子は驚いて、一歩後ずさりしました。

すると、黒猫は赤い舌を見せながら淑子に話しかけたのです。
〈淑子さん、丈太郎さんは嘘つきじゃないのさ〉
　淑子はめまいがしましたが、猫の言葉に慎重に返事をしました。
「あなた、黒猫さん？」
〈ねうじだ〉
　低い声が納戸に響きました。
「そう。よろしくね」
〈こっちがねうぺだ、よろしく頼むぞ〉
　黒猫が三毛猫にあごをしゃくって見せたので、淑子は背筋に冷たいものを感じました。

　翌日丈太郎は阿武隈急行電車の模型を持って走り回っていました。
「花嫁列車だ、花嫁列車に乗れるんだ」
　丈太郎は嬉しさでいっぱいでした。2年前、好意を持っていた同級生がスカート姿で花嫁列車に乗って、隣の県へ引っ越してしまったことを思い出していました。
「友達と会えるといいな」
　しかし、うるさいと顔をしかめた叔母の八重子が冷たく言いました。
「小学校6年生にもなって、家の中で走り回っているんじゃないよ」
　八重子は北城河家の夫婦が行方不明になった後、2人の子供の面倒を見るためにこの家に来ましたが、家政婦のような扱いをされることがたびたびあり腹を立てていました。

第１話
崖の上で啼く猫とゲームの始まり

　叱られた丈太郎は八重子から離れて、淑子のそばに行きました。
「また八重子？　厳しすぎー」
　淑子は八重子が嫌いでした。
「ヨッシー嬉しい、嬉しくない？　もう成人式だから嬉しくないか」
「それは嬉しいけど、大人は準備があって大変なのよ」
　そのとき、淑子の携帯が振動しました。
「もしもし、姫子。うん、うん、そう、ありがとう」
　友人の綾奈小路姫子からダリアの花の折り紙をたくさん折ったとの話で、淑子は顔をほころばせていました。
　丈太郎は花嫁列車のことだと思いました。
　八重子が追いかけるように近くに来て、掃除をしながらいやみのように言いました。
「しかし、隣町の団圃さんもお金持ちだか何だか知らないけど、花嫁を迎えるのに列車を仕立てるなんて、困ったもんだ」
「どうして？　カッコイイじゃない」
　と丈太郎は答えました。
「乗り遅れたらどうするのさ。花嫁にはいろいろ支度があるし、事情だってあるかもしれない。ところがどうだい。列車は時間通りに出発しないとまずいからね。万一遅れて、反対方向から別な電車がやってきて正面衝突なんて、そんなのいやだよ」
「八重子おばばはそんなこと考えていたのか」
「こら、またおばばって言ったね。ぶつよ」

淑子は八重子から離れようと２階のクローゼットに行くと、丈太郎も追いかけました。
　三毛猫のねうぺが座布団に顎をこすり付けて背伸びをしています。
　丈太郎は、淑子が「丈太郎には猫が憑いている」と、気味悪がっていることを思い出して、今は亡き父の思い出話をしました。
「将来動物と会話できるようになるんだぞーって」
「そんなことを？　お父さん、他にはどんなことを？」
「『しき』が近くなると、動物の言葉がわかるって」
「へー。やっぱり、式が近いのね」
　淑子はちょっとだけ笑顔になって言いました。
「きっと結婚式よ。団圃さんから招待状来たし」
「招待状なの？」
　丈太郎は真顔の淑子に、それ以上聞けませんでした。
　淑子は黒猫の目の奥を見つめて心の中で話しかけました。
　団圃団吾（だんぽだんご）さんは隣町の資産家の跡取り息子で、私より12歳上の31歳。結婚式の招待状が来てね。みんなも連れて引っ越しするからね。
　７年前に淑子の父母が亡くなり、結婚や儀式的なことを相談する身寄りもなく、叔母の八重子とはいつも喧嘩ばかりで、団圃団吾氏との話も１人で進めていました。
　黒猫ねうじと三毛猫ねうぺが淑子にすり寄ってきたので、淑子は話しかけました。

第 1 話
崖の上で啼く猫とゲームの始まり

「この家は父と母が亡くなって悲しい思い出ばかり」
　足元のねうじが話しかけてきました。
〈お父さんとお母さんは死んだのかい？〉
「7年前、津波にのまれて死んじゃったんだよ」
　ねうじとねうぺが口を揃えて歌いました。
〈うそ〜だよね。うそだよね〜♬〉
　淑子と丈太郎は2匹の猫が声を合わせたことに驚きました。
「えっ、いまなんて言ったの？」
　三毛猫のねうぺが不思議なリズムで歌うのです。
〈本当のうそとうそのような本当〜。真実に見えて真実じゃない〜。本当とは思えないのに本当〜。真実は1つなのだ〜。……いやあ〜本当は2つかな〜うそ、3つかもね〜♪〉
　聞いたことのないメロディーと言葉に、淑子にはお告げのような感覚を覚えました。
　黒猫のねうじも茶化して歌うのです。
〈また、わけわからんことを〜。おまえが言うことは〜〜♬　間違ってはいないが〜正しくもない〜〜。正しいかと思えば〜〜、真実じゃあない〜♪♬　うそのような真実を信じつつ〜〉
　淑子は父母の死を嘘だよねと言われて、座り込んでしまいました。
　その後、淑子は気を取り直して和ダンスからたくさんある振袖を出してハンガーラックに並べていたので、八重子が玄関で誰かと話していることには気がつきませんでした。

「迷っちゃうわね、明日の花嫁列車に着ていく振袖」

　北城河家代々の着物は大切に保管され、淑子はそれらの着物を並べてあでやかな文様を見ながら口ずさむのでした。

「束ね熨斗（のし）〜♪　扇（おおぎ）〜♬　薬玉（くすだま）〜♩御所車（ごしょぐるま）〜♬　桜（さくら）〜♪　菱葵（ひしあおい）♪　選びほうだい選べない♪　〜どれにしようかな♬」

　父母が津波にさらわれてから７年。収入の道が途絶えて家を売却しないと借金が返せないけど、着物たちは連れていくからねと、淑子は並べた着物を優しく撫でました。

　振袖を体にあてがう淑子に、丈太郎が聞いてきました。

「ねえ、お見合いの相手ってどんな人なの？」

「そうね、２度しか会っていないのよ」

「それで結婚しちゃうんだ」

　丈太郎は驚きました。

「でもね、ラブレターが何通も来たのよ」

「えーほんと？　見せてよ」

「だめよ、見せない」

「ケチ。本当はもらっていないんじゃないの？」

「大人をからかうもんじゃないわ。それにね」

「まだあるの、団圃さんの秘密？」

「そうじゃなくてー。何でもない」

　淑子は思い出していました。

第 1 話
崖の上で啼く猫とゲームの始まり

　ある年、団圃氏の住む町のお正月の様子がテレビで放映され、死んだはずの父母が映り込んでいたのです。
「生きているわ。津波にのまれなかったのよ」
　そこに嫁いで住むことができれば父と母に会えると考えました。
　淑子は手文庫から手紙を出しました。
「これを見せてあげる。団圃さんの叔父さんの団是(だんこれ)さんからよ」

北城河淑子殿
　里山や田畑の理(ことわり)を知り
　謎森の長寿食材を見つけ
　永遠の命を伝えることが
　あなたの第一の目的なり
　　　　　団圃団是

　淑子は手紙の文字を細い指でなぞりながら話し始めました。
「団圃団吾さんは、身長165cm、体重88kg。高コレステロール、高尿酸、高血圧の三高で動脈硬化症、糖尿病、痛風もあるんだって。きっと叔父さんが心配して、健康回復を願い花嫁の私に託したんだわ」
　丈太郎が腕を組んで言いました。
「食材探しで、結婚式の前に花嫁列車が迎えにくるのか。宿題だね」
「まあね〜、長寿の食材ってどんなものがあるのか、楽しみだわ」
　淑子が思いを巡らせていると、階段を上がってくる足音が聞こえて

きました。八重子と男の話し声がします。
「玄関ホールから階段の吹き抜けや階段の手摺はこの家の見せ場の１つなんです」
「邸宅の趣きですね、手入れも行き届いています」
「２階は寝室や子供部屋３部屋とクローゼット、バルコニーです。遠くに吾妻山の種蒔きウサギが見えて、一切経山の噴火口からは白い煙が立ち上るのがよく見えますよ」
「それはいいですね」
　八重子が淑子と丈太郎を見つけて言いました。
「淑子、こちらの方がこの家を購入することになったんです」
　振り向いた淑子は、入ってきた男を見て驚きました。
「勇さん」
　仲介を依頼していた不動産会社専務の夕反田勇です。専務といっても社長の息子で、淑子より２つ年上の２１歳。名前はイサムですが。苗字のユウと名前の勇を掛けて勇と呼んでいました。１年前、淑子は勇に誘われて２度ほどお茶をしたことがありましたが、会話が続かずに次の誘いは断っていました。
　その男がこの家を購入するというのです。
「淑子さん、こんにちは。この家の買主でーす。淑子さんごと買っちゃおうかなー」
「ハー」
「お嫁に行かないで、僕と結婚すれば引っ越し不要さ」

第１話
崖の上で啼く猫とゲームの始まり

「何をバカなこと言ってるの、勇さん」
「腹の出たおじさんに飽きたら帰っておいで。家で待っているから」
「失礼ね。絶対この家には戻らないわ」

　淑子の強い言葉に、夕反田勇は何も言えませんでした。

　勇が帰った後、八重子に団圃家からの手紙を見せました。

　食の専門家である八重子がきっぱりと言いました。

「きっとお肉や甘いものを制限なく食べて、不健康な食生活をしているのよ。薬という文字をよく見なさい。楽という字に草冠がのっているでしょう。野菜を食べることで体が楽になるのよ。団圃さんの住む丸森の町は野菜の宝庫だからいっぱい見つかるわ」

　翌日、淑子と丈太郎、そして八重子は阿武隈急行の始発駅である福島駅にいました。小顔の淑子は金糸入り桜の総模様の振袖で、ほほやあごのラインを際立たせるように髪をアップにして、金色のかんざしを刺しています。金地に模様が入った帯は桜花を引き立たせる配色で帯揚げは黄色みがかったベージュ、帯留めは桜模様と同じ色合いです。独身最後とばかりに一番派手な柄の振袖を選びました。くちびるには口紅の赤い色が映えて、すれ違う者が皆振り返ります。

　淑子は短大の吹奏楽部でファゴットを吹いていましたが、持ち運び用の120cmの筒を背負っていました。親戚の叔父さんが特別に作ったもので、中にはファゴットが入っています。肩から掛けているので、大刀でも背負っているように見えますが、淑子は侍のような立ち姿を気に入っていました。

丸刈りが似合う丈太郎は、父の形見の大型の双眼鏡に合わせたように、半ズボンに開襟シャツの軽やかな出で立ちです。背負ったリュックサックからはねうじとねうぺが、時々顔を出していました。
「にゃー、にゃーおん」
「八重子おばばに見つかったら阿武隈川だよっ」
　丈太郎は小声で言いますが気にしないで何度も顔を出すのです。
　八重子は淡いベージュのふっくらとしたロングスカートに、小さな水玉模様のブラウスでした。決して小顔とはいえないおばばも、髪をアップにして小顔に見せ、洋風の髪飾りが普段とは違う雰囲気でした。
　丈太郎は日頃見かけない八重子の姿にからかい半分で声をあげます。
「おばば、映画の中から出てきたか？」
「人前ではおばばなんて言うんじゃない。おこづかい減らすからね！」
「いや、わかった。でも昔の人みたい？」
「何言ってんのさ。最先端のファッションなんだよ」
　丈太郎は、映画に出てくる人にそっくりだと思いました。
　八重子は丈太郎を覗き込むようにして言いました。
「きれいかい？　美しいだろう」
「まあまあね。年のわりにね」
「こら、年のこと言うんじゃないよ。おこづかい減らすよ！」
「何で、ほめたのに」
　女心はまだわからない丈太郎でした。
　列車のホームに着いた丈太郎が声をあげました。

第 1 話
崖の上で啼く猫とゲームの始まり

「花嫁列車が見えてきたよ」

　有名な花見山の満開の花々を描いた車両が停車していました。

　八重子も声が大きくなりました。

「あらら―、まあ―何と華やかなことか―」

　阿武隈急行ことぶき号は花嫁のための特別列車です。みんなが花嫁列車と呼ぶ臨時列車に恩師や親族、花嫁の友人がぞろりぞろりと乗り込み始めて、ホームもにぎやかです。列車の窓には色とりどりの造花が飾られています。車内は造花の他に季節の生花が飾られて、いい香りがお祝い気分を盛り上げてくれます。

　丈太郎は飾り付けが見事だと聞き、乗りたくてソワソワしていましたが、運悪く駅長に呼び止められました。

「念願の鉄道が通ったときに皇太子妃の嫁入りがありましてな。市長が花嫁列車を思いついて、息子のお嫁様を第1号に乗せました」

「鉄道会社で飾り付けをするの？」

「そうそう、いい質問ですぞ、お坊ちゃま。花嫁列車の日取りが決まりますと、親族、兄弟姉妹はもちろんのこと、学校の同級生、部活の仲間やPTA、会社の仲間が色紙を折って花をこさえるのです。珊瑚（さんご）色や撫子（なでしこ）色、菖蒲（しょうぶ）色に真朱（しんじゅ）色、菜の花色のダリアのような形の花が、列車の中に飾られるんです。

　そうですね、3000個くらいを網棚や椅子の背もたれや運転席の周りまで、飾れるところには全て飾って祝います。座席や窓回りには小さな花瓶に季節の生花を飾りますから、車内がいい香りに包まれます。

そして花嫁列車が終点に到着したら花は誰でも持っていけます。ブーケトスのようですな」
　丈太郎は聞きたいことがありましたが、1つだけ聞きました。
「ここからは丸森駅が終点になっちゃうの？」
「いえいえ、お坊ちゃま。そんなもったいない。これだけ飾り付けた臨時列車ですから、日中の1時間間隔のダイヤに上手く組み入れまして、複線になっている駅を中心に停車時間を多めにして、周辺の学校などの協力で音楽によるお祝いをするんです。費用は出せませんがね。練習の場所として無償でホームを貸し出すんです。宮城県側の終点で東北本線と接続する槻木駅まで行きましてな、折り返し戻って丸森駅で終点ですよ」
「よかった。長く乗れるし沿線のみんなにも手を振れるね」
「そうなんです、お坊ちゃま」
　にぎやかさは頂点に達して駅長も自慢げにあごひげをさすりました。

　出発5分前になりましたが列車内はにぎやかでした。
　乗車した招待客の中に振袖姿の女性がもう1人いました。
　吹奏楽部の同級生で飾り付けの電話をくれた、ファゴット奏者の綾奈小路姫子でした。4月生まれの姫子と翌年の3月生まれの淑子では、1年の差があり背が高く丸顔で同じようなケースを、あでやかな振袖の背中に背負っているところは、遠目には淑子と見間違うほどでした。
　その姿を見つけた八重子が挨拶しました。

第 1 話
崖の上で啼く猫とゲームの始まり

「姫子さん。お忙しいなか結婚式に来てくれてありがとう」
「いえー」
　姫子は軽く挨拶を返すが、笑顔とはいえない不思議な表情でした。
　実は、姫子も１年前に団圃団吾氏とお見合いをしていたのです。
　八重子が招かれざる人を発見しました。
　昨日会った夕反田勇がデッキにいますが招待客には入っていません。
　出発時刻を知らせるベルがけたたましくホームに鳴り響き、花嫁列車の阿武隈急行ことぶき号が出発しました。近くの高校の吹奏楽部が古関裕而先生作曲の『栄冠は君に輝く』を演奏して見送ってくれます。
　八重子や丈太郎は見送り客が見えなくなるまで手を振りました。落ち着いて席に着いた八重子は何かが欠けていると思いました。
「……花嫁が、花嫁の淑子が乗っていない！」

第2話
花嫁を乗せずに花嫁列車が出発？

　八重子が声をあげると車内は静まり返りました。乗客は車両中央の座席の上に出ているファゴットケースで、花嫁だと思い一斉に見ました。
　そこに座っていたのは友達の姫子でした。
　周囲の騒ぎを意に介さず窓の外を眺めていました。
　しかし、心の中ではいつでも淑子の代わりに花嫁になるわよ！と思っていたのです。
　八重子は万城目洋二を探しました。花嫁列車に乗っている洋二は行方不明の父親の友人で、淑子の結婚式に招待されていました。
「淑子が、花嫁の淑子が乗っていないんです。駅まで一緒に来ていますから待合室にいるはずです。運転手さんにバックするよう、洋二さんから言っていただけませんか」
　洋二は驚きました。
「ええっ。バックって、車じゃないんだから。どうすれば……」
　しばらく考えていましたが、いい方法を思いつき八重子に話します。
「耕太郎に連絡してみます。あいつ、花嫁列車に乗るはずでしたが乗り遅れているんで」
　携帯にすぐに出た耕太郎は、慌てて話し出しました。
「どうしよう、渋滞にはまって乗り遅れた」

第 2 話
花嫁を乗せずに花嫁列車が出発？

　濱田耕太郎は、淑子の行方不明の母親と野菜ソムリエつながりの知人でした。洋二との雑談の中で北城河家の父母が共通の友人だとわかり、結婚式のために仕立てられた花嫁列車に乗ることになっていました。洋二は我が意を得たりとばかり話し始めました。
「ちょうどいい、耕太郎」
「何がちょうどいいんだ、バカにしやがって。どうせ俺は、約束の時間も守れないコンコンチキさ。でもな、お前にちょうどいいなんて言われる筋合いはないぞ」
「いや、そうじゃないんだ。乗り遅れたのがちょうどいいんだ」
「何を―。そこまで俺をバカにするのか。もう頭に来たぞ」
「まあまあ、落ち着いて。実は花嫁が乗っていないんだ」
　一瞬の沈黙が2人の間にありました。
「そんなバカな話があるか、主役の花嫁を置いて出発する？」
「詳しいことはわからないが、花嫁列車に花嫁は乗っていない」
　耕太郎は冷静になり福島駅東口の駐車場に停めた業務用の車高210cmのワゴン車から、走って数分のＪＲ福島駅併設の阿武隈急行福島駅に着きました。

　花嫁列車が出発する直前の待合室には淑子がいました。こげ茶色のファゴットケースを背中から下ろして支えている姿は、まるで武将のような雰囲気でした。そこにはもう1人いました。高校の先輩でブラスバンド部の高橋翔でした。高橋書店の一人息子であり185cmの痩

せ型で小顔の翔は、笑顔で淑子に語り掛けてきました。
「淑子、行かないでくれ。就職が決まった。僕と結婚しよう！」
　淑子はめまいがして立ち上がりかけたベンチに引き戻され、発車ベルも聞こえません。翔は2つ上でファゴットの指導のため淑子たちにたびたび会っていて、お見合い話があったときに、唯一相談した相手でしたが、就職面接が終わりやっと東京から来たのです。
　団圃氏とのお見合い結婚を決意したのに、翔が目の前に現れ固い気持ちが雪解け水のように変化を見せました。
「これから花嫁列車に乗るのよ。もう遅いわ」
　艶やかな髪飾りの淑子は、伏し目がちに小声で話しました。
「2人で見た『卒業』を思い出さないか。君の左手の薬指に結婚指輪を見る1秒前まで、君は自由なのさ」
　翔の言葉に淑子は胸の奥がキュンとしました。
「翔」
「淑子」
　互いの名前をささやきあうと、翔が淑子に接吻しました。
　淑子は胸の中に熱いものが広がり、心の中から団圃氏が消えてしまい、目の前の翔しか見えなくなったのです。
　私、翔と結婚しちゃうのかも。
　しかし、花嫁列車に乗り込む丈太郎や八重子、それに同級生や親族のことが頭をよぎり、甘い感情を振り払うように言いました。
「翔、だめよ。私は結婚するんだから。『卒業』からは卒業よ！」

第2話
花嫁を乗せずに花嫁列車が出発？

「淑子、結婚するって言うけど、結納は済んだの？」
　一瞬、言葉に詰まった淑子でしたが、強がりを言いました。
「そんなの、現代では省略するのが流行りなのよ」
　しかし、結納の話で淑子の心の中に急に不安が広がりました。
　2人には発車ベルの音が聞こえなかったようです。
　そこに、息を切らせて耕太郎が到着しました。
　入り口の耕太郎を見た淑子は、握り合った手を無理やり解きました。
「淑子さん」
　耕太郎は知らない若い男が淑子に寄り添っていることに、不安と胸騒ぎを覚えました。
「あっ、耕太郎おじさん」
「そちらは？」
　耕太郎が男性に声をかけると、淑子は慌てて紹介しました。
「ブラバンの先輩で同じファゴット奏者なの。東京の大学の翔さんよ」
　翔が口を開こうとしましたが、先に耕太郎が話し出していました。
「淑子さん、花嫁列車が出発しちゃった」
　淑子は驚きました。
「誰も迎えにこなかったわ」
「おいらの豪華送迎車で花嫁列車を追いかけるぞ、どっちが早く着くか競争だ」
　淑子は落胆の色を隠せませんでした。
「私を置いて花嫁列車は出発したのね。やっぱり、団圞さんとのご縁

はなかったのかも」
　淑子が再び翔の手を握りました。淑子は接吻の魔術に掛かっているようです。翔は淑子の手を握り返して強くうなずきました。
　それを見た耕太郎は慌てて淑子に言いました。
「ちまたじゃあ、玉の輿って言われてるよ。うらやましいな〜」
「ほんとに、私って玉の輿なの。いやだわ。夫婦何もないところから苦労して財を築き、たくさんの子供に囲まれ毎日汗かき楽しく暮らすの。最初から財産があったら面白くないわ」
「だけどさ、ないよりはあった方が人生どれだけ楽かわかんないよ」
「まあ、それもそうね」
　淑子は現実に引き戻され、心の中で耕太郎に感謝しました。
「今から結婚相手を変更なんて無理よ。連絡もない翔が悪いんだわ」
　翔は美しい淑子の横顔に、別な淑子を見る思いでした。
「さ、行かないと。花嫁列車に置いていかれるよ」と耕太郎。
「乗り遅れた先輩も一緒に乗せてね」
　と淑子は翔を見ました。
　耕太郎が待合室から出ると、駅長が耳もとでささやきました。
「仙台駅から花嫁列車が丸森駅に向け出発したと連絡がありました」
　耕太郎はいささか混乱しました。
「どういうこと、結婚式が２組あるってこと？」
「福島駅発も仙台駅発も依頼主は同じ方のようです」
　周囲の注目を集めながら早足で駐車場に着きましたが、淑子が急に

第 2 話
花嫁を乗せずに花嫁列車が出発？

立ち止まりました。
「違う、違うわ。ほら、前のタイヤと後ろのタイヤの間がすごーく長くて、中にはシャンパンが置いてある白い車でしょ」
　車には緑色で〔野菜・果物コージー〕と書かれ、バンパーやドアには傷や錆がありました。
「いや、まーほんとはね。リムジンと思ったんだけどね」
「じゃあ、リムジンが来るのね。白くて長い車体でハンサムな白い手袋の運転手さんが」
「いや、あの、そのー、豪華送迎車とは言葉のあやで」と耕太郎は言葉に詰まりました。
　しかし、列車に乗り遅れたのは淑子が原因のはずと逆襲します。
「こらこら、花嫁だからっていい気になるなよ。淑子っ」
　淑子は舌を出して、茶目っ気たっぷりに笑いました。
「いい年したおじさんをからかうのは淑子さん」と耕太郎。
「おやじギャグー」
　3人は笑いながらおんぼろワゴン車に乗り込みました。
「どの駅に行けば花嫁列車に追い付くかな」
「そうね、福島駅の次は卸町だけど間に合わないわ。次の福島学院大学前も階段が3階分くらいあるから、次の瀬上駅はどうかしら」
「よし、そうしよう」
　耕太郎はカーナビをセットしてハンドルを切りました。

淑子は７年前の津波の後に、行方不明の父母を捜して耕太郎おじさんと阿武隈川沿いを歩いたことを思い出しました。瀬上の駅はリンゴ畑と住宅街に挟まれた一角にあり、駅入り口は住宅街のある北側に位置していました。おんぼろワゴン車はカーナビの指示通りに阿武隈急行の南側にある果樹地帯の農道を進んでいきます。線路と並行になった道に出ると花嫁列車が見えてきました。
　助手席の淑子は窓を開けて振袖の左手を大きく振りました。
「おおーい。みんなー」
　乗客は気がついたようで、列車の窓から手を振ってくれました。
　淑子は友人の姫子に瀬上駅で合流するとショートメールしました。
　花嫁列車が速度を落としたので瀬上駅は近いと耕太郎は思いましたが、駅長の最後の言葉が妙に気になっていました。
　依頼主は同じ方です……福島と仙台から花嫁候補を電車に乗せて目的地に着いてから、どちらを花嫁にするか決めるんじゃないだろうな。そんなこと許されるはずはない。
　淑子は花嫁列車と競争のフレーズが気に入り、機嫌よくなっていました。
「ありがとう。耕太郎さん、ガードをくぐって入り口の階段の前に送迎用の駐車スペースがあるから、そこに停めて一緒に乗る？」
「そうだね。でもそこは送迎車のための駐車場だろう？　まずいよ。とりあえず淑子さんを花嫁列車に乗せよう」
「悪いわね、おじさん」

第2話
花嫁を乗せずに花嫁列車が出発？

「いや、おいらも遅れてきたからね」
　このあたりの線路は周囲の道路と立体交差になっていて、盛り土の線路の反対側に行くにはガードをくぐります。カーナビは駅のすぐそばの架道橋を示していたので、耕太郎はそこを目指してアクセルをふかしました。ガードをくぐり抜け北側の駅入り口前に車を付ければ間に合うだろうと考えました。
　ガードに差し掛かったとき、淑子が声をあげました。
「低いー」
「何だこのガードは？」
　耕太郎が声をあげました。
　結婚を低いガードが邪魔しているのかと淑子は思いました。
　ガード下の道路が盛り上がっているのか、それとも建設当時からかわかりませんが、高さ1.8mの表示があります。耕太郎のおんぼろワゴン車は車高2.1mですから、通り抜けできません。
「何やってんのよ、ボケ。ここからホームまで歩いて4分、いやいやゆっくりとおしとやかに、振袖で歩くから7分は必要よ」
「いやーまさか、こんな低いガードがあるなんて」
　耕太郎は嘆きました。
「どうしようもないわね。役立たずのポンコツ」
「淑子、そこまで言うのかい。ちょっとひどくね」
「ナビよ、カーナビに言ったのよ。おじさんは素敵よ、汗臭いけど」
　耕太郎はハッとしました。低いガードに冷や汗をかいたことを。

「ナビだよね、そうそうナビが悪い、ポンコツのコンコンチキ」
　耕太郎はインパネをたたきますが、電車は駅を出てしまいました。
「淑子どうする？　花嫁列車の運行スケジュールがわからないから、どこに行けばいいか教えてくれないか？」
「そうね、阿武隈川を挟んだ向瀬上駅は駐車場もあって便利だけど、停車時間は長くないの。高子駅では長く停車するはずよ」
「よし、高子駅だね」
「北側には広い駐車場もあるし、近くの山に登るはずよ」
「山にも行くなんてすごいね。花嫁列車」
　耕太郎はそう言いながらハンドルを切り、くねくねしたリンゴ畑沿いの道を通り抜け、阿武隈川に架かる月の輪大橋を渡ると、高子沼が見えてきました。秀吉から金山を隠すため谷をせき止めて沼にしたという伝説の歴史ある沼を見て、高子駅北口に到着しました。

　洋二は、耕太郎からの電話で高子駅北口に淑子が着いたことを聞き、乗車中のみんなに知らせました。ここでは伊達氏発祥の高子城跡地に登って、ご先祖様に結婚の報告をする仕来りがありました。着物姿で登れる城跡は標高90mあまりで、丹路盤と称され、高子二十境の1つで伊達氏が治めた地が一望できるのです。淑子は花嫁列車から降りてきた綾奈小路姫子や丈太郎と一緒に山を登りました。途中一度休みましたが頂上からの眺めが素晴らしく、疲れも吹き飛ぶようです。
「城跡北側の断崖から見るとまた違った高さなのね」

第２話
花嫁を乗せずに花嫁列車が出発？

　奥州伊達家発祥の地で淑子に、誰かがささやきかけてきました。
（かたじけのうござる、淑子姫）
　その言葉だけがはっきりと聞き取れましたが、後の言葉は風に消されてしまいました。
「政宗さま」
　その言葉を聞いて歴史好きな姫子は得意げに声を出しました。
「伊達家には政宗公が２人いるのよ。９代目の伊達政宗は南北朝が終わりを迎える時代に活躍して、私たちの知る伊達政宗は１７代。秀吉や家康の時代に活躍しましたのよ」
　淑子も歴史研究会だったので、伊達市の歴史には詳しかったのですが、淑子に語り掛けてきたのは１７代伊達政宗のように思いました。
　結局登ったのは３人でした。淑子と姫子は丹路盤の崖の上で、長いファゴットケースを背負って立っていましたが、知らない人が見たら不思議に思う光景でした。
「ここに殿様が立って自分の領地を毎日見ていたのかしら」
　頂上の丈太郎がリュックの猫と話しながら岩場を歩いています。
「丈太郎、危ないわよ」
　淑子がそう言う間もなく、丈太郎が足を滑らせてしまいました。
「あーー」
　猫の目が紫色からオレンジ色へと変わり、しっぽを見えないほど早く振っています。
　その瞬間、淑子は急にめまいのような感覚に襲われました。

丈太郎がふわりと空中に飛び出したので、急いで淑子は丈太郎の手を掴みました。姫子も慌てて丈太郎の反対側の手を掴みました。眼下の景色がぐるぐると回り、足元がふわふわして泳ぐように空中を浮遊しているのでした。丈太郎の左右に淑子と姫子がいて飛んでいましたが、２匹の子猫がまるで先導するように、一瞬早く飛び出したことに気がついた人はいませんでした。
「ウンギャー、ギャーキー」
　２匹の猫は恐ろしい鳴き声を立てて、空中に投げ出された３人を引っ張って支えているように見えました。淑子の振袖は裾が少し開いたものの着崩れることはなく、姫子の白鳥の振袖もそのままで、丈太郎は半そで半ズボンで気持ち良さそうに風を受けて大空に舞い上がりました。３人は２匹の子猫が空を飛ばせているなど知る由もありませんでした。どのぐらい飛んだのでしょう。風のままに空を飛んでいくと目の前に平らな山頂を持つ山がありました。降り立った３人は周りを見渡しました。

第3話
女神山の山頂は不思議なことだらけ

「ここはどこかしら、頂上が平らで広いわね」

淑子はつぶやきました。

女神山の標識がありました。標高599.4mという標識が立っていて、近くには小手姫神社の案内もあり、祠がありました。周囲の山々がよく見えました。大きな岩をくり貫いたような正方形に彫った跡がありましたが、隣にその跡とほぼ同じ大きさの祠が祀られていて、正方形の祠は岩から抜け出たようでした。

3人が小手姫神社の祠の奥にある平らな場所に出ると、まるで重いものでも置いたように地面が窪んだ場所が2か所ずつ連続していました。その窪みの底は周りの草と同じで若草色でしたが、重いものにつぶされたようになっていました。不思議なものでも発見したように姫子は好奇心のままにそばにいくと、頭が何かにぶつかりました。

「痛ってえー。何もないのに何かにぶつかった〜」

姫子は一歩下がって窪みの底を見つめていると、声が聞こえます。

「こんにちは」

3人は周囲を見渡します。

女神山の山頂の祠の周りに木立がありましたが、それ以外は広々と遠くまで見渡せて人影はありませんでした。

「声だけでごめんね、見えないようにしているから」
　人工的な声に聞こえましたが、どこかにスピーカーでも隠されていて、女神山登山者を歓迎する自動音声かと、姫子は思いました。
　丈太郎が答えました。
「こんにちは、あなたは誰？　地元の人？」
「地元ではないんです。遠くから飛んできました」
　淑子も話の仲間に入りました。
「あら、飛んできたのね。どこから？　福島か仙台？」
「もう少し遠いところです。同じように山があり川があり、緑があります。違うのは空が赤みがかっているところかな～」
「あら、夕焼けね」
　姫子は山頂から西の方角を見ました。
　福島市の土湯温泉が見えて、吾妻小富士や一切経も眺められる絶好の景観でした。
「朝から晩まで赤い空なんです。私たちの住む星は」
　不安に駆られた3人は一歩下がりました。
　姫子が意を決して質問しました。
「私たちが住む星って言ったわよね？　地球じゃないの？」
「ああ、自己紹介がまだでしたね。何十光年もの遠くから来ています。でも別な通り道があるので、あまり時間は掛からないんですよ」
「別な通り道？」と姫子。
　淑子は姫子がエイリアンと会話していることに驚きを隠せません。

第３話
女神山の山頂は不思議なことだらけ

「この地では古来伝統的な和紙が漉かれていますね。紙には表と裏がありますが、みなさんは表しか知らないんです」
　姫子が即座に反応しました。
「裏から来たの。裏口入学？　オウムアムアなの。エイリアン？　UFO？　未確認飛行物体ね」
　声だけの存在が言葉を返しました。
「オウムアムアと呼ばれている宇宙船のことは知っているんですね」
「そう、あれはエイリアンの偵察船じゃないの、地球侵略のための？」
　姫子はたじろぎながら返しました。
「実はあの船は、古代の地球人が打ち上げた宇宙船なんです」
「何言ってんだか、わかんない」
　丈太郎の大好きな漫才師の口癖です。
「何万年も前に地球には現在以上の文明があったんです。しかし、微惑星が衝突して滅びました。そのときプレートが動いて当時の大陸や文明の痕跡はマントルに飲み込まれたのです。その時代の人たちは、その運命を察知して、歴史の記録をあの船に託して宇宙へ飛ばしたんです。しかし、故障で軌道が狂ってしまい、太陽系惑星回転面と直交するような動きになってしまった。数千年に一度は太陽面を横切る悲しい存在です。地球に近くなったら歴史記録を発信することになっていましたが、残念ながら故障したようです」
　姫子は声の主に厳しく迫ります。
「過去にそんな悲しい歴史があったのね。でもどうして知っているの？

口から出まかせ。それとも三文小説家のストーリーじゃないの？」
「おおー、きれいなお顔に似合わず手厳しいですね。私たちの星は隕石や微惑星の衝突がわずかだったのです。運が良かったのかな」
　姫子は自分たちの知らない何万年も前の話を聞かされても、納得がいきません。目の前の現実を問いただそうとしました。
「あなたの宇宙船は見えないの？　本当はここにいなくて、声だけなんじゃないの？」
「アーサー・クラークの第三法則を知っていますか？」
　姫子はＳＦ小説ファンだったから即座に答えました。
「十分に発達した科学技術は、魔法と見分けがつかない」
「そう、姫子さんよくご存じですね。話が早いです。私たちの宇宙船が人里離れた山頂に、透明な宇宙船で音もなく降りて乗組員も透明だから、地球人に気づかれず調査を行えるのです」
　姫子はエイリアンに思いがけない提案をしました。
「あなたは透明だけど、私たちのことは見えているのでしょう？」
「はい、美しい衣装は日本の伝統的な和服の振袖というんでしょう。直接見られて感激しています。おっとそちらの方も素敵ですよ」
　気配りを忘れないエイリアンと思ったが、姫子は強い口調でした。
「それでは、一方的な不平等条約よ。関税自主権や領事裁判権は渡さないわ。まずは不平等解消のために、あなたも姿を見せなさい」
　姫子は授業で習った用語を並べ立てた。
「すみません。条約も結んでいないし、関税も裁判権もチンプンカン

プンです。なんせ私はエイリアンなので。しかし姿を見せることは前向きに検討します」

　姫子の命令口調の鋭い声に相手はひるんだのか、返答までに時間がかかりました。

　しばらくしてその質問に答えることなくエイリアンは祠の影のこんもりとした林から姿を現しました。身長１９０cmくらいでラメ入りの灰色のつなぎのような服を着ており、まるで自動車の整備士のようでした。髪の毛は黒く細おもての顔は男か女かわかりませんが地球に暮らす人々と、ほとんど変わらない印象でした。

　一番特徴的なのは、サングラスのような黒いレンズの眼鏡の片方にレンズとも何かの装置ともわからない器具が取り付けてあることで、淑子や姫子に威圧感を感じさせました。

　しかし、眼鏡を手で持ち上げて、素顔を見せてくれました。

　興奮ぎみに姫子は尋ねました。

「調査って、何の調査？　それにどうして私の名前を知っているの？」

「地球では温暖化って呼ばれている現象です。温暖化防止に失敗した歴史を調査に来ました。名前？　第三法則の魔法ですよ。ハハハ」

「失敗したの？」

　淑子も口を挟みます。

「失敗ってひどいわね。対策しているのに」と姫子。

「その件は忘れてくださいっていうか、忘れてもらいます」

　宇宙人が何を言っているかわからない状態でしたが、淑子はＵＦＯ

で町おこしをしている場所が、この近くにあることを思い出しました。
「千貫森(せんがんもり)、千貫森じゃないの？　UFOの基地は」
「昔、円盤型の船の時代にあの山にビバークしましたが、そのときは装置の故障があったみたいで。今は船も大型化しているので、山頂が広い女神山を利用しています」
　姫子は宇宙人に興味がありました。
「そうそう、この船の名前教えて」
「あなた方には発音できないかも。＆＄％〜＝（'）です」
「ふーん、あなたの名前は」
「姫子さんは好奇心旺盛だね、そういう人好きです。私の名前は＃"＊＄（・・）です。わからないですよね。日本語村では富作（とみさく）と呼ばれています」
「日本語村があるの？　それに富作ってのんびりした名前ね」
　富作の顔に微妙な変化があったのを淑子は見逃さず、追及の手を緩めません。
「サングラスの装置は何？」
「はい。特殊センサーです。赤外線、紫外線、気温、湿度、脈泊、心拍数、そして放射能の数値、それからレントゲンによる体内骨格やＣＴスキャンによる血管の様子。それに脳波から考えていることや感情の起伏まで何でもわかりますよ」
「そんなことまで、すごい科学技術ね」
　淑子は素直に信じてしまいますが、姫子は違いました。

第 3 話
女神山の山頂は不思議なことだらけ

「本当に？ でもそんなにお話しして大丈夫なの？」
「ああ。心配ありません、魔法のような科学がありますから」
　淑子はつぶやきました。
「さっきから言っている魔法のような科学って、何のことかしら？」
　姫子がどんどん突っ込みを入れていきます。
「それにしても、日本語がお上手ね。どうしてそんなに日本語がペラペラなの？ あっ、さっき日本語村とか言ってなかった？」
「はい。よく聞いてくれました。日本語は宇宙一難しい言語です。宇宙のほとんどは文字の形は違えどもこの星のアルファベットと同じ方式の記号を数十文字組み合わせて文章にしています。しかし、日本語は、漢字、ひらがな、カタカナ、数字、アルファベット、音符や絵文字など、雑多な記号を使っている複雑怪奇な言語です。滅びゆく日本語を学ぼうとするのは、宇宙でも一部の高度文明を持つ種族に限られています。そして、日本語だけの村が私の星にはあります。今回、選抜され訪問できたのは、日夜努力したからです」
　姫子はつぶやきました。
「遠くのだれも知らない星に、日本語だけを話す村があるのね。行ってみたいわ。ねえ、そこではどんなものを食べているの？ 和食はあるのかしら？」
　もうお昼に近い時間になり、姫子はお腹がすいてきました。花嫁列車では、乗客一行が高子駅で積み込まれる松花堂弁当を食べている頃でしょう。

「和食は研究中なんです。姫子さん淑子さん、丈太郎君もお腹がすきましたね。この近くにお刺身のおいしい店があるんですよ」
「えっ、何で知っているの？」
　姫子はすかさず反応しました。
「山中でお刺身のおいしい店があるなんて。それに空腹なんてわかるはずないわ」
「センサーで空腹、満腹も感知するんです」
　姫子も淑子も疑いの目で富作と名乗る宇宙人を見ました。
「姫子さん、『百聞は一見にしかず』ということわざを知ってますよね」
　姫子は小声でまくし立てました。
「何十光年も遠い場所からきたエイリアンに、センサーの力で私の空腹を言い当てられて、古いことわざで山の中でお刺身のおいしい店があると紹介までされるわけ？」
　エイリアンの富作は、意表を突く質問をしてきました。
「その前に今年の干支は何でした？」
「ウサギ」
　姫子が答えると富作は意外な提案をしました。ウサギを祀っている神社に案内するというのです。女神山を下りながら日本の四季や料理の話、お正月やお盆の話をしました。麓(ふもと)の三差路にある月宮神社に連れていかれ、ウサギはそこの石柱に彫られていました。外見は普通の神社に見えましたが、室中には１m近い木彫りのウサギが一対になって左右に置かれていました。その前の三方には20cmくらいの布地

第３話
女神山の山頂は不思議なことだらけ

で縫い上げた小さなウサギが、たくさん奉納されていました。
　近くの氏子さんが教えてくれました。
「この地は昔から蚕（かいこ）を育てて絹糸を生産していました。機織りをする女神が住むとの女神山伝説も、そこから生まれたのです。蚕の天敵のネズミ退治に、ウサギが活躍したのでお祀りしています。蚕室に木彫りのウサギを置くことで、ネズミが怖がって寄り付かなくなったと、お礼に布で作ったウサギを奉納します。毎年１匹ずつ奉納してくださるので、ウサギがたくさんいるのです。
「月宮神社のウサギって素敵ね」
　淑子は空に浮かぶおぼろ月を見上げてつぶやきましたが、お腹が鳴りました。下山途中で携帯が使えたので、耕太郎に迎えに来てくれるよう頼みました。一行は刺身定食の店に向かいました。
　丈太郎には疑問がありました。
「ねえ、富作さん、こんなときは、転送するんじゃないの？」
「へー、丈太郎さんもＳＦ詳しいんだね。あの技術は、体を鍛えないと死んじゃうんだよ。だから君たちではちょっとね」
「うん、わかった」
　素直な丈太郎でした。
　少し歩いて到着したのは「〇銀」という名のスーパーでした。
　食品、雑貨、日用品と何でも揃うようなお店で、お客様もひっきりなしに訪れています。中でも、店主が修行を重ねて作る鮮魚のお造りは、地元でなくてはならない「ハレ」の日の御馳走になっているよう

です。オープン冷蔵ケースには、お客様の名前を書いた新聞紙の包が20ほどありました。それぞれに、誕生日や親族のお祝い事、消防団の打ち上げなどのストーリーが詰まっているのでしょう。
「〇銀って不思議ね」と淑子。
「まるで銀河ね」姫子も言いました。
　女将さんが明るい声で迎えます。
「いらっしゃいませ」
　富作は普通に話しかけました。
「あのーお刺身でご飯が食べたくて」
　女将さんは、明るい声で教えてくれます。
「ここはスーパーで飲食店ではないんですが、お刺身は冷蔵ケースにありますし、ご飯はちょうど炊けてパック詰めするところです。イートインスペースがあって、買った食品を食べるのは自由ですよー」
「私、お刺身大好きなんです。銀河でも評判なんですよ」と富作。
　姫子は目を丸くしていました。
　お店の片隅に小さなテーブルが２つあり、そこで食べるようです。富作は姫子の隣に座って質問をしました。
「背中の武器にはどのような破壊能力があるんですか？」
　富作の問いにどっと笑いが巻き起こり、地元のお客さんもこちらを見ました。
「これは楽器なのよ。ファゴット」
「センサーを全身に浴びせるのは失礼に当たると思って」

姫子は静かに怒りました。
「そんなことしたら、ぶっ殺すわよ」
　姫子の強い口調がまた店のお客様の耳に入り、一斉にこちらに目線が集まりました。
「姫子さん、恐ろしーい。はい、そんなことしません」
　富作は星にはいない、気の強い女性を好きになってしまったのです。地元の新聞である福島民報が置いてあり、隣の川俣町で隻眼(せきがん)の埴輪が発見されたと大きく報道されていました。淑子は記事を横目で見て、富作の女神山での姿を思い浮べました。似ているわ。まさか4000年前にも来ているのかしら？
　姫子はマグロの赤身、トロ、タコ、それにイカの新鮮なお刺身とササニシキの炊き立てご飯を選んで、780円払いました。淑子と丈太郎はサーモンとタコ、それにマグロの赤身とトロの刺身の盛り合わせと、ジャガイモコロッケとメンチカツも頼み、それぞれ970円で購入して箸を伸ばしました。
　マグロのトロと赤身は透き通るような色で、ほのかに甘味も感じられ新鮮さが感じられました。イカの刺身はソーメン仕立てで、歯触りも爽やかで甘味が口いっぱいに押し寄せてきました。あとで追加した揚げ立ての蟹足のフライも、独特の香ばしさで、ご飯は炊飯ジャーから、真っ白なご飯をパックに盛り分けて、ごま塩を振ってくれました。

　そのとき、耕太郎がスーパーに入ってきました。

「こちらは？」
　耕太郎は見知らぬ人が誰なのか、一刻も早く聞きたい様子でした。
　姫子たちは耕太郎を驚かせまいと、打ち合わせの通りに話しました。
「女神山のふもとに住む富作さんよ。林業のお仕事をしていてね、シドケやコシアブラ、タラノメを直売所に出荷するので忙しかったって」
　富作は淑子が結婚するため、花嫁列車に乗っている最中であることや、盛大な結婚式を行うことなどを下山中に聞いて、耕太郎が席を立っているときに提案をしてきました。
「日本の伝統的な結婚式を見てみたいので、連れていってください」
　淑子は驚きましたが、姫子は乗り気でした。
「いいじゃない淑子、見せてあげなよ。遠くの星のアルバムに載るかもよ。星々を超えて結婚式が異星人にも祝福されるなんて素敵！」
　姫子にそう言われては、断ることができませんでした。

「ごめんねみんな、発車時間を大幅に遅らせてしまって……」
　みんなは不思議な顔で3人を見ました。
　淑子らを乗せた花嫁列車は15分の停車後に定刻通りに高子駅を出発しました。
「山から神社を回って、お刺身定食を食べたのに、時間は進んでいないわ！　どういうわけなの？」
　耕太郎は保原駅の2つ先の二井田駅西口に長時間停められる駐車場があると聞いたので、そこで合流することになりました。

第３話
女神山の山頂は不思議なことだらけ

　花嫁列車が保原駅に到着すると、管楽器の軽やかな音色が聞こえてきました。ここは高橋翔の実家である高橋書店のある町でした。
　翔は歓迎の音楽が響くホームとは反対側の席に座って帽子を深くかぶっていました。音楽が大きく響くと姫子が明るく声を出しました。
「『ゴールデン・イーグル』よ。友達が演奏しているの」
　丈太郎は聞き返しました。
「ゴールデンイーグルって？」
「イヌワシのことよ」
　隣に座っていた淑子は負けじと答えました。
「伊達市吹奏楽団がホームで、お祝いの楽曲を演奏してくれたのよ」
　丈太郎はつぶやきました。
「イヌワシ！」
　丈太郎は死の恐怖を思い出していました。
〈あのときの岩がワシ岩だ。お父さんが助けてくれる、がんばれと〉
　あのときの手のぬくもりは今でも忘れないが、７年前に津波にさらわれ、海の中にいるはずだ。
　淑子は、丈太郎が脂汗をかき両の手を握ったことに気づきました。
「霊山に行ったときのことを思い出したのね」
　淑子は優しく丈太郎の手を握りました。

第4話
父母を失った悲しい過去の思い出と霊山

7年前の出来事

　父の北城河高之助と母の匡子は趣味のサーフィンで知り合い21年前に結婚し、2年後に淑子が生まれ、その7年後に弟の丈太郎が生まれました。高之助と匡子は、弟の丈太郎が5歳の年に阿武隈川の河口に近い波のスポットで、サーフィンをしていました。もう7年も前のことです。海沿いの砂浜で砂遊びをする弟を見守るのは淑子の役目でした。のどかな砂浜に座りのんびりと海を眺めていましたが、この日は周囲にいた大人の様子が違っていました。

　（地震がありました）

　大人たちはラジオの地震速報に聞き耳を立てています。

「やばい、津波警報だ」

　サイレンが鳴り響きます。淑子と丈太郎は慌てて海の中の父と母を探しました。

　ラジオを聞いていた男が、トレーナーを大きく振り海にいる仲間に知らせています。

「おーい。津波だ。避難しろー」

　父母に声は届いたのでしょうか？

　何度も何度もトレーナーを振りますが伝わっていないようでした。

第4話
父母を失った悲しい過去の思い出と霊山

　淑子と丈太郎にも周囲から声がかかりました。
「おい、あそこの温泉ビルに避難しろ、お前たちのお父さん、お母さんはどんな波でもスイスイだから心配すんな」
　言われるままに２人は温泉ビルに向かいました。町が作った温泉ビルは５階建てで、２階から３階までが宴会場や宿泊室で４階がレストラン、５階と屋上が温泉です。足早に２人は温泉ビルに入ると、従業員から階段を上がれと声が飛びました。２人は息を切らせて階段を駆け上がりました。屋上から海を見て淑子と丈太郎は驚きました。
「海がない！」
　引き波で海面が大きく後退していました。そして水平線が黒い色に変わって盛り上がってくるように見えました。次第に大きくなり黒い海は波頭を白くして向かってきました。
「津波だ！」
　２人は声を出すことができず、手を握り合って海を見つめるしかありませんでした。
　瞬く間に津波は砂浜から防波堤を乗り越え、押し寄せてきました。
「ゴゴゴゴゴー」
　荒れ狂う波とお腹に響く音が、スローモーションでやってきたように感じました。５階にも津波が来るのではと恐怖で足がすくみ、身動きが取れません。喉がカラカラになり、淑子は丈太郎の手をしっかり握りながら、何度も押し寄せる津波を凝視することしかできませんでした。

どのぐらい時間が経ったのか、誰かの悲鳴にも似た声がしました。
「１階は全滅、２階も浸水でダメだ〜」
「お父さんとお母さんは？」
　淑子は近くの男性に聞きましたが、首を横に振りました。
　丈太郎がつぶやきました。
「どんな波でもスイスイと乗って戻ってくるわい」
　淑子はそんな丈太郎の手をしっかりと握り締めましたが、思わず泣き出した弟につられて声にならない声で泣きました。

　その後の数週間、消防団や警察、それに父さん母さんの友人たちが海岸や川沿いを捜してくれました。上流の角田市まで捜しましたが発見できませんでした。

霊山の事件

　昨年の１１月末、丈太郎は霊山に来ていました。福島県の県境近くの岩山は、南北朝の時代に南朝が設置された歴史ある場所です。
　八重子はあきらめたように声をかけました。
「危ないところには行かないわよね。登山道を外れないでね」
「大丈夫、双眼鏡で巨岩の上にあるというワシ岩を見にいくんだ」
　姉の淑子を誘ったら珍しく行くと言います。八重子の車でふもとまで送ってもらい、木立の葉がほとんど落ちた登山道を登りました。
「ねえジョー、どうして霊山なの？」

第4話
父母を失った悲しい過去の思い出と霊山

「寝ていたら夢の中で話しかけられたんだ」
「へーどんな？」
「霊山のワシ岩が会いにこいって」
「ワシ岩って？」
「頂上にオオワシが止まる不思議な岩が夢に出てくるのさ」
「ねえ、ジョー。夢は夢でしょう。本当だと思っているの？」
「いや、夢じゃなくお告げかもしれないよ。ヨッシーは夢見る？」
　淑子も夢で見たことを話してくれました。
「姉さんはびっくりするようなハンサムな人と、結婚する夢よ」
「えー団圃さんじゃなくて？」
「……そう」
「へー。ヨッシーの重大発言！」
「夢は夢よ」
「でも確かなんだ。呼んでいるから行かなくちゃ。間違いないんだ」
　丈太郎が語気を強くしたので、淑子は聞くのをやめました。
　薄暗い山道で枯葉の残る木々の間から、岩肌が見えてきました。
「おっ、あれは？」
　丈太郎は岩肌が見える方向へ、山道を外れて土手を登ります。
　淑子は必死に後をついていきます。丈太郎は尾根に辿り着き、父の形見の双眼鏡で岩肌を見ました。
「あれだ。夢に出ていたんだ、あの影が僕を誘ったんだ」
　丈太郎は興奮気味に声を出しました。

「何が見えるの？」
　やっと尾根に着いた淑子が聞きました。
　丈太郎は言葉を発することなく、淑子に双眼鏡を手渡しました。
　淑子は重い双眼鏡を抱え上げて、丈太郎が見た方向に視線を向けましたが、ごつごつとした岩肌に朝日が作る影があるだけです。
「何ー？　どこー？」
　向き直ると、背後に朝日を背負った弟の真っ黒な顔がありました。
　淑子にはそれが子供ではなく一人の男のように感じられました。
「影だ。影が見えるでしょう」
　丈太郎は震えた声で淑子に伝えました。
「大きいわね、あの影。影向（ようごう）じゃない？」
　淑子は双眼鏡から目を離さずに声をあげました。
「ようごうって」
「かげむかい（影向）と書くのよ。神仏が仮の姿で現れるんだって」
「そうだったんだ。夢の中に出てきた北畠顕家(きたばたけあきいえ)公の影さ。冬の一時期にしか出ないんだ。きっとつらかった時期だったのさ」
「ジョー知ってるのね。顕家」
「昔の霊山のお殿様さ」
　霊山の歴史に詳しい淑子は、小学６年の弟から北畠顕家の名前が出たのでびっくりしました。さらに登って目的のワシ岩の見える場所に辿り着いたのは１時間半後でした。木々に残る枯葉が邪魔をしてよく見えず、空には本物のワシが10羽以上舞っていました。

第４話
父母を失った悲しい過去の思い出と霊山

「キャー、キャー、キャー、キャー。クワッ、クワッ、クワッ、」
　ワシの警告するような叫び声があたりを不気味に支配しています。
　意を決したように丈太郎が声を出しました。
「残った木の葉でワシ岩が見えない。巨石の根っこまで登るよ」
　霊山の急峻な岩山のふもとを縦断する道はありますが、上に登る道はなく垂直に伸びる巨石の集団は天然の城壁のようで人が近寄ることはできません。
　淑子が声をかけました。
「道がないわよ」
「大丈夫。草木があるし岩の根元を斜めに辿れば危なくないから」
　淑子は山道で待つことにしましたが、ふと考えました。斜めに登れば緩やかな斜面に思えるけど、万一直下に落ちたら急斜面じゃない。
　そんな心配も知らずに丈太郎は急斜面に取り付きます。自分の体を支えるだけでも手足に力が入ります。一歩一歩ワシ岩に近づこうと地面につながっている笹の根元を掴み、腕の力と太ももの筋肉で登って行きます。ゆっくりと下を見ないように登って巨石の足元に辿り着きましたが、ワシ岩は見えません。
　巨石の根元には崩れた岩のかけらが積もって、小さな斜面を作っています。そこに足を踏み入れて登りますが、まるで雪道のように足跡が残ります。岩肌はこれまで誰も登っていないために、ザラザラとしています。５〜６ｍほど岩の根元を斜めに登ると、垂直に伸びるワシ岩の足元に着きましたが、ここからも頂上のワシ岩は見えません。

「近過ぎて見えない」

　丈太郎は淑子に聞こえるように大声を出しました。振り返ると遠くに街が霞んで見え、足元は遊歩道を越えて車道まで急斜面が続きます。ここから八重子が送ってくれた車道まで300mの高さはあるでしょうか。下を見ると登山道で心配そうに見守る淑子がいて、かわいいリスのようでした。

「ここ、最高の眺めだよー」

「危ないから早く下りてきなさいー」

「大丈夫ー」

　丈太郎は考えて、5mほど直下の樹木を目当てにしました。

　あの場所なら見えるに違いない。何とかワシ岩を近くで見たい。

　そう考えた丈太郎は、小石交じりの急斜面に背を向けるように、両足を広げ両手をついて四つん這いになって滑り降りていきます。

　ズズ、ズズーっと滑り落ちた丈太郎は直径10cmほどの樹木に辿りつきました。樹木を両手で掴み周囲を見回しました。淑子のいる山道まで30mくらいです。山道は崖の上に造られた橋のような作りで、直下は300m以上の急斜面でした。

　顔を上げるとワシ岩が見えました。同時に隣の岩山に正方形の洞穴があることに気がつきました。登山道からは見えません。

「姉さーん、山頂に洞穴があるよ」

　丈太郎が下に向き直った瞬間に、鈍い音がしました。

「ボキッ」

第4話
父母を失った悲しい過去の思い出と靈山

　支えになっていた樹木が根元から折れました。
「あああー」
　丈太郎は斜面を転がり落ちていきます。
　頭が下になり上になり転がっていくことが、スローモーションのように感じられました。地面が上になり下になって、青空と落ち葉が交互に目の前にありました。気がつくと顔に泥混じりの落ち葉がくっ付いて、大の字にうつ伏せになっていましたが、止まりません。落ち葉と一緒に滑り落ちていきます。手の指を熊手のようにしますが、落ち葉でいっぱいになりそのままズルズルと滑り落ちます。太い樹木が見えましたが、手が届かず滑り落ちて止まりません。数メートルほど落ちたとき、手に何かが引っかかりました。太い樹木の根っこでした。素早く掴むと体の動きは止まりました。
　かろうじて転落は止まりましたが、足は空中に浮いたままです。下を見ると登山道を越えたところにある車道に、一直線の空間が見えました。直径20cmくらいの小岩が、丈太郎の落下に合わせて落ちていきます。
〈コ、ロ、コ、ロ、コロ、コロ、コロコロ、コロコロ……〉
　リズミカルな音は300m下の車道まで落ち、丈太郎は背筋に冷たいものを感じました。
「死ぬ」
　目をつぶり必死になって片手で体を支えていましたが、しびれた手がこれ以上自分を支えられないと感じたのです。

その瞬間に声が聞こえました。
『丈太郎ーー、がんばれ』
　つぶっていた目を開けると父の手がありました。
　丈太郎は両手を掴まれていました。
「がんばれ、負けるな」
　引っ張られ這い上がり、太い木の根元で深呼吸をしたときには、誰もいませんでした。
「お父さんかなー」

阿武隈急行花嫁列車ことぶき号では

　阿武隈急行保原駅で花嫁列車ことぶき号のために、吹奏楽部の演奏が続いていました。『ゴールデン・イーグル』の勇壮な響きが終わり、『ホール・ニュー・ワールド』が流れています。

　『ホール・ニュー・ワールド』の優雅なメロディが終わり、丈太郎は我を取り戻しました。
　全く新しい世界への旅立ちの曲が、淑子は自分にふさわしいと思いました。3曲めは『スター・トレック』のテーマ曲です。ＳＦ好きの姫子のリクエストですが、淑子も大好きで聞くと元気が出ます。音楽が終わると、歓声と拍手に見送られ、花嫁列車は保原駅を出発しました。

第４話
父母を失った悲しい過去の思い出と霊山

　耕太郎は、花嫁列車の到着時間より一足先に二井田駅そばのカフェにいました。
　二井田駅東口には公園のような駅前広場があり、その隣には、倉庫を改装したようなカフェがありました。１階は地元の国見石が積まれた重厚な外壁ですが、カフェのある２階は木造のエレガントな作りです。建物の中央部に２ｍ四方の吹き抜けがあり、１階で調理されたサンドイッチやスイーツそれにコーヒーなどをかごで吊り上げ、客の頭上で取ってもらう変わったお店です。
　人気の秘密はコーヒーのおいしさもありますが、かごリフトにもあるようです。また１階には、カウンター席と２人掛けの小さなテーブルのセットが数組置かれていますが、ほの暗い空間は静かで落ち着いていていいと、好んで暗い場所に座る人もいました。
　高子駅で淑子と入れ違いにワゴン車に乗った洋二は、耕太郎と丈太郎も誘い一緒にほの暗い空間で話し込んでいました。
　丈太郎は小首をかしげながら告白しました。
「高子駅で城跡に登ったんだけど、その後のことを覚えていなくて」
　耕太郎はうなずきながら返しました。
「川俣町のそばにある『〇銀』まで、おいらが呼び出されたのは？」
「そのあたりから記憶があるんですが、なぜそこにいるのか、どんな方法でそこに行ったかを思い出せないんです。それに時間がおかしいんです。15分の停車時間じゃなくって」
　洋二と耕太郎は同情し、気の毒そうに丈太郎を見ました。そして耕

太郎は洋二にだけ聞こえるようにつぶやきました。
「仙台駅からも花嫁列車が出発している。依頼人は団團家らしい」
　耕太郎は小声で話せない性格で丈太郎の耳にもその情報は届いてしまいました。
　丈太郎は悲しい声で２人に話し始めました。
「やっぱり、そうなのか？　淑子姉さんは団團さんから招待状が届いたって喜んでいたけど、結婚する花嫁に招待状を出すものなの？」
「えっ、招待状？」

第5話
結婚式の招待状と結婚

　2人は首をひねりながら名物のウインナーコーヒーをすすりました。丈太郎も真似をしながらホットミルクを飲んでいました。
「淑子姉さんはよく勘違いするんだ。都合のいいように解釈しちゃう。お父さんやお母さんがいたときはしっかりと叱られて直していたけど」
　洋二も耕太郎も次を聞きたいのか、黙っています。
「団圃さんとの結婚のことも、僕や八重子おばばには相談なしさ」
　耕太郎が返しました。
「しかし、花嫁列車を仕立てたのは、団圃さんなんだろう？」
「だけど。花嫁列車に乗るから花嫁なの？」
　丈太郎の素朴な質問に2人とも答えが出せませんでした。
　花嫁列車は複線の駅では、通常の列車を先に行かせるため長時間停車するようです。乗客はゆっくりお茶が飲めるとカフェは満員の賑わいでした。2階カフェバルコニーの高さは阿武隈急行列車の屋根の位置と同じで、鉄道ファンにはたまらない聖地でした。
　バルコニーで淑子と姫子は、先ほどの体験の謎が解けずにコーヒーに目を落としていました。
　姫子が話し始めました。
「私ね、隻眼の人に会ったことがあるような気がする」

「隻眼って片目の人のことだよね？」
「そう、隻眼の人ってなんか素敵じゃない」
「姫子、変わってるわねえ」と淑子。

　耕太郎は仁井田駅の駐車場に停めた車に携帯を忘れたようです。
「取りにいってくる」
　車に戻ると、仕事の電話がかかってきました。お得意先のリンゴ農家からです。線路を背にしていたので花嫁列車の出発に気がつかず、乗り遅れてしまいました。
　窓のない席に座った丈太郎と洋二の話題は、ゴールデン・イーグルから霊山に移っていました。
　丈太郎は秘密の話を洋二にしました。
「霊山の西の麓からワシ岩を目指して登ったんだ。そしたら朝日が岩陰に大きな影を作り北畠顕家の上半身を映し出したんだ。淑子姉さんも驚いていたよ。その後、10cmの太さの木に掴まっていたんだけど、根元から折れちゃって30m真っ逆さま」
「えー、大丈夫だったの？」
「うん、お父さんに助けてもらったんだ」
　洋二は亡き父の出現に驚きましたが、触れないようにしました。
「そうかー、そんなことがあったんだ。おいらはね、全国サイクリングロード協議会の仙台支部長と雑談の中でね、多賀城から南北朝の霊山まで、サイクリングロードができると思うと提案をしてね。東（あ

第5話
結婚式の招待状と結婚

ずま）街道や浜街道が有名だけど、霊山寺や霊山城と多賀城を結ぶ道は、何通りも説があって、決定打になる情報がない。そこで、密かに霊山を東側から登り調査していたんだ」

丈太郎は、霊山を西と東から話題にできると嬉しくなりました。
「見つかったの？　決定打」
「見つかったんだけど、その前に苦労話も聞いてくれるかい？」

丈太郎は霊山の話に嬉しそうにうなずきました。
「丸森町筆甫(ひっぽ)の猟師で炭焼きの友人ナカメグロさんと一緒に何度も登った。東側には古霊山があり、窓の倉山から続く尾根がある。地図上では破線になっているから、歩けるはずだと思って登ったんだが」

洋二のコーヒーを飲むときの喉ぼとけが動く様子や、発する一言一句を聞き逃すまいと、丈太郎は凝視していました。
「その道は防塁のように盛り上がった土手になっていたんだ」

防塁と聞いて、阿津賀志山(あつかしやま)防塁を思い浮かべましたが違うようです。
「防塁といっても、尾根に作ってあり東から来る敵のためなのか、西からなのかわかりにくいんだよ。高さは50cmから80cmかな。その盛り土と並行して登山道は整地されていたから歩きやすかったが、ところどころ篠竹や雑草がはびこっていて、藪漕ぎもあり時間はかかったんだよ」
「そんな低い防塁では、敵が攻めてきたら守れないんじゃないの？」
「おかしいと思い友達の消防署長に聞いたら火防線じゃないかって」
「火防線って？」

丈太郎も興味津々だったのです。
「うん、明治時代から昭和にかけて山林を守り育てることは国策だった。そこで、もし山林火災が起きたら途中で食い止めるために、山の峰の樹木を刈り払い、土地を切り開き道を作り、土盛りをして防火帯にしたそうだ」
　洋二はしたり顔で話してくれました。
「それで、サイクリングロードは？」
「そうそう、問題はそこだよね。霊山の東の山麓から霊山城に登る道は地図で見る限りたくさんあるんだ。その中で、山越えの道はサイクリングには適さないし、中世の人々が霊山城に物資を届けるのは牛車のはずだから、急な道ではだめなんだ。そこで、谷筋を登るルートを探したのさ」
「それで、見つかったの？」
「おそらく、あの道で間違いないと思う。確かな証拠があるんだ」
　丈太郎はミルクを飲み干し、洋二の次の言葉を待ちましたが。
「大変だ、洋二。列車が、花嫁列車が出発しちゃった」
　耕太郎の慌てた声でした。
　窓がない場所で話に夢中で、花嫁列車の出発がわかりませんでした。
　耕太郎の声に慌てて車に乗り込み、花嫁列車を追いかけました。

　次に花嫁列車が停車したやながわ希望の森公園前駅の駅舎で、淑子は福島県の考古学展に遭遇しました。歴史研究会会員として見逃せな

第5話
結婚式の招待状と結婚

いと埴輪や縄文土器のレプリカをじっくり見学しました。
　姫子は川俣遺跡で発見の隻眼の大埴輪の写真に釘付けです。
「福島民報に出ていた隻眼の埴輪だわ。どこかで見たことがある」
　姫子は携帯で写真を撮り、発車ベルに押されて駅舎を離れました。
　縄文の特徴のある埴輪が、写真から語り掛けてくる気がしました。
　淑子が写真を見て口を開きました。
「4000年前に隻眼の方がいたなんて、政宗さまのご先祖よ、きっと」
　姫子もその意味を深く考えることなくうなずきました。
　ぼんやりとした記憶が甦ります。
　隻眼のイケメンとお刺身定食を食べながら、独身だとか住んでいる場所の話をしたわ。
　花嫁列車の中は、甘い香りがいっぱいになっていました。
　八重子が梁川駅で受け取り乗客に配ったのは、梁川名物の「肉ゴロゴロおにぎり」でした。
　3時のおやつにと花嫁列車の乗客が頬張る大きなおにぎりは、鶏もも肉が入っていて、少し甘めの味付けが喜ばれていました。
「さすが、八重子叔母さん。やる〜」とこのときばかりは、丈太郎もほめていました。
　富野の駅はもうすぐです。丘にある駅舎は前後の線路の盛り土を確保することも考えて掘り込まれた造りで、電車がすっぽりと入る深さに駅があり、待合室やホームがあります。冷たい風の吹く季節でも安心な駅のホームには梁川の合唱団が整列して、花嫁列車を待ち構えて

いました。停車した花嫁列車の乗客は全ての窓を開けて、上り下り両方のホームに並んだ合唱隊が歌いました。全員が歌うのは賛美歌312番『いつくしみふかき』でした。

そして上りホームの合唱隊が『アメイジング・グレイス』、下りホームの合唱隊が『ファーウエイ』を歌うと乗客は涙を流しました。最後に賛美歌405番『神ともにいまして』をまた全員で歌い、富野の駅と花嫁列車は幸せに包まれました。

淑子は、涙をボロボロと流しました。
「みんな、ありがとう」
花嫁列車への地域の人々の合唱での祝福は、淑子にとって何よりのプレゼントでした。
「ブラスバンドや、合唱隊、素晴らしいおもてなしだけど、費用も大変なんでしょうね」

八重子は運転士の男に声をかけました。
「詳しくはわかりませんが、なんでも練習の場所として、駅の構内やホームを貸し出しているようです」
「えっ、じゃあ、練習なの？」
「あ、いえ、本番ですよ。もちろん」
運転士は慌てて訂正しました。
列車に丈太郎が乗り込んできました。
「乗り遅れちゃって」

第5話
結婚式の招待状と結婚

「あら、そうだったの、気がつかなかったわ」と八重子。
　丈太郎は、少しがっかりしました。
「洋二さんと耕太郎さんは調べることがあるからと、車で先に終着駅に行くことにするって」

　花嫁列車は梁川駅を出ましたが、淑子は嫁ぎ先が近くなると胃が痛くなってきました。
　淑子は父母が行方不明になってから、相談する人がいませんでした。叔母の八重子が食事などを作ってくれていましたが、心を許すことはありませんでした。今回の結婚や自宅の売却など一連のことは、淑子の判断で行ってきました。しかし、そのきっかけになる団圃との結婚について、勘違いではないかとの思いが消えません。結婚式の招待状が来たということと、結婚することは違うと、淑子は気づき始めました。結婚式の前に結納があることも、最近知った淑子でした。
「でも、団圃さんは私のために花嫁列車を仕立ててくれたわ。やっぱり結婚するのよ！」
　疑念を抱きましたが、自宅の売却も決まり、花嫁列車に親族や恩師、友人を乗せて阿武隈急行でもうすぐ宮城県に入るところまで来てしまったのです。
　丈太郎の背中のリュックから顔を出した子猫のねうじとねうぺが、何やら話していますが、丈太郎には聞こえないようです。
　淑子は心の底から思いました。

丸森の長寿の食材を探すってどうしたらいいの？　本当に、このまま結婚式を迎えるなんてまっぴら。緑鮮やかで鳥がさえずり蝶々が舞う場所でゆっくり過ごしたいわ。
　丈太郎は花嫁列車の中に飾られた花が何かを語り掛けてくる気がしました。父母のことがあってから丈太郎は閉じこもりがちで、野山の草花を観察し猫や犬などの小動物と遊んでいました。霊山で死ぬほどの思いを体験したときから、動物たちとの会話が鮮明になってきて、丈太郎が話しかけると、無口な動物や草花が少しずつですが声をあげてくれました。
　花嫁列車の乗客たちは話に夢中ですが、列車は阿武隈川に面する兜駅の近くまで来ました。
　八重子は賛美歌の心地よさにふっと眠ってしまったようです。
　しばらくすると、列車の警笛音が聞こえてきました。
「ピーピー、ピーピー」
　大きな音に目を覚ました八重子は、眠気も覚めぬまま運転席のそばに行くと、向かいから列車がやってくるではありませんか。
「大変です、運転士さん、ブレーキ、ブレーキ。バック、バックして！」
　その声に驚いたのか、運転士は八重子を見ました。
〈もういいか。もうだめか〉
　振り向いたのは帽子をかぶり大きな口を開けて、赤い舌を出したオオカミでした。
　八重子はその姿に驚き、腰を抜かして座り込んでしまったのです。

第5話
結婚式の招待状と結婚

「あ、ああ、あわわ、あわわっわ」
　八重子は指差しみんなに知らせようとしましたが、声になりません。
「八重子叔母さん、どうしたの？」
　淑子が声をかけました。
「ほら、狼の運転手さんが！　正面衝突するからバック〜」
　八重子はそう言うと気を失ったようです。
「正面衝突なんかしないよ。ＡＴＳ(エーティーエス)があるから」
　丈太郎は冷静に言いました。
　息を吹き返した八重子が言いました。
「だって運転席にオオカミがいて」
　痩せた運転士が、ちらっとこちらを見ました。
　丈太郎が突っ込みます。
「おばば、居眠りして、よだれ！」
　ズボンのポケットからしわくちゃのハンカチを渡しました。
　八重子が夢見て寝ぼけていたとわかると車内は笑い声に包まれました。

　兜駅の周囲には数軒の家があるだけですが、『会津餅つき歌』が鐘や太鼓のリズムに乗って流れてきました。
　花嫁列車の乗客につき立ての餅が配られて、祝祭気分を盛り上げてくれました。さらに『宮城長持歌』が朗々と歌われ、八重子は涙を流しました。次に『新相馬節』が歌われました。丸森には有名な民謡歌

手がいて、この歌を全国に広めた歴史がありました。
　眠気の覚めた八重子が名調子を目をつぶって聞いています。
　淑子は不思議な感覚に襲われましたが、丈太郎も同じ感覚になっていたようです。
　ねうぺが語りかけてきました。
　人間の言葉に近いようですが、聞き取ることはできません。
〈な・ぞ・な・ぞ～〉
　ねうぺがそう言ったように聞こえましたが……。
　ただ、ねうぺの目が怖いくらい透き通って見えました。
　淑子の頭の中は何かが起きる予感でいっぱいになっていました。
　列車は山あいに入り、小さなトンネルが何か呼びかけています。
〈ジョーター、ジョーター〉
「えっ、何ー？」
　丈太郎は返しましたが、列車は短いトンネルを通過していきます。
　トンネルを出るとそばに大河が流れていました。
　太平洋に向かう阿武隈川です。
　大河も「何か」言っていますが、せせらぎがザワザワとして言葉が聞こえません。
〈も……も……〉
「何のことだろうか？」
　丈太郎が首を捻ります。

第5話
結婚式の招待状と結婚

　花嫁列車は一番長い大丸森トンネルに入りました。
　ここでもトンネルがぶつぶつもごもごと言っています。
〈ジョーター、ジョーター〉
　聞こえてきた存在に、丈太郎は思い切って呼びかけました。
「ねー、大丸森トンネルさん。何？　ゆっくり大きな声で言って！」
　花嫁列車はどういうわけか速度を落としました。
〈まーゆっくりだー〉
　阿武隈急行花嫁列車ことぶき号がつぶやきました。
　トンネルがその構造を駆使して、大きなスピーカーのように響かせて声を出しました。
〈もういいか、もうだめか。もういいか、もうだめか〉
　乗客は急な減速に不安になり窓の外を見ましたが、真っ暗でした。
「ギギーギガーーギギギー」
　列車はブレーキを掛け止まりましたが、停止寸前の速度で揺れはしませんでした。
　しかし、停止した花嫁列車は大丸森トンネルの声に合わせ大きく揺れ始め、阿武隈急行花嫁列車ことぶき号の声も一緒に合唱のように聞こえました。
〈もういいか、もうだめか。もういいか、もうだめか〉
　丈太郎には車内の花も合唱しているように聞こえました。
〈もういいか、もうだめか。もういいか、もうだめか〉
　右へ左へぐらりぐらりと揺れると、急に列車の灯りが消えました。

真っ暗になった車内に、「キャー」と叫ぶ声が響きました。
　暗い車内で淑子と丈太郎は目をつぶって車両の椅子のひじ掛けを両の手で掴み、頭をひじ掛けに乗せるようにして身を固め足を踏ん張ったのです。
「がだ・がだ・がだ・がだ・がだ」
　トンネルが大きく震え、急に音が消えました。
　固く目を閉じていた丈太郎と淑子は音のない世界にいるようです。
　揺れが収まり淑子が固く閉じた目を開けると、まったく別な世界が広がっていました。
　暗いトンネルはうっそうとした木立になり、花嫁列車のドアや窓はナラやクヌギになり、椅子や手すりは笹になっていて、床はイワウチワがピンクの花で模様を作っています。
　木立の間から歩いてくる男の子がいました。丈太郎でした。

第6話
滝に落ちる女と頭に乗せる男がいて

　淑子は乗車したときとは違う淡いピンクの総絞りに小花模様の着物姿で、頭は少し崩した乙女島田になっていました。
「面白いわね。野山で動物や草花と触れ合って過ごしたかったのー」
「えっ、じゃあ、ヨッシーの世界なの？」
「あら、ジョーの世界じゃないの？　何でもいいわ、こんな世界を夢見ていたのは確かよ」
　後ろから声がしました。
「淑子、淑子、無事だったかい」
　涙を流さんばかりに八重子が淑子に駆け寄りました。
　八重子も乗車したときとは違う金糸の花車が見事な留袖でした。
　丈太郎は不思議に思いました。
（なぜ、服装が変わったのだろうか？）
　三つ揃いのスーツに蝶ネクタイになった丈太郎は声を上げました。
「よかった、叔母さんとお姉ちゃんがいて」
　八重子は周りを見回しながら話し出しました。
「先生も友達もイトコもハトコもどこ行ったんだか？」
　着物姿がもう１人声をかけてきました。
「淑子、淑子ー、大丈夫だった？」

もう1人いました。高橋翔と2人で一緒にいたのでしょうか？
「何で2人でいるのよ」
　淑子は低い声でした。
　見回すと八重子と淑子と丈太郎、同級生の姫子と先輩の翔の5人だけが残っていました。
　5人は寄り添いましたが、あまりの変わりようにどうしたらいいか見当もつきません。
　なぜ花嫁列車は消えてしまったのでしょうか？
　謎は深まるばかりです。林の中にいるようで空だけ視界が開け、近くの山や里は見えません。足元の道はけもの道のように下草が踏みつけられて続いています。反対側は背丈ほどもある荒れた藪が一面に広がっていて薄暗く、誰が言うでもなく陽の差す明るい方へと歩き始めました。小高い丘のような里山では、背の高いコナラやシロダモの若葉は周りの景色を教えてくれません。
　突然後ろから男の声が響きました。
「淑子。探していたんだ、淑子」
　振り向くと真後ろに夕反田勇が立っていました。
　淑子は強い口調になりました。
「招待客じゃないのに？」
「ちょうど、丸森で仕事があってね」
　丈太郎も不満顔でしたが、勇は気にせずいやみを放ちました。
「まあ、それより何でここにいるんだ。日頃の行いがいいからか？」

第6話
滝に落ちる女と頭に乗せる男がいて

　ふくれっ面の淑子は森の木々に目を向けましたが、勇は胸を張って言い放ちました。
「なぜ、俺たちだけなんだ？　そうだよ、選ばれたんだよね。淑子」
　淑子は軽口の勇をたしなめました。
「呼び捨てにされる覚えはないわ」
　翔は淑子と勇の間に立ってにらみつけました。
「お前は、勇か」
「翔か、翔じゃやないか。何年ぶりかな」
　淑子が口を挟みます。
「あなたたち、同級生……」
「そうだ、クラスは違うが同学年さ」
　勇は友達にでも会ったように親しげですが、翔は顔をそむける仕草で態度に表しました。

「友達じゃないんでしょう？」と淑子。
「そうだよ」と夕反田。
「違うよ」
　いつもと違って翔は反応が遅いのです。
　気まずい空気が、新鮮な空気の山奥の木々の中に流れました。
　八重子が気を利かせていいました。
「まあ、友達の友達は友達ってことで」
「何でそうなるの。友達の友達でないから、友達じゃないのに」

淑子は何でも中和させる八重子が、好きではありませんでした。
「まあ、まあ。こんな山の中で出会ったんじゃないの。もう、この先は友達よ」と八重子。
「勇、あんたは友達じゃないからね」
　勇は淑子の剣幕に押されて何も言えません。
　丈太郎はあのときのことを思い出して声をあげました。
「列車が揺れたとき、怖くて目をつぶって手すりに掴まったんだ」
　勇が反応しました。
「俺もだ。怖くて怖くて入り口の手すりに掴まったんだ」
　淑子は冷たく返しました。
「意気地なし。目をつぶってしがみついていたんでしょう」
　八重子が遠くの森を見つめるような目でつぶやきました。
「そう、そうよ、私も目をつぶったわ」
　勇が淑子に向き合いました。
「淑子さん、君は目を開けて電車の七変化を見届けたかい？」
　淑子の代わりに翔が答えました。
「きっと目だよ。このマジックは目から入る。だから目を見開いていた人は呪文にかかったが、目をつぶっていた人はかからなかったんじゃない？」
「ということは、山の中にいる俺たちは魔法にかからなかったのかな？」
　勇が言いました。

第6話
滝に落ちる女と頭に乗せる男がいて

　丈太郎が言葉を挟みました。
「逆だと思うよ。目をつぶっていた我々5人が、魔法にかかったんだ。それに静かな世界の片隅から声が聞こえなかった？」
　勇はオウム返しに口ずさみました。
「もういいか、もうだめか。もういいか、もうだめか」
　4人も口ずさみました。
「もういいか、もうだめか。もういいか、もうだめか」
　勇が変顔で声をあげます。
「どんな意味なんだよ、呪文かよ」
　構わず淑子が声をあげました。
「呪文ね。手紙よ。手紙にヒントがあるのかも」
　淑子が開いた手紙をみんなが覗き込みました。

北城河淑子殿
　里山や田畑の理(ことわり)を知り
　謎森の長寿食材を見つけ
　永遠の命を伝えることが
　あなたの第一の目的なり
　　　　　　　団圃団是

　勇は、開口一番に言いました。
「長寿食材を見つけないとお嫁さんにしてやらないぞって。ひどい婿

殿じゃないか」
　淑子は懸命に弁護しました。
「叔父さんが送ってきたのよ。団圃さんは知らないと思うわ」
「叔父さんってどんな人？」
　姫子も突っ込みを入れてきました。

「それが、会ったことなくて」
　無口な翔が口を開いたので、みんなはその口元に注目しました。
「里山や田畑と書いてある。謎森の自然との関係があるかも」
　勇は否定的な発言に終始していました。
「しかし、そうは言っても手掛かりがないし」
　八重子が励ますように声を上げました。
「長寿の秘密はね〜『４つの快』」かしら。高齢勉強会で先生が言ってたわ。えーとね。食事を楽しむ〈食快〉、後は運動してストレスを発散する〈運快〉、実はトイレもウン快よ」
「はは、はははは」
　みんなは軽く笑いましたが、八重子は止まりません。
「あと２つは何だったかしら。とにかく丸森の団圃屋敷に向かいましょう。結婚式前にはその叔父さんとやらにも会って真意を確かめなくちゃ。そうそう、叔父さんって、独身？」
　淑子はつぶやきました。
「もう、八重子おばばも独身だからって！」

第6話
滝に落ちる女と頭に乗せる男がいて

「淑子、聞こえたわよ、ボケていないから。そうそう、3番目は、ボケないようにすることよ。何歳になっても、好奇心を忘れないこと、何歳になってからでもいいの、新しく始めることがあっていいのよ、それがボケ防止の〈知快〉なのよ。さあ、さあ、運動。運快よ」

みんなはその一言で歩き始めたのでした。丈太郎はもう1つの快を聞きたかったのですが、お預けのようでした。尾根沿いの道は、深い谷に差し掛かりました。

「ゴーゴーゴー」

異様な音がします。

木陰から霧のような水の粒がお日様に照らされキラキラと舞い上がっています。

滝でしょうか。獣道は滝の近くの水が飲める場所に、つながっているのかもしれません。勇は獣道を急ぎますが、足元がよく見えず危なっかしい歩き方になっていました。

突然、木陰から人が出てきました。右手には身長よりも長い杖を持ち、わらで編んだような帽子をかぶっていて、日焼けした顔には鋭い目が光っています。わらの袈裟を背中にかけ、何かを背負っているように見えました。足元は職人さんのように巻き上げた履物で、ふくらはぎから上はゆるゆるのズボンのようです。

勇は皆を守ろうと膝を曲げ腰を低くして、両手の拳を上げ戦闘モードになりました。

丈太郎も身構えて、他は後ろに隠れました。

「どうした？　山の中で」

　丈太郎は驚いて声をあげそうになりました。

（女か？）

　声が女性を思わせる響きでした。

　勇がおどおどしながら口を開きました。

「道に迷っただけさ、何も怖くねえ」

　相手は冷静に返しました。

「こんな山奥で。どこに行きたいのだ？」

「街だ」

「途中まで案内してやる」

　淑子は親切そうな言葉に少し安心しました。女は着物姿の3人の女性を見て、驚いたような表情を浮かべました。振袖や留袖姿は、ハイキングには合わない服装だからでしょうか。山の中の獣道を歩いていると、鳥のさえずりや草木の葉音がいい気持ちです。

　勇と女は並んで歩きながら話をし時折笑い声が聞こえました。

　しばらく歩くと水の音が大きくなり、それは滝が近いことを示していました。やがて滝の上に来ました。獣道は滝へ流れ込む水が集まる場所につながっていたようです。

　女は言いました。

「ここは清滝だ」

　水は勢いを増して、直下へと落ち込んでいます。

　滝の上の水面は獣道からは１ｍ近く下にありますが、勇は喉が渇い

第6話
滝に落ちる女と頭に乗せる男がいて

たのか足元の悪い場所を降りていきます。
「危ないわよ」
　女は親しげに勇に声をかけました。
　勇は岩の上に腹ばいで水面に顔をつけて、危ない体勢です。
　しかし岩は重みに負けたように、ぐらぐらと傾き始めました。
「バッチャーーン」
　岩と勇が水面に投げ出されました。
　水の流れは勇を伴って滝壺に落ち込んでいきました。
　すると女は勢いをつけて飛び降りたのです。滝のそばの岩に飛び移り、松の木の幹や根を巧みに掴み滝壺に向かっていきました。
　3人が覗き込みますが尋常な高さでなく、しぶきが霧のよう広がり滝の底は見えません。
「だいじょうぶー？」
　淑子が大声で叫びました。
「だいじょうぶだーよーーー」と声が返ってきましたが、声に懐かしさがありました。
　丈太郎は淑子を見ました。
　淑子は訳がわからないと、握り拳を木の幹に打ち付けました。
「お母さんなの？　あの人はお母さんなの？　おかあーさん」
　そう叫ぶ淑子は涙ぐんでいました。
　滝壺に身を投げそうなほど乗り出していた淑子を、丈太郎が必死に止めました。4人は恐る恐る滝壺を覗き込みますが、女は勇を助けて

くれたのでしょうか？
　大丈夫よと言ったから、勇のことも救出できたのだろうと思いましたが、下に降りることは不可能に近いのです。しばらく眼下を見ていると、滝壺の縁の岩に２人が上がり手を振ってくれたので、淑子や他の４人もほっとしました。
「きっとお母さんよ、お母さんは生きていたの。この場所で」
　淑子は確信に満ちた顔になりました。滝に流れ込む川に沿って歩みを進めると、獣道がはっきりと先を示してくれました。淑子は馴れ馴れしい勇がいなくなってほっとしましたが、姫子が翔に寄り添うように歩いているのを見て嫉妬しました。姫子に翔とのことを話していたから複雑な気持ちでした。
「ちょっと、姫子」
「なあに？」
　笑顔の姫子に淑子は厳しい口調で話しました。
「何で、翔とべったりしてんのよ」
　姫子は、驚いて口を尖らせました。
「あんた、花嫁なんでしょ」
　淑子は姫子の一言で、自分のことが一瞬いやになりました。
「そうだ、私は結婚するのね」
　姫子は横目で見ながら、離れていきました。
　背丈ほどの笹の脇を遠巻きに進むと、修行僧が試し切りしたような丸い大きな岩がありました。真っ二つですが岩窪が目のようで笑って

第6話
滝に落ちる女と頭に乗せる男がいて

いるように見えます。
　しかしその奥にある、丸い大岩を見て淑子は絶句しました。
　3ｍはあるかと思う岩が、数十センチほど空中に浮かんでいるではありませんか。

第7話
浮かぶ大岩と公務員予言者

　目を凝らして見ると、1人の若者が浮かぶ岩の前で座禅をしているようです。凛々しい着物姿の男性は20歳過ぎのようで、3人は恐る恐る近くまで寄ってみました。草むらを歩く音で若者は気がついたのか、目を見開いたので淑子たちは止まりました。浮遊した大岩を背に修行をしているような若者が口を開きました。
「お待ちしていました」
「ようこそ、謎森へ」
　淑子は驚きました。初めて会う若者に待っていたと言われて。
　丈太郎が答えました。
「待っていたって。誰？」
「確かに初対面ですが、私にはわかっていました」
「え、どういうこと？」
「私は予言者ですから」
　淑子は占い師を思い浮かべましたが、当たったことがありません。
「どうせ、適当なことを言って迷わせるんでしょう」
　若者は目を剥いて抗議しました。
「勘違いされては困ります。予言は国、世界、自然、宇宙です」
「大きく出たわね。人間の運命は予言しにくいわよね」

第 7 話
浮かぶ大岩と公務員予言者

「あなたは淑子さんですね。そして丈太郎さん、八重子さん。えーと、そちらの美人さんと美男子さんはわからないな。しかし確かに人の心は広過ぎる。こう言えばああ言う。ああ言えばこう言う。量子力学と相似しています。美しい女性の心は風に舞い飛ぶ風船のようです」

淑子は、名前を言われて驚きましたが、強気に振る舞いました。

「花嫁列車に乗ってきたから。乗客リストを見た？」

「参ったなー淑子さん」

「修行で大岩を持ち上げているの？」

「嬉しいな。浮かんでいるように見えるでしょう」

男は立ち上がると岩の側面に案内してくれました。

淑子たちは回り込んで見た光景に驚きました。

大岩が浮かんでいるように見えたのは一番太い部分。回り込んで見えたのは細くなった部分で、別な岩にもたれかかっていました。太い部分の下には大きな玉石が数個挟まっていて、その分だけ空中に浮かんでいるように見えたのです。

丈太郎は真相を知ってほっとしますが、淑子は冷静に言いました。

「物事は一面だけで判断してはだめね。さまざまな角度で見ないと」

予言者と名乗る若者が反応しました。

「それがこの岩で修行する理由で予言にも客観性が必要なんです」

淑子は客観性と聞いて、若者に興味を持ち名前を聞きました。

「安倍生命（あべのいのち）と申します。セイメイと書きます」

「安倍様、ここはどこですか」

「堂平山の山頂です。鎌倉時代には鳳凰堂のような社殿があり、お坊さんがいました」
「私たちは街に行かなければならないのです」
「ご案内しましょう。私は役場に勤務していますから」
「役場……公務員？」
「予言者は修行中なんです」
　みんなは大笑いし、安倍生命は頭に手をやり恥ずかしそうでした。
　よく見ると爽やかなイケメンで、淑子はキュンとしました。
「予言者ってどんなことするの？」
　丈太郎には興味がありました。
　安倍生命は、研究の成果を話し始めました。
「たとえば、ノストラダムスの予言はご存知でしょう？」
　占い好きな八重子が、すかさず合いの手を入れました。
「あー、世紀末予言が外れた人ね」
「いえいえ、あれは勝手に20世紀末だと勘違いした、我々がいけないんです。実は予言書の3分の1は後世の人が改変したり、別な四行詩を入れ込んだりしていますから、注意が必要です」
「やっぱり、予言って胡散臭い感じ」
　姫子が言い放ちましたが、安倍生命は話し続けます。
「第4章85に書かれている、石灰が黒炭に追い出される話は知っていますか？」

第7話
浮かぶ大岩と公務員予言者

石炭が黒炭に追い出され

彼はこやし車にはこばれて囚人になり

足は黒いラクダにからみ

それで最年少者はより自由を求めて隼は苦しむだろう

　　　　　　　　　　　　　（ノストラダムスの大予言から）

　誰もが首を横に振りました。
「米国史上初めて有色人種のオバマ氏が2009年に第44代大統領になったことは記憶に新しいですよね。そのことが500年前の1500年代の予言書に書かれています。もちろん誰にも知られることなく」
「えー嘘でしょう」今度は淑子が声をあげました。
「それじゃ、予言書の意味がないわね」
　八重子が生命に迫るように口を開きました。
　生命は、後ずさりしながら続けます。
「そこがノストラダムの葛藤で、歴史をひも解くと間違いのない事実が浮かび上がります」
　3人は黙って生命の口元に視線を集中させていました。
「オバマ大統領の対抗馬はマケイン上院議員ですね。共和党の大物で、時に身内の共和党議員にも、厳しい意見を突き付けて政界の1匹オオカミでした」
「それで？」
　姫子が催促しましたが、気にすることなく生命は続けます。

「マケインはベトナム戦争に従軍していましたが、乗っていた航空機が撃ち落とされ捕虜になるんです。そのとき、ベトナムの人々に墜落した場所から発見され、リヤカーのような二輪の荷車に乗せられてベトナム軍に引き渡された。中世フランスのノストラダムスの時代から見ると、まるでその荷車はこやし車に見えたんです。そこで、予言書には、『彼はこやし車ではこばれて囚人になり』と書かれています」

みんなは続きを聞きたいと思いました。

「彼が大統領選挙に出たときの副大統領候補を知っていますか」

誰も首を縦に振りません。

「アラスカ州知事のサラ・ペイリンです。彼女は2006年アラスカ州史上最年少で州知事に当選しています。ノストラダムスの予言書には、『それで最年少者はより自由を求めて』とあるのです。そして対抗馬である有色人種のオバマ氏に負けた。その敗戦を何より残念に思ったのは、アメリカ軍関係者です。黒いラクダはオバマ氏で「足は黒いラクダにからみ」となり、最後にアメリカ軍の象徴ともいえるワシと同じ猛禽類にたとえた『隼は苦しむだろう』で締められた四行詩は、マケイン氏がベトナム戦争から大統領選挙で負けるところまでを見事に表しています」

淑子は不満げにつぶやきました。

「後からはどのようにでも、話をこじつけることができそうね」

安倍生命はひるまずに続けました。

「ノストラダムスは未来のテレビ映像が宇宙のある『時空間』で過去

第 7 話
浮かぶ大岩と公務員予言者

に跳ね返され、真鍮の三脚とたらいの水を使って映像を水面に投影できることに気がついたと思います。地球の歴史の特番を見たのではないかと思います。彼は映像を独自に解釈するから新しい技術とか用語は映像に出ていなければわからない。クレジットカードの予言は第8章14に出てきますが、CREDITと綴りが画面に出てきたので、四行詩に書いているんです」

　翔は財布に手を当てました。

　クレジットカードが気になったのでしょうか？

　生命は横目で見ながら話を続けました。

「現在タブレットを起動するときに必ず目にするかじられたリンゴは、ノストラダムスには見ることができません。ニュースには起動中のタブレットの画面は出ないからです。この予言書を出版することについて、ノストラダムスには相当の葛藤があったに違いありません。

　未来映像をもとにしているので自分の予言があまりにも正確なため、後世の権力者が予言書を読んで歴史を利用したり変えようとすることを予測しました。そこで後から読むとわかるのですが事前には予測不可能な方法で記述しているのです」

　八重子が生命に向かって口を開きました。

「遠くの国の昔のことを話されても、実感が湧かないわね」

「そう、その通りです。実は私たちが身をもって体験した重大な出来事を、ノストラダムスは予言していました。聞きたいですか？」

　そこまで言われると聞きたくない者はいないでしょう。

安倍生命は、低い声で話し始めました。
「4本の柱、土星、地震、洪水、大爆発、葬式の壺。これは何のことかわかりますか？」

　みんなは首をひねるばかりです。
「壺はまさに放射能デブリが残った原子炉の圧力容器そのものです。そして、最後の文章は、まさにピッタリの表現。多くのものが失われ、そして戻った」
「えっ、何それ、どういうこと？　予言にあるの？」と姫子。
「はい、こんな予言があります」

　かれらが土星にいけにえをささげる四つの柱で
　地震が起こり　洪水が起こる
　葬式のつぼは土星の影響を受けた建物のしたで見つけられ
　充分な金が盗まれてまたもどる
　　　　　　　　　　　　（ノストラダムスの大予言　第8章　29）

「4本の柱で思い当たることはありますか？」
「原発事故」
　淑子と姫子が同時に言いました。
「そうです。私たちは上空からのTV映像で何回も見ていますよね。放射能がまき散らされて大変な被害がありました。土星は原子のデザ

第 7 話
浮かぶ大岩と公務員予言者

インと似ています。津波は日本発祥の言葉で、当時のノストラダムスにはわからない。映像で第一発電所の４つの原子炉建屋が彼には柱に見えたのでしょう。地震と洪水が襲ったことは容易に理解できますよね。被害地域は原子炉のいけにえだったのです。建屋最下部にデブリが落ちた沸騰水型軽水炉は、骨壺にそっくりですし、私が一番驚くのは、最後の一文です。現在の被災地の状況を、これほど的確に表す文章に出合ったことはありません」

みんなは絶句して言葉を発する者はいませんでした。

翔が重い口を開きました。

「400年前にそこまでわかるなんて」

姫子が口を挟みました。

「こじつけよ。解釈しだいで、どのようにも読めるように書いたのよ。実際にメルトダウンしたのは３つの原発じゃなかった？」

生命はきっぱりと言いました。

「そう、いいところに気がつきました。ノストラダムスは映像を見て４つの柱としたんです。お嬢様は四行詩をどう解釈しますか」

「ヨーロッパにも古い遺跡があるわ、ギリシャとか。そこで地震があり、川が土砂崩れでせき止められ洪水が発生したのよ。第一、ノストラダムスは中世フランスの人でしょ。21世紀の地球の反対側のことなんかわかるはずないわよ」

翔が言葉をつなぎました。

「しかし、あの大地震と原発爆発は全世界に報道されましたよね」

姫子は譲りません。
「そうだけど、四行詩の後半の２行は、お墓の骨壺に金銀財宝を隠していたのが見つかったのよ。そして、その犯人が捕まったのよ。ルパン風は歴史の中にたくさんいるわよ」
「うーん、前半と後半の推論が結び付きませんねー」
　生命は指を真上に立てて反論しました。
　淑子が口を挟みました。
「私たちは、過去の予言がどうのこうのじゃなく、未来のことが知りたいのよ」
「そう、そうなのよ。教えて未来の予言」
　姫子がすかさず言いました。
「ノストラダムスは現在より先の未来の予言もたくさん残していると考えられています」
　歩きながら、生命は話してくれました。
「ある国が、北半球を統一するとしています。ユーラシア大陸のほぼ全域を制服したのがチンギス・ハンのモンゴル帝国ですが、これは１３世紀のお話。ノストラダムスは１６世紀の人ですから、この予言に書かれているのはモンゴル帝国ではありません。では、どの時代にどの国がいつの時代にユーラシア大陸を征服するのか？」
　翔はこの手の話が好きでした。
「考えられるのは、アメリカか、中国、ロシアあたりかな。インドもあるな、イスラムも」

第 7 話
浮かぶ大岩と公務員予言者

「そう、そうなんです。翔さん、ニアピンです」
「どの勢力が覇権を握れるか、実はノストラダムスの予言書の中に書かれているんです」
　生命の話を聞きながらも、一行は視線を先にして早く街に辿り着こうと歩きました。重大なことを話そうとしたのに、足早に進んでいく一行に生命は不満顔で言いました。
「もっと大事な、これから起こるだろう未来の予言があるんです」
　上空ではウグイスが高い声でさえずっています。
「ホーホケキョ」
　しばらくすると、先ほどより低い声で
「ホーホケキョ」
　もう少し歩いていると、さらに低い声で鳴きました。
　丈太郎が声をかけました。
「ウグイスさん、いい声で鳴くね」
〈なんだべ、なんだべ、私の話すことがわかるの？〉
「なんだべって、何だべ？」
　丈太郎はウグイスに声をかけました。
　ウグイスは近くのナナカマドの木に止まって話しかけてきました。
〈私の話がわかるのね、ジョーター〉
「うん、そうみたい。君の名前教えて」
〈チモルよ〉
「チモルか、かわいい名前だね。チモルはノストラダムスの予言の続

きを聞きたい？」
　少し間があり、チモルが答えました。
〈どっちでも〉
　安倍生命は不思議そうな顔で、丈太郎とウグイスを見つめました。
「実は、気になっている予言がありまして、ノストラダムス大予言の番外詩ってのがあるんですが、その5番目に」

　多くの助けが四方からやってきて
　人には遠くから反抗し、
　かれらはとつぜんあわただしくなり
　もはやかれらを助けることはできなくなる

　　　　　　　　　（ノストラダムス予言書　番外詩　5より）

「……なんですが……」
　誰も聞いていないふうでしたので、安倍生命は寂しそうな表情で歩きました。
　歩みを進めると見晴らしのいい場所に出ましたが、足元を見ると断崖絶壁でした。
「あ、危ない」と淑子。
「あー」と短く丈太郎が声を発して、目の前から消えてしまいました。
　淑子が丈太郎のすぐ後ろを歩いていましたが、急に立ち止まった丈太郎にぶつかったのです。

第 7 話
浮かぶ大岩と公務員予言者

　その場で淑子は身動きが取れず、絶句していました。
　八重子は断崖絶壁から消えた丈太郎を探して覗き込みますが、見つかりません。
「じょうたろ〜〜、じょうた〜〜」
　淑子は高いところが苦手で、下を覗き見ることができません。しかし丈太郎を跳ね飛ばして断崖から突き落とした責任を感じ、首を伸ばして恐る恐る大声を出しました。
「丈太郎ーーー。じょうたろーーーーーー」
　下から声がしました。
「ヨッシー」
　大岩は直下は少しだけ平らですが垂直に切り立っていて、遠くの谷が見えました。
　淑子が岩にしがみつき首だけ出すと、そこに丈太郎がいました。
　垂直に切り立つ崖の直下数メートルが踊り場で平らですが、2mもありません。
　その先が谷底へ向かう崖のようで、丈太郎は運良く谷底に落ちなかったのです。
　八重子も腹ばいになって岩にしがみつき、丈太郎を見て叫びました。
「じょうたろー死ぬなよ〜。死んじゃだめだぞ〜〜」
　淑子は声が出せず、翔と生命を見て小声で言いました。
「助けて！」
　事態をすぐさま理解した翔と生命が崖を下りようとました。

95

それを見ていた丈太郎は、腹の底に響き渡る声を聞きました。
〈ジョーター、下にいる修験者に助けてもらえー〉
「えっ、下って？」
　丈太郎が崖の下を覗き込むと大きな階段のような岩があり、そこに人が座って何やらぶつぶつと言っていました。
「いま教えてくれたのは誰？」
　背中の大岩が低音で答えました。
〈合縁奇縁じゃ〉
　丈太郎は大声で叫びましだ。
「おじさん、助けて」
　男は念仏をやめて、体はそのままに首だけで振り返りました。
「上から落っこちたんだ」
　男は岩の窪みに手や足を掛けて、丈太郎のそばに来てくれました。
「おじさん。ありがとう」
　男は無言で上をチラッと見ました。
　淑子たちは不審な男がどこからともなく現れて、丈太郎に寄り添っていることに不安を抱きましたが、どうすることもできません。
　男は編み笠で顔が隠れ表情はわかりませんが、かがんで丈太郎を肩車して立ち上がりました。丈太郎は男の肩から精一杯手を伸ばしますが、距離があり、上から引き上げることはできません。すると男は低いがはっきりとした口調で言いました。
「肩に上がれ」

第 7 話
浮かぶ大岩と公務員予言者

　丈太郎は、男がかぶっている編み笠を両手で挟み込み、右足、左足の順番で肩の上に足をつけ立ち上がりました。生命は必死に手を伸ばしますが届きません。あと20cmくらいでしょうか。もう一度、男が言いました。
「頭に上れ」
　丈太郎は編み笠を取った男の丸坊主の頭に両足を乗せて、目の前の岩肌に手を伸ばしました。生命は腹ばいになって胸まで崖に投げ出すようにして、丈太郎の手を思いっ切り引っ張りました。翔は生命の足首を掴んで落ちないように引っ張りました。丈太郎も男の頭から岩の窪みに足を掛けてよいしょっと上がることができたのです。
「あーよかった、よかった。心配したわよ」
　淑子はほっとした表情でした。
「おじさんに助けてもらったんだ」
　眼下の男を見ると、頭には丈太郎が踏んでつけた土が見えます。
　たまらずに丈太郎が言いました。
「おじさん、ありがとう。ここで何をしてたの？」
　男は丈太郎を見てから遠くに視線を戻して、つぶやきました。
「修行だ」
「おじさん、助けてくれてありがとう」

第8話
水たまりと南朝のお殿様

　八重子はお礼を言おうと、下を覗き込みましたが誰もいません。
「男の人、どこに行ったの？」
　丈太郎は慌てて崖下を見ましたが、男の姿は消えていました。
　上空で全てを見ていたチモルが話しかけてきました。
〈ジョーター、危なかったね。お父さんに助けてもらえてよかった〉
「えっ、お父さん？」
　丈太郎は絶句しました。
　父は7年前に行方不明になっているのに、チモルははっきりと〈お父さん〉と言いました。
「チモル、どうしてお父さんだとわかったの？」
　チモルは答えません。
　八重子と淑子は、丈太郎の言葉に反応しました。
「どうしたの？　丈太郎」
　丈太郎は、下を向いて小声で答えました。
「いや、あの、何でもないよ」
　お父さんは7年前に行方不明になっているけど、手の感触は霊山のときと同じだった。チモルが嘘をつくはずがない。お父さんは生きているんだ。肩車してくれたんだ。

第8話
水たまりと南朝のお殿様

　丈太郎は確信に満ちた目で遠くの山を見ました。
　一行は街に向けて歩みを再開しました。笹藪を避けて下草のない木立の下を歩き街の方角に進みますが、足元の落ち葉が滑るのでゆっくりゆっくりと歩いていきます。
　安倍生命はもう一度、不思議な顔で丈太郎を見つめました。
「誰と話したんだね？　丈太郎さん」
「うん、チモルだよ。ほらあのウグイスさ」
　丈太郎が指さした高みには、１羽の鳥が羽ばたいていました。
　安部生命が驚きの表情を見せました。
「僕は小鳥とも話ができるんだ。さっきは大岩とも話したよ」
　丈太郎は、隠すこともないと大胆に秘密を打ち明けました。
　安倍生命は声をあげました。
「小鳥と小鳥が何がしかの会話をしていると聞いたことがあるけど、人間の、それも小学生と会話をしているなんて！」
　八重子は不安の眼差しを向けています。
「私たちを変な目で見ないでね。結婚する年頃の娘の弟だよ！」
　生命は下を向いてうなずき、黙ってしまいました。
　チモルは美しい鳴き声で上空を羽ばたいていました。
「待って、待ってチモル。もう少しゆっくり頼むよ」
〈わかったわ〉
　チモルは一声鳴いて返事をすると、上空をゆっくり旋回して見せました。

谷間に差しかかると、イノシシの母親と5匹のウリ坊がいて、その中でも小さな1匹のウリ坊が、淑子に大きな瞳を向けていました。
「かわいい〜」
　淑子のそばにウリ坊が来ました。
「危ないわよ、母親のイノシシが見ている」
　八重子は心配になって声をかけました。
　丈太郎にはウリ坊の言葉が聞こえてきました。
〈いい香り、淑子さん〉
「おいらにはわかんねー。ウリ坊は臭いに敏感なんだね」
〈臭いじゃねえ、香りだ。それにウリ坊じゃね、名前があるんだぞ〉
「ごめんね。お名前教えて」
〈ズッポだ〉
「ズッポ君、香りだよね、淑子姉さんのいい香り」
　1匹の猪の赤ちゃんであるズッポは、仲間になったように我々の後をついてきました。
　しばらく歩くと急に視界が開けて、丈太郎は遠くに見える烏帽子のような山に見とれて歩き出しました。しかし急に黒雲が谷底から湧き上がって視界をさえぎりました。
　やがて黒雲の中に明るい部分ができました。
　丈太郎の背負うリュックサックの中から顔を出した、ねうじとねうぺは大騒ぎです。
「ウンギャー、ギャーギャー」

第8話
水たまりと南朝のお殿様

　八重子は、丈太郎のリュックに目が釘付けになりました。
「どうしたの？　その猫！」
　八重子はそれ以上言葉が見つかりませんでした。
　黒雲の中心には明るくなった部分にぼんやりと猫の姿が見えています。周りと比べると樹木と同じくらいの猫ですから、20mはあるでしょう。しかも、表情豊かにこちらを見て口を開けています。
「あ、あれ、何？　虎？　ライオン？」
　淑子は、猫のあまりの大きさと表情のリアルさに驚きました。
「魔不惑命じゃないか」
　丈太郎は自然に名前を口にしましたが、会うのは初めてでした。
　なぜ怪物の名前を知っているのか、自分でも不思議な丈太郎でした。
　魔不惑命は大きな口を開け、ざらざらの舌で話し出しました。
〈団圃氏と結婚するのか？　いたずら猫に気をつけろ〉
　怪物は地面を震わせる響きで告げると、消えてしまったのです。
　淑子と手を取り合っていた八重子が、驚いて言いました。
「団圃氏と結婚するのか？とはどういう意味？」
　淑子は丈太郎を見ました。
「さっき怪物に『まふぁるめ』と言っていたけど知り合いなの？」
　丈太郎も気づかない心の奥底の記憶が呼び覚まされた瞬間でした。
「会ったのは初めてだけど、すぐに誰なのかわかったんだ」
「で、誰なの？」
　淑子はきつい目で丈太郎に迫ります。

「大猫神様さ。この場所は昔からシルクの里といわれて、蚕様がきらめく糸で作る繭から絹織物が作られる。その蚕様は天敵がネズミだから猫を飼ってるんだ。その元締めが大猫神さ」

 淑子はすぐさま怒りの声をあげました。
「その元締めが、団圃氏と結婚するのか？ってどういう意味？」
 八重子はそんな淑子をさとすように言いました。
「淑子、そうは言っても猫神様は何でも知っているよ」
 生命も、恐れおののくような雰囲気で声をあげました。
「あんなに大きく空に浮かんでいるのは、ただものではない」
 丈太郎は背中のねうじとねうぺに聞きました。
「知ってるかい。魔不惑命？」
〈うーん、知ってるかどうか知らないなー♪　知らないかどうか知ってるにゃー♬〉
「何言ってんだ、子猫たち」
 淑子の怒りは収まりません。
 少し歩くと、水たまりのような場所に出ました。
「山の上にも水たまりがあるのね」
 淑子は水の縁に寄って水面を覗くと、うごめくものの存在がありました。ハッとして一瞬身を引きましたが、好奇心が勝ってもう一度覗き込みました。そこには、ギラギラした目を持つ泥の塊のようなものがいたのです。
 丈太郎が話しかけました。

第8話
水たまりと南朝のお殿様

「君はだあれ？　僕は植物や動物、岩やトンネルとも話ができるんだ」
　その存在に驚いて、目を一層大きくして静かに答えました。
〈泥魔王だ〉
「泥魔王って、泥の王様だよね。小さい頃、田んぼで泥んこになって遊んだことがあるよ」
　泥魔王はすごみのある低音で返しました。
〈そんな生易しいもんじゃない〉
「そうなんだ、じゃあ、泥んことは関係ないの？」
〈大いに関係ある。みんないつかはこうなるのさ〉
「ねえ泥魔王さん、ほんとはどんな姿？　意外に格好良かったりして」
〈この姿が泥魔王の究極の姿だ。エントロピーを知っておるか？〉
　丈太郎は淑子に聞きました。
「エントロって知ってる？」
　淑子は驚きました。
「えっ、エントロピー増大の法則のこと？」
　丈太郎の言葉を待たずにすぐさま泥魔王は答えました。
〈そう、その増大後の究極の姿が今のワシだ〉
　淑子が先生のように話しました。
「ほら、大きな岩も川の流れで砕けて玉石のようになり、海に着く頃は砂利になり、波に揉まれて砂粒になるでしょう。それがエントロピー増大なのよ。あっそれから、熱い味噌汁も時間が経つと冷めるのもエントロピーよね」

「そうか、小さくなったり、周りの温度と同じになることだね」
「まあ、わかりやすく言えばそうなるわね」
　泥魔王が低い声で投げかけました。
〈そんなことではない。世界はこの泥魔王様にひれ伏す時代が来る〉
　淑子と丈太郎は怖くなって一歩後ずさりしました。
「じゃあ、お元気でね、泥魔王さま～そんな風にはならないわよ～」
〈何をー。生意気な娘じゃ。今に見ておれ。お前たち人間は、死んだら、エントロピー様のお世話になるんだぞ、ふ、ふ、ふ、ふー〉
　不気味な笑い声で泥魔王は、水たまりの中からにらみつけました。
　みんなは静かに遠回りして進みました。
　丈太郎は、肩に乗っている〈ねうじ〉に聞いてみました。
「ねえ、泥魔王って知ってる？」
〈どろまおう。どろんこの王様か。そんなもん王様なんかじゃないさ〉
「そうだよね、なんで王様なのかな。ところで、さっきの大猫神は？」
〈あんなやつ、ろくなもんじゃねえ、気にすんな、それよりもなぞなぞしよう。正解ならお望みの場所に連れていってあげるぞ〉
　三毛猫のねうぺは、魔不惑命のことが嫌いなのかもしれません。
「街に入ったらね。今はなぞなぞしたい気分じゃないんだ」
〈あっという間に街に行けるよ、正解したらね〉
「よしわかった」
「えー、ほんとー？」
　丈太郎は淑子を見ますが、事の重大さにには気がついていません。

第 8 話
水たまりと南朝のお殿様

〈じゃあ問題出すよ。人間の一番の罪深さはなーんじゃ〉
「ヨッシー、人間の一番の罪は何？　僕は戦争だと思うけど」
「そうね〜。そうかもね」
　淑子は丈太郎と猫の会話の中身がわかりません。
〈ファイナルアンサーか？〉
「うん」
〈ほ・ん・と・う・に、ファイナルアンサーだな？〉
　10秒くらいの間がありました。
〈残念、最大の罪深さは「忘却」だ。人は第一次、第二次、第三次と戦争を何回も繰り返し、津波が来たのも忘れて同じ場所に家を建てる。山は噴火するが火口は人だかりじゃ〉
　ドドド、ドドドド、ドドドドドドド、ドドドドー。
　大きな音と振動がして、空を飛ぶような感覚で風景が変わりました。

　淑子は急に周囲の風景が変わってしまい、驚きを隠せません。
（ここは、どこなの？）
　柱や鴨居が朱色に塗られた部屋の壁には、金色の菩薩が空を舞うように配置され、中央には阿弥陀様が鎮座していました。隣の八重子も目を丸くしていました。外は池になっているのでしょうか。枝垂桜が満開を迎え、池の水面の日の光りが眩しいほどです。
　丈太郎も周囲を見回して驚いているようです。修行中の予言者とウリ坊のズッポがいてくれたので嬉しくなり抱き締めました。それに、

全員がその時代に合った衣装になっていました。しかし、姫子と翔はいませんでした（あの2人、つるんでいたら承知しないから）。

　淑子が冷静に周囲を見回すと、部屋の隅にお坊様がいました。
「お坊様、ここはどこですか？」
　お坊様は、ここは鳳凰堂です、と答えてくれました。
　安倍生命がお坊様に尋ねました。
「京都の鳳凰堂ですか？」
　お坊様はいぶかしげな顔をしましたが、教えてくれました。
「堂平山神社の鳳凰堂です。昨日、北畠顕家公が宿泊されました」
　場所は変わらず年代は600年ほど過去かと淑子は考えました。
　阿弥陀如来座像は金色に光りまばゆいほどで、全員が合掌しました。
　ズッポは丈太郎のそばで静かにしていましたが、ブルブルと身震いをしてつぶやきました。
　淑子にはウリ坊が何を言ったか、わかりませんでした。しかし、大切な何かを伝えようとしていることはわかりました。
〈たくさんの人が来ます。汗の臭いと笹の擦れ合う音がします〉
　丈太郎はウリ坊のささやきを、淑子と安倍生命に話しました。
　生命は驚きました。
「確かなのか」
「ウリ坊の嗅覚と聴覚は人間の1万倍あります。間違いありません」
　生命はこの情報に思案を巡らせ、あるアイデアを思いつきました。
「僧兵の頭（かしら）を呼んではくれぬか。大事な話じゃ」

第8話
水たまりと南朝のお殿様

　お坊様はこの男が誰かわかりませんでしたが、身なりが良いから相当の立場の者であろうと思い、頭を呼びました。
「お前様は、どこの誰じゃ。わしに何用じゃ」
「安倍生命（あべのせいめい）でございます」
「聞いた名前じゃ、陰陽師の家柄じゃのう。いつこちらに来られたか、難儀じゃった」
　生命が頭のそばに歩み寄りました。
「お頭様、北朝軍が攻めてくるとの八卦が出ています」
「なに、陰陽師。それはまことであろうな」
「間違いありませぬ」
「よし、わかった。僧兵に迎え撃つ準備をさせるぞ。みなはここに隠れているがよい」
　丈太郎は安倍生命の振る舞いを見て、人間の１万倍あるズッポの情報収集力を自分の手柄のように伝えていると思いました。
　戦（いくさ）が終わり南朝の僧兵頭は生命を呼びました。
「そちの八卦が南朝に勝利をもたらしてくれた。噂通りのお方じゃ。霊山の城に北畠顕家様を訪ねなさい。書状をしたためておく。馬を使うがよい。褒美は何がよいか」
「かたじけのうございます。顕家様のためなら懸命に働きます」
　頭は話を終えると僧兵のいる別の間に移りました。
　淑子は丈太郎を呼んでひそひそと話しました。
「歴史を変えて、南北朝の時代でお殿様を守るっておかしくない？」

丈太郎がうなずきながら安倍生命をにらみました。
　安部生命は空気を察知して話そうとした瞬間に、淑子は機先を制して声高に安倍生命に向かって叫びました。
「何を考えているの？　歴史が壊れたら、世界が破滅するわよ」
　生命は冷静に静かな声でつぶやきました。
「そうではないんです。私が安倍晴明の子孫なんです」
　みんなは飛び上がらんばかりに驚きました。

第9話
顕家公に説教と接吻

　隣で聞いていた丈太郎は、顔を真っ赤にして抗議しました。
「1万倍の能力のあるズッポの情報を使ったくせに」
　生命は丈太郎とズッポのそばに来て、小さな声を出しました。
「君とイノシシの赤ちゃんと私で天下を取れるぞ。このチャンスを生かさない手はない」
　丈太郎は安倍生命の言っていることがわかりません。
「ここは生命にお任せあれ。君たちだけでは何もできはしませんぞ」
　淑子は生命が時代がかっていて、役を演じ切っていると思い、きっぱりと告げました。
「生命さんの勝手にはさせないわ。時代を変えないように監視する。いいわね」
　ところが、生命は自分の都合がいいように解釈しているようです。
「姫、私と一緒に来てくれるのじゃな、望むところじゃ。付き添いの小僧の面倒も見るぞ」
　淑子は生命から離れようと隅に行きますが、生命は後を追うように寄ってきます。
　そこに頭が現れました。
「褒美を考えたか、安倍生命殿」

「ははー」
　生命はやや間をおいて頭に言いました。
「申し上げます。こちらにいらっしゃる姫と小僧とイノシシの子供は私の家来です。一緒にお供いたすことをお許しくださいませ」
「おお、そんなことか。許すぞ」
　それを聞いた生命は、淑子を壁の際に押し込んだのです。
　生命は壁ドンして淑子の色白の小顔に手をやり接吻をしました。
　淑子は思わず、生命の頬を張り倒しました。
　生命は、かしこまって詫びました。
「すまぬ、気を悪くなさいましたか。しかし拙者の本心をわかってほしいのです。淑子姫」
　淑子は答えませんでした。
　この場合、話すのは得策ではないと考えたからです。
　生命は答えぬ淑子に二の矢を放ちました。
「淑子姫、拙者は陰陽師として顕家様に仕える覚悟じゃ。そなたはお妃として随行してはくれぬか？」
「えっ、それってプロポーズのつもり？　そんなの無理」
　淑子以上に慌てた丈太郎は生命に詰め寄りました。
「淑子姉さんは結婚するんだ」
　生命は一瞬驚いた表情を見せましたが慌てません。
「それは別なお話。ここでは後醍醐天皇の信頼厚い顕家様を中心に南朝の世界が存在する。そして拙者安倍生命は南朝に仕える陰陽師だ。

第9話
顕家公に説教と接吻

その妃ならば天皇家にも次ぐほどの暮らしが与えられよう」
　淑子は思わず吹き出しました。
「何が拙者よ、あなたは公務員なんでしょ。ウリ坊の働きを自分の手柄にしちゃって」
　生命はぐうの音も出ません。
　頭が戻ってきて空気を察知することもなく、大きな声で告げました。
「安倍生命殿、霊山城でお殿様にお引き合わせします」
　否応なく淑子たちも一緒に行かなければなりません。ここは山頂の寺院ですが、尾根伝いに幅二間（3.6m）ほど刈り払われた道を馬に乗り霊山城を目指しました。
　淑子は、翔や生命に求婚されたことを、団圏さんのお見合いの前ならよかったのにと心の中で思いました。
　山道は歩きやすく、霊山城への物資を運ぶ人通りもありました。上空からオオタカが急降下して、開けた道で餌を食む小動物を口にくわえて大空に舞い上がります。里山の食物連鎖の頂点はツキノワグマや狼、そして制空権を持つタカ族だと知りました。伊達政宗が領地の検地のために最初に行った場所で、筆のはじめ（甫）として筆甫と呼ばれる村に着きました。人々が集まる先には、煌々と燃える場所がありました。
「ここで何をしているのですか？」
　淑子が周囲の人々に尋ねました。
　振袖姿の淑子を見て村人は、貴族と思い片膝になって答えました。

「ははー。たたら製鉄にございます」

　たたら製鉄の周りには山のように木炭が詰まれ、炉にくべられる順番を待っています。淑子は歴史研究会でたたら製鉄の写真を見ていましたが、本物の迫力に驚きました。

　しかし、注意は別のところに移っていました。

「このいい香りは何かしら？」

　と淑子が振り返ると、大鍋があり、あふれんばかりに煮込まれたものがありました。

「これは？」

　そばにいたおばあさんが、得意げに話してくれました。

「へそ大根の煮物だよ。人参、筍、海藻と一緒に煮込んでいるのさ。たたら製鉄の仕事人も腹減っぺ」

　急にお腹がすいてきたのは淑子だけではありません。

「おいしそう」

「喰ってみっか」

　木の皿に盛られたへそ大根の煮物は、野菜の出汁や海藻の滋味を吸い込んだのか、これまでの人生で食べたどんな料理より、複雑で野趣あふれる味でした。

「丸森の長寿の食材。へそ大根と季節の野菜。これがその１つね」

　村のおばあさんが食べている姿を見て話しかけてきました。

「多賀城の政庁からきたんだべか。ほれ、こいつも喰ってみろ」

　そう言って出されたのは、鶏のから揚げのように見えました。

第9話
顕家公に説教と接吻

「この時代にトリカラがあったの！　研究会で報告しなくっちゃ」

　丈太郎は早速２つ目のトリカラを食べています。

　負けじと淑子も手を伸ばしました。

「おいしい、柔らかいわ」

「は、は〜。は、は、は」

　周りのおばさんたちが嬉しそうに笑いました。

「大豆油でへそ大根を揚げてみたのさ。うまいべ」

「鶏のから揚げだとばっかり」

　周りは大爆笑になって、淑子は顔を赤くしました。

　そばの建物では、数人の男性が中央に置かれたものを見ながら話し込んでいました。

「これは？」

　淑子があでやかな着物姿で聞くと、男が畏まって口を開きました。

「たたら製鉄で砂鉄を溶かしたケラでございます。何千回と打ち込んで玉鋼になります」

　鉄の塊が９個並んでいて、饅頭形、とんがり帽子形、平べったいものと形さまざまに個性を主張しています。淑子たちと村人がケラを眺めながら話に花を咲かせていると、〈ぼっ〉と９個のカケラが光り始めました。

　その瞬間、空を切り裂き、魔不或命が消炭色の暗闇を伴って大きな姿で現れました。

　ほぼ同時に安倍生命も祈祷を始めました。

9つの鉄塊はそれぞれ緋色、蜜柑色、淡黄色、萌黄色、煎茶色、露草色、瑠璃色、そして青白磁色に怪しく光り、最後の1つは周りを照らしても、己は光らない黒紅色の鉄塊でした。生命は独特の手形で祈りを続けますが、上空の魔不或命は唐茶色に染まり、目は明るい帝王紫色に光っています。淑子や丈太郎には上空の異変がわかりましたが、村人や集まってきた僧兵は気がつかない様子です。頭も騒ぎに気がついて駆けつけますが、鉄塊の光る様を見て驚いています。
　魔不惑命の目は帝王紫から赤味を帯びた紅色になり、やがて青白色に変わっています。そしてわずかな振動と唸りのような地響きが周囲を支配しました。
　生命はこめかみに青筋を立て必死で呪文を唱え、体が震えています。
　やがて黒紅色の鉄塊が青白く光り8つの鉄塊を覆い尽くしました。

　わずかな時間の中でその色は猩々緋色になってきましたので村人や僧兵は驚きました。そして、血のような物悲しい色の輝きに目をくらませて、囲んでいた輪を広げました。
　魔不或命の目も青白磁色から紅緋色へと変化を見せて、輝きを天空から降り注いだので、一帯が真っ赤な世界になりました。淑子と丈太郎は空の色の恐怖に目を開けていられません。そして、生命は立っていられず膝立ちして祈祷を続けていますが、上空の魔不惑命のことはわからないようです。

第9話
顕家公に説教と接吻

　猩々緋色の光が膨らみ不思議な色の狼になったように見えました。
「おおー。神狼(しんろう)ではないか！」
　僧兵の頭が声をあげました。
　周りの者が囲む輪を広げたとき、まばゆい猩々緋色の鉄塊が全天を覆(おお)うほどの煌めきで飛び出して、村人の視界から消えました。
　他の８つの鉄塊もそれぞれの色を帯びて狼の姿になり、大空高く飛び去っていったのです。
　淑子と丈太郎は、鮮やかな天空の変化に一言も発することができずにいましたが、見上げた大空には魔不或命はいませんでした。
　淑子たちの背後で音がしたので振り向くと、安倍生命がその場に倒れていました。
「大丈夫？」
　薄目を開けた生命がつぶやきました。
「祈りが、祈りが通じたのじゃ、姫」
　淑子の腕の中で再び生命は意識を失いましたが、淑子も丈太郎も信じません。
「あれは魔不惑命の力も及ばない別な力じゃないか？」
　しかし、上空のまばゆい光は村人には見えず、手柄は気を失っている男のものでした。
　僧兵の頭は部下の兵や村人に伝えました。
「狼は聖なる獣(けもの)として古来より崇拝され、真神（まがみ）といわれておる。ネズミやウサギ、ヤマネコやシカから作物を守るからじゃ」

115

丈太郎は真剣な顔で頭に向かいました。
「守るって、どういうこと？　ウサギやネコはどうなるの？」
「もちろん真神の餌じゃ。子供や女たちからは魔神と恐れられていた」
　丈太郎には魔不惑命の狼に対する気持ちが痛いように伝わります。
　鉄塊から狼を生み出す力は安倍生命にはない。とすれば、魔不惑命は猫の天敵である狼の神が生まれるのを必死で止めようとしていたに違いない。しかし、それぞれの色に染まった狼は天空へと飛び去っていった。つまり、魔不惑命より力のある存在が狼を生み出したのではないだろうか。では、どんな存在があの狼を生み出したのだろうか？
　謎が解けぬまま、僧兵の頭に従って霊山城へと歩みを進めます。
　北朝軍に見つからぬように、山あいの峰を辿って歩きますが、霊山寺近くになりますと、きれいな水の流れる沢沿いの道を進みます。ここは、南朝の懐の沢で、敵が来る心配はないようです。しばらく進むと、右側に大きな岩山がありました。高さは15mくらい、長さは100m以上はあります。岩山の上には樹木が生えていますが、その間から南朝の兵士の顔が見えました。
　頭は自慢げに話してくれました。
「ここは、霊山城の東の最後の守りを固める岩山砦じゃ。ここから一里くらいで霊山寺の僧房群に到着する。顕家殿は平時はそこにいることが多い」
　南朝の僧兵の姿が次々に岩山の上に現れました。10人、20人、いやもっとたくさんの僧兵が顔を見せて騒いでいました。

第9話
顕家公に説教と接吻

「お主たちのきれいな着物が評判になっているようじゃ」
「じゃあ、着物姿を見るために顔を出したってこと？」
「そうじゃ、ハ、ハ、ハ、ハー」
　一行はなだらかな坂を馬で上り、霊山寺に辿り着きました。

　霊山寺では北畠顕家公が待っていました。
　顕家公が目を奪われたのは淑子の姿でした。振袖姿で色白の小顔にかんざしを挿して黒髪を結っているのは、どの時代であっても魅力的です。
「そなたは」
　葵（あおい）色の衣にりんどうの浮織物（うきおりもの）、襟元には紅緋色（べにひいろ）の単衣（ひとえ）が印象的な立烏帽子（たてえぼし）の色白の若い男が、淑子に尋ねました。淑子は相手の服装から南朝の中心人物の北畠顕家ではないかと判断しました。
「はい、淑子でございます」
「おお。淑子、淑子姫。多賀城の国府から来られたのか。お疲れであった、休むがよい」
　淑子と丈太郎は最奥の屋敷に通されましたが、生命は別の場所に案内されました。
　顕家公は淑子に向き合っていました。
「姫。霊山城には金銀財宝があり、淑子姫には不自由はかけぬ。わしの妃になってくれ」
　淑子は驚きましたが、この時代には地位のある者は正妻の他に側（そく）

妾が複数いることが普通でありました。顕家は20歳の若者であり南朝が支配するこの地域の総大将であることを、淑子は歴史研究会で学んでいました。そしてこの後訪れる悲劇も知っていたので即答することは避けて、歴史を変えずに済む方法はないかと思案していました。

淑子は一呼吸置いてから、説くように話し始めました。

「北畠顕家様、あなた様は後醍醐天皇の命を受けて北朝を打ち破らんと戦いをしています。しかし天皇のお言葉を全て信じているのですか？ 霊山城を中心とした地域から北朝軍を追い払ってからでも遅くないのでは」

顕家の淑子を見る目つきが変わりました。

「後醍醐天皇による祭り事の再興は、わしにとっても悲願じゃ。けれども昔のままでよいとは、わしも思っていない。淑子姫、相談に乗ってくれるか」

「はい」

淑子はゆっくりと、言葉を選んで話します。

「あなた様は霊山城の主であり、陸奥将軍府の総大将なのだから、ここに留まりこの地を治めて、京は後醍醐天皇やあなた様の父上である北畠親房様にお任せください。あなた様が西方の北朝軍の中心まで遠路はるばる行く必要がありますでしょうか？」

「父のことを知っているのか。聡明な娘じゃ。ますます気に入ったぞ。しかし、淑子姫、後醍醐天皇が綸旨で京へ戻るよう指示していてな」

丈太郎が話に割って入ってきました。

第9話
顕家公に説教と接吻

「りんじって何？　臨時に何かするの？」

淑子は小声で話してくれました。

「綸旨とはね、天皇が個人宛てに出す指令書で、当時は逆らえない雰囲気があったかな〜」

霊山寺の数ある館にも、続々と援軍が来ていることがわかりました。

南朝は兵を増やし、やがて10万の軍勢になることは歴史が証明していました。そして目の前の20歳の男がその総大将なのです。

「顕家様、戦いなどおやめになって、誰もいない山中で２人静かに暮らしましょう」

淑子の悲痛な叫びは、顕家が石津の戦いで傷を負い、山中で行方不明になることを知っているからです。顕家には淑子姫からの魅力的な誘いでしたが、淑子の手を取って話してくれました。

「淑子姫、そうは言っても、我は後醍醐天皇に仕える身であり自由はないのじゃ。陸奥国の仲間に後醍醐天皇の綸旨を披露したから、後戻りはできぬのじゃ」

淑子は最後の願いとばかりに、声を高めて言いました。

「それなら、自分の考えをしっかり伝えなきゃ。後醍醐天皇に手紙を書いて送るのよ」

「わかり申した淑子姫。国のため考えをまとめて上奏しよう」

そのとき、淑子は自分が歴史を陰で作ったとは知りませんでした。

安倍生命が淑子たちのいる部屋に遅れて入ると、淑子と顕家は手を取り合っていました。淑子は生命を目の端に見ると、顕家様の顔を寄

せて唇を重ねました。
　生命はそれを見てまた気を失いました。

第10話
なぞなぞクイズは生死を分ける

　丈太郎が背負うリュックサックから、三毛猫のねうぺが現れたので抱き寄せました。
〈ねえ、なぞなぞ遊び、しよう〉
「いま、取り込み中なんだ」
〈街に早く行きたいんでしょう？〉
「わかった、わかった。どんななぞなぞなんだい。出してくれよ」
　ねうぺは、十文字の眼をキラリと光らせ赤い舌を出して笑いました。
〈正解なら好きな時代の好きな場所に行けるよ〉
「えっ、そうなんだ。ありがとう。祭理御殿に早く行きたいよ」
〈お礼を言うのはまだ、はやしライス〉
　丈太郎は、この時代が戦争の時代であり、いち早く戻りたいと考えていたのです。
「おっ、ダジャレで来たか。ねえ、早く出してよ、なぞなぞ」
〈それじゃいくよ。世界の中心はどーこだ？〉
　丈太郎は淑子に聞きました。
「ねえ、世界の中心はどこ？　ねうぺが聞いているんだ」
「えっ、またなぞなぞ遊びなのね」
「世界の中心はどこなのさ。ニューヨークかな、国連あるし」

「中心って政治や経済のこと？」
「いや単に中心と言っている」
「地球は自転しているじゃない、だから、中心は北極か南極よ。でも北極点は海の中だから南極大陸が世界の中心ね」
　淑子らしい考えでした。
「じゃあ日本は、端っこだね」
　丈太郎は淑子に答えた後、ねうぺに言いました。
「南極、南極点」
　答えを聞いたねうぺは十文字の鋭い目を真っ赤にして、大きな口で声をあげました。
〈ファイナルアンサー？〉
　淑子に同意を求めると、うなずいてくれました。
「ファイナルだよー」
〈ギャーオーン〉
　周囲が急に暗くなり、足元が揺れ始めました。
〈残念〜不正解。地球は「まん丸」だ。どこでも中心なんじゃ、端っこなんかないのさ。どんな場所もそこが中心で一番。全ての場所が世界の中心なのじゃ、は、は、は〉
　ねうぺは立ち上がり心なしか胸を反らしているように見えました。
　すると、ぐらぐらと地面が揺れて３人は足元にうずくまりました。

　見たことのある風景の中、花嫁列車はトンネルで停車しました。

第10話
なぞなぞクイズは生死を分ける

　運転士が乗客に知らせました。
「停止信号が青に変わりましたので出発します」
　淑子と丈太郎は姫子や八重子と顔を見合わせましたが、そこに安倍生命とウリ坊のズッポはいませんでした。
　南朝の時代に行ったのは、私たちだけなんだろうか？
「停止信号で止まっていたのは、何時間？」
　思わず淑子は聞きました。
　周囲から不思議なものでも見るような目で見られました。
「2分くらいですよ」
　丈太郎はリュックから顔を出した、ねうぺとねうじをにらみますが、目線を外されてしまいました。山中を歩き回り、南北朝の世界に行ったのは夢だったのでしょうか？
　トンネルを通過し、あぶくま駅に停車しました。ホームを利用したイベントは行われていませんが、駅のとんがり屋根の建物でたまたま音楽祭をやっているようです。列車が停車したと同時にエレキサウンドが車内にも響いてきました。八重子が車内で突然踊り始めながら言いました。
「ジェフ・ベックのいたヤードバーズのサウンドよ」
「えー誰？　聞いたことないよ。八重子おばばハイカラ！」と丈太郎。
　八重子は怒ることなく懐かしいといった表情で話してくれました。
「イギリスのエレキブームの創成期だわ。私の青春！」
『ハートせつなく』を皮切りに、『いじわるっ娘』そしてハミングで

有名な『スティル・アイム・サッド』が流れますが、停車時間は長くありません。川下りがあり下車することになりました。しばらく音楽に身を任せて楽しみましたが、淑子、丈太郎、そして八重子と姫子は、つづら折りのスロープを下りて阿武隈川の河畔に着きました。

　20人くらいが乗れそうな船が、急流の中で巧みに向きを変えて、無事に着岸しました。

　船に乗り込むと、案内の方がマイク片手に話し始めました。夫婦岩や自然の落差を利用した噴水の説明を聞きながら、船はどんどん下っていきます。丸森の館山付近で展望デッキが見えました。5〜6人が手を振っていました。丸森橋のそばの船着き場から歩いて丸森駅に向かうと、淑子たちが乗ってきた花嫁列車の向かいのホームにもう1両、の七夕飾りがきれいな花嫁列車が停車していました。

　淑子は驚きました。

「えー、なーにー。花嫁は私だけじゃないのね。福島に嫁ぐのかしら」

　翔が近くに来て冷たく言いました。

「違うよ、丸森に嫁ぐんだ、団圃さんが手配しているって」

　ホームにいた福島からの乗客も事実を知って静まり返りました。

　しかし、一番驚いたのは、淑子でした。

　やっぱり。結婚式に招待されただけなんだろうか？　団圃さんのラブレターには、君と結婚したいと書いてあったはずなんだけど。

　ドアが開き振袖姿の背の高い女性が現れ、淑子は相手の美しさに圧倒されそうでした。

第10話
なぞなぞクイズは生死を分ける

　仙台の花嫁が口を開きました。
「あーら。花嫁がもう1人いたのね。仙台に嫁ぐのかしら」
　淑子は負けずに言い返しました。
「あーら、福島に嫁ぐのかしら、七夕飾り」
　相手はその言葉に目を光らせて向かってきました。
「あら、列車の花飾りはまるで寒牡丹飾りだわ。二度咲く花の二度目かしら、ほほほ」
　意味がわからず、淑子は言葉を返すことができませんでしたが、七夕の故事で対抗しました。
「あーら1年に1度しか会えないなんて残念ねーお・り・ひ・め様」
　丸森駅では、2つの花嫁列車を挟むホームで歓迎式典がありました。
　羽織袴姿で、白いものが見える頭髪を丁寧に整えた市長が、低い声で挨拶をしました。
「電車はただ単に移動するだけではないのです。周りの景色を見たり、駅でその土地の特色あるものを買って食べたり、楽しむ場所であります。昔々、電車に乗ると、先々で楽しい出来事や楽しい場所がたくさんあり、そこにはおいしい食べ物がたくさんあったのでございます。電車を利用すれば、お酒も飲めるし寝て帰ってこられるのでございます。こんないいことはないのです。問題は沿線の商売人が気がつかないことです。駅前にお店や飲食店、赤ちょうちんがないところが何か所もあるのです。これは猫に小判、豚に真珠……」
　と言って、市長は言葉に詰まりました。目の前で聞いてくれていた、

振袖の女性の耳が尖って、鼻が丸く見えたからでした。
「オッホン」
　咳払いをした市長は続けました。
「花嫁列車が福島と仙台から出発されたことはおめでたい限りでありまして、本市でも全力を挙げて支援をいたすところでございます」
　パチパチパチパチと乾いた拍手がまばらに響きました。次に登場したのは、阿武隈急行の社長です。三つ揃いの背広姿で、見事な黒髪、精悍な顔の社長は甲高い声で話し始めました。
「度重なる地震や台風で、弊社の鉄道は被害を受けましたが、皆様のご支援で立ち直り、このように花嫁列車を再開することができました。現在、沿線の皆様からたくさんの企画が寄せられています。仙台発の『福島円盤餃子と地酒の飲み放題』号はグルメ旅。福島からの『角田槻木ホルモン梯子酒』号もグルメですね〜。また『アブＱ宇宙列車』号は角田宇宙センターと地ビール工場や福島のＵＦＯ基地に潜入します。『伊達家４００年』号は初代伊達氏から１７代政宗公、最後の仙台藩主宗基公にまで至る歴史を食と酒で巡る旅でございます」
「宣伝はもういいぞ」
　聴衆から合いの手が入りました。
　社長はズボンのポケットからしわくちゃのシルクのハンカチを出して、額の汗をぬぐいましたが、チャンスとばかりに駅員がツアーのチラシを配っていました。
「これからも阿武隈急行をよろしくお願いいたします。日本一、いや

第10話
なぞなぞクイズは生死を分ける

世界一の第三セクター鉄道会社にします」

　お〜〜と、聴衆が声を出して祝いました。

　洋二は阿武隈急行の社長と知り合いで、声をかけました。

「交通貨物省の認可がタイヘンでして、申請書はＡ４版で」

　社長は両手を上下にして示してくれました。

「許認可官庁として有名だからな、安全といえば聞こえはいいがな」

　洋二はトレイルの関係でその煩雑さが身に染みていました。

　ホームには、宮城県仙南地区のオーケストラグループが集まっていました。奏でる音楽は、モーツァルトの『フィガロの結婚』で、冒頭に流れるメロディは祝祭らしい響きでした。

　淑子は音楽好きな母なら会場にいるのではと、見回しましたが見つかりませんでした。

　丸森駅を出た花嫁列車阿武隈急行ことぶき号の中は静まり返っていました。淑子から離れた席では、ひそひそと噂話で持ち切りでした。

　淑子は空気を察知し、急に立ち上がり大きな声で話し始めました。

「私は、団圃さんと結婚します。何通も来た手紙がその証拠です」

　話し終えると淑子は大声で泣き出し、誰もが無口になりました。

　丸森駅を出た花嫁列車が次に停車したのは、北丸森駅でした。

　歴史ある神社の宗吽神院（そううんしんいん）と古墳がある歴史あふれる駅です。

　淑子はふっと眠りに落ちてしまいましたが、気がつくと巫女姿で宗吽神院にいました。そして、そばには北畠顕家公がいました。

　神主がひれ伏して言いました。

「多賀城の国府からの旅路、お疲れ様でございます。ここでゆっくりお休みくださいませ。ここにいる娘が、身の回りの世話をいたします」
　淑子ははっとしました。巫女姿になったのは衣装だけではなかったのだ。私は今、宗吽神院の娘となってここにいるのかしら？
　顕家は淑子を見て微笑みました。
　夢だと思い手の甲をつねりました。

　花嫁列車は北丸森駅を出発し、小高い山のトンネルを抜けました。動物たちの移動が自由にできるように、切通しにしなかったのです。環境保護への配慮が嬉しいと感じる淑子でした。列車が小さいトンネルに差しかかると、そのまあるい空間に目と口が現れました。
〈ジョーター、ジョーター〉とその空間はかわいい声で言いました。
　丈太郎はトンネルの顔に向かって声をあげました。
「なーにー？　どうしたの、小さいトンネルさん」
　花嫁列車は速度を上げて最初のトンネルを通り過ぎました。第2のトンネルに差しかかると、先ほどの声を引き継いだ第2のトンネルの空間が丈太郎に話しかけてきました。
〈もういいか、もうだめか。もういいか。もうだめか〉
　大トンネルも言っていた言葉で、丈太郎は急に不安に駆られました。
「何がだめなの？」
　花嫁列車は第3のトンネルに差しかかり、空間は大人の女性の声で伝えてきました。

第10話
なぞなぞクイズは生死を分ける

〈大変なことが起きる〜〉

　丈太郎は3番目のトンネルの一言に確信を持ちました。

　南角田の駅に到着しようとしていましたが、このあたりは単線の区間だから駅での歓迎はありません。その代わり、沿線の人々が手を振って歓迎してくれました。線路の西側に大きな三角屋根の家があり、小さな手を振る子供がいました。保育園の子供たちのようです。もう1つのトンネルに差しかかりましたが、トンネルの上には道があるようで、車道で手を振っている人々がちらっと見えました。

　角田駅では電車に乗っていた富作が、姫子とスペースタワー・コスモハウスに行きました。

　宇宙に衛星を飛ばす大きなロケットは、遠くの山からも見えますが、展示館の中にはボイジャーの実物大模型が展示されていて、富作が興味深く見ていました。

　富作は姫子に気がつくと話しかけてきました。

「太陽系外の宇宙空間でボイジャーは発見され、図らずも地球の科学技術の発展の歴史を知らせることになりました。そこで地球が調査対象に選ばれたんです」

「そうだったのね、人類が一番遠くまで飛ばしたのがボイジャーで、振り返って撮ってくれた地球は小さな光る点だったけど、宇宙の中の1つの存在として輝いて見えたわ」

　姫子は感心してボイジャーのレプリカを見ていましたが、あることを思いつきました。

「富作さん、あなたの立場なら気の利いたコメントあるんじゃなくて」
　富作は姫子の追及に言い淀みました。
「……人工物を太陽系外に飛ばすことで、人類は１つの殻を破りましたが、有人ではない。だからファーストコンタクトはもう少し後です」
「でも、あなたと話している」
「ええ、まあ、これは非公式な接触ですから、内緒でお願いします」
「内緒？　秘密の関係なのね。私たち」
　姫子は富作の弱みを握ったように思いました。
　富作は、姫子の鋭い洞察力や質問力に驚き、同じ空間で時間を重ねることができれば、互いに成長できると考え始めました。
　地球ではそれを結婚というはずですが。
「富作さんにとっては子供だまし？」
　姫子は展示を見ている富作をからかいました。
「いえいえ、古代の技術を見るのは、エキサイティングです。それと、地球でこのように展示されていることがわかって嬉しいです」
「ふーん、それだけ？　本当は別な目的があったんじゃなくて？」
　姫子は追及を緩めようとはしません。
　富作にとってはこの会話が疑心暗鬼を生む原因になりました。
「宇宙人の心が読めるのか？　どんな科学技術なんだ！」
　角田駅の線路に仙台駅発の福島円盤餃子号が入ってきました。
　ホームのアナウンスが車内にも聞こえてきました。
「福島円盤餃子号の到着でーす」

第10話
なぞなぞクイズは生死を分ける

　車内でうたた寝をしていた淑子は、とっさに未確認飛行物体を思い浮かべました。
「円盤どこ。UFO、どこ？」
　車内は笑いに包まれました。
「円盤餃子だよ〜」と八重子。
　ここでは角田バンドクラブの演奏が始まっていました。震災で被災した隣の山元町を支援するために、台山公園屋外ステージを中心に活動を始めた集団で、コーラスやエレキサウンドなどの楽しいサウンドセッショングループのようです。
　にぎやかなサウンドでホームの人たちは踊りだしました。角田には地ビール醸造所シンケンファクトリーが駅近くにあり、停車時間を利用して訪れる人もいました。
　ドイツを思わせるような赤レンガの大屋根の造りは、見ているだけでも楽しめそうです。醸造所併設レストランでは、地元産のポークロースソテーがおいしそうでした。みんなはあらびき・ハーブ・チョリソーの3種類の自家製ソーセージを注文しましたが、歯触りが良く、肉汁が口の中にあふれて、その楽しさおいしさに全身が反応しました。
　隣席でスタウトやピルスナーや古代エールなど色味の違う地ビールを飲んでいるグループを横目にして、淑子は20歳のお祝いはここがいいと思うのでした。
　姫子と富作は少し離れたテーブルで3種自家製ソーセージを頼んだようで、ビールのジョッキも置かれていました。姫子は誕生日を過ぎ

て20歳になっていましたから、アルコールが大丈夫で、富作に勧めていました。

「ビール初めてなの、富作はいくつ？　20歳は過ぎているわよね？」

「はい、飲酒年齢に達しています。うれしいな〜美しい友達とこんな場所に来て、こんなおいしい飲み物を飲めるなんて」

　角田駅を出発すると、地面に横たわる長い鉄橋の上を花嫁列車が走ります。地盤の強度の関係でこの構造になったのでしょうか？

　花嫁列車は角田駅を離れ横倉の駅に着きました。東側には天にも届くかと思うようなアンテナが林立していました。

「あれは何かしら？」

　不思議な光景を見て、姫子が丈太郎に聞きました。

「アマチュア無線の無線鉄塔だ。地球の裏側とも交信できるんだ」

　丈太郎は無線に詳しいので、得意顔で話しました。

「地球の裏側の人と話ができるなら、宇宙人ともお話しできるのかな？」と姫子。

「ISSと交信できるらしいよ。申し込みで抽選に当たったらね」

「詳しいんだね、丈太郎」

「兵庫県の小中学生がISSと交信したんだ。10分間も」

　姫子はもっと遠くの宇宙を考えていたので、口に出しました。

「角田と横倉の間に架かる長い鉄橋と、横倉駅東のアマチュア無線鉄塔をつないで大きなアンテナにできないかしら？」

　丸森駅から東船岡駅までの線路は一直線で中心が横倉駅でした。

第 10 話
なぞなぞクイズは生死を分ける

「えっ、何？」と丈太郎。
「線路を利用して大きな電波発信塔や受信のアンテナにするの」
　と姫子は言いました。
　丈太郎は専門家のような口振りです。
「アンテナ線を十文字にすれば感度が増すんじゃないかな」
　姫子が何気に東を見ると、周囲にさえぎるもののない四方山の展望台がかすかに見えました。西方には鋼管パイプを巧みに組み合わせた展望台がありました。そこは西根田んぼアートの見学塔で、有名なスケート選手が田んぼに浮かび上がる芸術の場でした。
　四方山展望台からの光線が田んぼアート見学塔に伸びていて、横倉のアマチュア無線電波塔と十文字を作っていたことに、気がつく人はいませんでした。
　次の停車駅である岡駅の目の前には高齢者施設があり、その奥は団地のようでした。トンネルを2つ抜けて東船岡駅に着きました。
　複線の東船岡駅では東船岡小学校の児童が校歌を奏でています。
　子供たちのリコーダーの音色は、耳に心地よく素敵な気持ちにさせてくれ、児童が一生懸命歌う校歌の歌詞が胸に染みました。
　♪呼ぶよ　蔵王の白い雲〜
　いよいよ、阿武隈急行北の終点槻木駅です。道路や、鉄道、そして白石川を越えて東北本線の上りと下りの2本の線路の間に花嫁列車が滑り込みました。
「どうして、阿武隈急行のホームは東北本線の真ん中なの？」

丈太郎の素朴な疑問でした。
「そう、そう、それには訳があるのよ」
　八重子が口を開きました。
「本当は東北本線はね、阿武隈急行の路線を通るはずだったのよ」
「そうだったんだ。でも今は違うよね」
「当時は養蚕が盛んだったでしょう？　桑畑が沿線にたーくさんあって、白い糸を吐き出す蚕様に食べさせる餌を育てていたんだけれど、昔はほら、蒸気機関車だから黒い煙を吐くでしょう。だから蚕様が黒い糸を吐くんじゃないかと、反対したんだよ」
「へー、黒い糸も面白いんじゃない？」
「当時はそんなこと考える人はいなかったし、蚕様に影響がないと言う人は誰もいなかったみたい」
　八重子は続けました。
「まあ、そんなわけで、阿武隈急行が東北本線の第一候補だった証拠が槻木駅の２番ホームなのよ。東北本線上下２本の線路の真ん中にあるでしょう。東北本線のバイパスとして昭和36年に槻木駅と丸森駅の間の工事が始まり、当時単線だった東北本線を跨ぐように国鉄丸森線が開通したのは昭和43年。でも白石市を経由する東北本線も負けじと複線化の工事を進めていて、前年の昭和42年には福島から槻木までの複線化を完了したのよ」
「競い合うように２か所で工事が進んでいたけど、着工が早かった国鉄丸森線が２番線として堂々と東北本線に割って入るのは、そんな歴

史があるからなんだね」
 と丈太郎はうなずきながら話しました。
 槻木駅の3番ホームに東北本線の列車が入ってきました。
「仙台方面に乗り換える乗客は同じホームの3番線で乗り継ぎできるけど、それも先人の苦労があってのことなんだね」
 丈太郎は感心したようにつぶやきました。
 ホームでは、この町の生涯学習実践塾のみなさんの演奏が始まりました。中央でクラリネットを演奏するのが代表のアベさんのようです。これまで演奏会は100回以上あり、巧みな演奏を聴かせる幼稚園の元先生です。ピアノからギター、管楽器まで何でも演奏すると聞いていました。さらに絵本の専門家としてオリジナルの絵本を作り、児童に読み聞かせしていると駅長さんが教えてくれました。
 歓迎の曲はワーグナーの歌劇『ローエングリン』で演奏される『結婚行進曲』で、淑子は目に涙を浮かべて聴きほれていました。
 淑子は、出発まで時間があるので槻木駅の立派な駅舎を出て、駅前の繁華街を散策しました。槻木駅の前には飲食店が数多くあり、その奥に細道がありました。子猫が通っていたので、思わず淑子は後を追いました。細道は家と家の間にあり、水路を暗渠にでもしたようです。幅は1mもない狭い道でしたが、敷石があり、普段使いされているように思えました。そこを子猫が歩いていました。ついていくと、猫は細道を外れてどこかの家の壊れた木の塀から庭に入り、たたずんでいました。そして猫は庭から、こちらをじっと見つめていました。淑子

は猫との会話には自信がありませんでしたが、じいっと猫の目の奥を見つめました。
〈結婚すんのか？〉
　猫が話しかけてきたように思えました。
「はい」
〈泥魔王に気をつけろよ〉
「山で会った水たまりね？」
〈水たまり！　とんでもねえ。全部つながっていらあ。濁っているそこらのどぶ川ともな〉
「わかったわ、忠告ありがとう」
　子猫は、すうーといなくなりました。
　道を戻るとき、側溝の蓋に隙間がありました。泥魔王のことを猫に教えられた淑子でしたが、興味本位に隙間を覗いてみました。
〈何を覗いておる。エントロピーの恐ろしさを知らぬのか？〉
　慌てた淑子は、ジャンプするようにその場を離れました。
　スフィンクスを思わせる石の置物が細道のそばの家に飾られていることに、帰り道に気がつきました。槻木駅を出発した花嫁列車は折り返して、終点の駅に到着しました。
　列車でメールを見ていた翔が急に声をかけてきました。
「あぶくま駅で合同音楽祭をやることになったんだ。船で行くぞ〜」
　淑子は予定より早く着いたし、ファゴットを吹きたいと思い参加することにしました。

第 10 話
なぞなぞクイズは生死を分ける

　翔に連れられ、淑子、姫子、丈太郎と、音楽好きだとわかった八重子も船着き場まで歩き、阿武隈川を遊覧船で上ります。音楽を楽しみたくてうずうずしていた淑子と姫子と翔はファゴットを背負っています。あぶくま駅の船着き場で船を下りて、だらだら坂を上り切ると音の洪水が迎えてくれました。

　ロックとクラッシックの競演が始まります。シンフォニック・ロックというらしく、最初はアコースティックギターとファゴットの競演から始まりました。曲はディープ・パープルの『スモーク・オン・ザ・ウォーター』でした。ファゴットがエレキサウンドの役割で独特のリズムを刻み、アコギがボーカルのパートを演奏、ドラムやエレキサウンドも加わり、聴衆の受けが最高潮に達しました。

　エレキギターの男性が弾けました。

「最高っすね。ファゴットとアコギやエレキ、合う」

　姫子も応えました。

「エレキベースも抑えた音が良かったわよ」

「そりゃ、美人さんのファゴットに従わないとね」

　はにかむような、なよっとした仕草にみんなは笑い転げました。

　演奏を終了すると、ロックバンドとファゴットグループは握手を交わし、聴衆も拍手喝采で演奏を讃えました。

　拍手していた丈太郎は、阿武隈川の声を耳にしました。

第11話
洪水の恐怖とゴンの奮闘

〈大水出るぞ〜大水出でるぞ〜〉

声は、淀みなく流れる清流の阿武隈川からでした。

「えーなにー水嵩増していないし、きれいな水が流れているじゃない」

丈太郎は阿武隈川の流れに耳を澄ましていました。

〈もうだめか、もういいか。もうだめか、もういいか〉

「どうしたの、あなたのお名前は？」

〈おいらのことかい、わかるんだね、坊やは。おいらは「あぶくま」さ〉

「うん、もうだめか、もういいかって聞こえたよ」

〈遠く関東の北、八溝の山や三本槍の水を集めて流れる大河なんだ〉

「うん、四方山連山を突っ切って太平洋に流れているんだよね」

〈おおー。坊主、よくわかっているなー。昔々海に出るところにモクモクと山が起き上がってきて、喧嘩になったんだぞ〉

丈太郎が茶化します。

「大河と山脈の喧嘩だね」

〈おいらは、天から降ってくる雨水を流すだけだから、大きな湖になってなー。どんどん水嵩が増してとてつもない大きさになったんだ。雨が降れば流さずにはいられない。だから福島の盆地まで湖になって信夫山は信夫島になったのさ。おいらの絶頂期だ。信夫山の神社にお参

第11話
洪水の恐怖とゴンの奮闘

りしたくても、船がないと渡れない。だから南からの民は湖のほとりにひれ伏して拝んだのさ。地名も残っておるぞ。それからどんどん水嵩が増してな。岩と沼のあたりに亀裂が入ってなー。決壊してしまいおった。天を敵にしては最初から勝ち目はないのさ。そうそう、その場所はな〜〉

「うん、わかるよ。ところで、〈もういいか、もうだめか〉ってどういう意味なの」

〈坊主、よく聞いてくれた。遠い山に大雨が降ってな。細くなっているところがあるだろう、そこに水がたまってどんどん上まで水嵩が増すが俺のせいではない。物理の法則ってやつさ。そこにいる者は早くに避難しないと、海まで流されっとーとな。心配しておるのよ、木も岩も、トンネルさえも〉

丈太郎は、あふくまに感謝の気持ちを伝えました。

「そうだったのかー。早く逃げてねー、との意味なんだ。あふくまさん、ありがとう！」

丈太郎は事の重大さから、演奏を終えた3人や八重子に大水の話を伝えました。

姫子は川を見ながら切り出しました。

「全然水嵩は増していないじゃない」

八重子も否定的でしたが、淑子は冷静に対応してくれました。

「地元の人がわかるでしょうから。私たちは花嫁列車の乗客だし」

丈太郎は、顔を真っ赤にして八重子に迫りました。

「乗客だから、危険が迫っているのに、知らんぷりなの？」
「丈太郎、そんな言い方で責めないでおくれ」
　聞いていた淑子も丈太郎の味方になりました。
「そうよ、八重子叔母さん、確かに阿武隈急行の乗客かもしれない。でもこれから仲間入りするんだから、通りがかりではないのよ」
　丈太郎は、あふくまの悲痛な叫びに耳を澄ませていました。
〈おいらの上のほうでは大雨が降ってきてな〜。郡山から二本松まで川が氾濫し、もう福島に来ておる。ここは両側から岩場が迫っていて天然のダムのようで、川の水は上へ上へと押し上げられ、畑や家も飲み込む、逃げ遅れた人も飲み込むのじゃ。それが宿命じゃ〉
　駅の人から救援物資を預かり、全員が手分けして避難を呼びかけることになりました。
　丈太郎と八重子が次郎太郎山側を歩いて避難を呼びかけ、淑子や姫子と翔が対岸を上流に向かって進み警告することになったのです。

「みんなを避難させねば。洪水になるぞ」
　翔も本気になってくれたようです。
「大水出るぞー、大水出るぞー」
　淑子も八重子も、大きな声を出しました。
「大水出るぞー、大水出るぞー」
　みんなは上流に向かって走りながら叫びました。
「大水出るぞー、大水出るぞー」

第11話
洪水の恐怖とゴンの奮闘

　集落から若い衆が出てきました。
「おめえら本当か、雨も降っちゃいねえのに？」
　丈太郎はきっぱりと言いました。
「本当だ、僕は阿武隈川と話したんだ」
「若い衆は半信半疑です。川と話したなんて嘘つくんでねえ」
「本当だよ。鳥とも岩とも話ができるんだ。阿武隈川さんは上流で大雨が降ってここに押し寄せてくるって言ってる。川のことを一番よく知っているのは川の主じゃないか。信じてくれ。でないと、大勢の人が海まで流されてしまう」
　若い衆が丈太郎の話が本当なのかを考えていると、家から女の人が出てきました。
「あんた、ラジオで言ってたよ。上流で大雨が降っていると。30年前と同じだよ。あのときもここには雨は降っていなかったそうよ」
「よし、わかった。小僧、ありがとな」
　若い衆は近くにある火の見櫓にするりと登り、半鐘を連打しました。
「カン・カン・カン・カン・カン」
　半鐘は打つ速度が速いほど、危険がすぐに押し寄せるという意味があるようで、若い衆はこれ以上は無理という速度で連打しました。人々は意味を理解して手荷物だけで山に登り、避難場所の神社に向かいます。近くの家から出てきた若い衆に丈太郎は言いました。
「上流の集落にも伝えないと」
「ありがとう。俺の自転車に乗りな。そのほうが何倍も早いから」

八重子は若い衆の荷台に横座りして、丈太郎は他の自転車を借りて三角乗りで兜駅方面に向けて走りました。半鐘のある場所では鳴らすように伝えました。
「カン・カン・カン・カン」
　激しく半鐘が叩かれました。
「大水出るぞー、大水出るぞー」
　今度は3人の合唱だから気がつく人が増えました。若い衆の顔を見て全てを理解したのか、別な若い衆がすぐさま火の見櫓に登って半鐘を打ち鳴らしました。遠くまで半鐘の音が響き、近くの半鐘の音と重なり合って、非常事態がみんなに伝わりました。
　この人たちが消防団員か。自分たちのことは考えないで住む人のことを考えている。
　丈太郎が自転車で走る東側の道路は比較的高い位置にありますが、対岸は洪水になればダメだろうと消防団の人は心配しました。

　淑子と姫子、翔は対岸への橋を渡り大声をあげました。
「おーおーみーず、出るぞー」
　2軒並ぶ民家には届いていないようです。手前の家は平屋で、隣は2階建てで、翔は玄関をたたきました。
「大水が出るそうです」
　ガラっと、平屋の戸が開いて初老の男が言いました。
「なんでえ、雨も降っていねえのに。警察呼ぶぞ」

第11話
洪水の恐怖とゴンの奮闘

　そう言って男は扉を閉めてしまいました。隣の2階建ての家には、子供2人と父親がいました。母親が近くに買い物に行っているので、勝手に避難できないと家から出ようとしなかったため、淑子と姫子、翔は座り込んでしまいました。疲労がピークになっていました。やがて阿武隈川の水位は、どんどん上がって道路と同じになりました。

　淑子と姫子や翔は慌てて家の裏の斜面に取り付きました。雑草や雑木が生い茂る斜面を必死になって上りますが、ずるずると滑り落ちます。着物も汚れ、手も足も泥だらけになりながら、灌木の根っこに足を掛け、樹木を抱くようにして上りました。平屋の家の屋根の高さくらいまで登ったところが畑になっていて、淑子と姫子、翔はそこで一休みしました。道路から5mくらいの高さの場所でした。

　水嵩はどんどん増しています。淑子たちが斜面を上るのに何分かかったかわかりませんが、もう道路は見えません。家の床下まで濁流が押し寄せています。その後はあっという間の出来事でした。急に水嵩が増して、家の窓の高さにまでなるのに何分もかかりませんでした。

　淑子が叫びました。
「逃げ遅れたわ。家の人が〜。誰かーー。助けてー、助けてー誰かー」
　八重子と丈太郎は、若い衆と一緒に高台の神社に逃げていましたが、淑子の強い気持ちが伝わってきました。
「だれか、対岸の家で逃げ遅れた人がいる。助けて！」
　1分もしないで、返事が来ました。

〈キキー、キキキー〉

　猿軍団です。

　この地域を支配しているボス猿のゴンが丈太郎に話しかけました。

〈俺たちに任せろ〉

　猿が、道路の電柱を伝い逃げ遅れた人がいる家に近づきますが、水嵩が増して窓を覆（おお）っているようです。

「キキキー、任せろ」

「いなか道の駅やしまや」のお店の近くにある２階建ての家に、子供２人が取り残されて恐怖に震えながら２階の窓から川を眺めています。２匹の猿が後ろの土手から２階の屋根に飛び乗りました。窓に回って１匹が姉、もう１匹が弟を抱えて２階の屋根に上り、勢いをつけてポーンと後ろの土手に飛びました。猿たちは子供を土手にいる母親に渡すと２階建てに残された男性を救出に向かいます。２階建ての中年の男性は恐怖で足をバタバタさせるため、猿も動きが難しそうですが、何とか土手に辿り着きました。

　平屋の家は窓ガラスがすでに割れていて、猿はそこから家に入っていきます。３匹、４匹、５匹、猿が家に入っていくのが高台の神社からよく見えました。消防団のみんなは心配そうにしています。

　最後に平屋の家から２匹の猿に両腕を掴まれて出てきたのは、さっきの老年の男でした。男が激流に驚いて両手両足をむやみに動かすため、猿の手から離れてしまいました。激流の中央に老年の男が巻き込まれて見えなくなったのです。そのとき、２匹の猿が勇敢にも激流に

第11話
洪水の恐怖とゴンの奮闘

飛び込みました。もう1匹、2匹、いや3匹全てが飛び込んだのです。5匹がかりで男を助けようとしているようです。
　高台から見守る人々は声を出すことを忘れて見守っています。
　淑子と姫子それに翔は、土手の上から5匹の猿が男を救助するため、激流に飛び込む様子を見ていました。下流に川が曲がって流れる場所がありますが、そこの流れに淀みがあり、男は猿に両手両足を掴まれて川岸へと着きました。男は助かったようです。

　しかし、川岸に上がってきた猿は4匹だけでした。飛び込んだのは5匹のはずなのに。丈太郎に押し寄せてきた悲しみは、残された4匹のお猿さんの悲しみでした。
「わーー、お猿さんが流されたーー。お猿さんが、お猿さんが〜」
　丈太郎の目から涙が滝のように流れました。後ろの若い衆も涙に濡れていました。阿武隈川のほとりに目を移すと、高い塔のような奇岩があり、お猿さんが一番上に乗っているように見えました。猿神社の御神体で、川面に飛び石があり、猿が飛んで渡ることから、猿飛岩と言われているそうです。近くには社殿が祀られていたはずでしたが、激流の中でその形を見つけられませんでした。
　丈太郎は、リュックの黒猫ねうじに話しかけました。
「お猿さん、行方不明なんだ。猿神社も〜。何とかならない？」
　ねうじは答えました。
〈万物は流転し、元の形に戻ることはなし〉

145

「哲学者になってんじゃないよー」
　と丈太郎はイラっとしました。
〈エントロピーの法則だよ〜〉
　丈太郎は、はっとしました。
「泥魔王と同じことを！　今そんなこと言われても」

　言葉をさえぎるように三毛猫のねうぺが言いました。
〈なぞなぞしようよ〜。おもしれえんだから〉
「そんな気分じゃない」
〈連れの３人が心配じゃないのか〉とねうじ。
「対岸にいるはずじゃ……」
　ねうじが答えないので、心配になって対岸を見ましたが、暗くてわかりません。
　暗い中、波打つ川面がすれすれまで押し寄せる兜橋を恐る恐る渡り、川沿いの水があふれる道を避けて山あいの道を辿り、やしまやのお店の上に着きました。
　消防団の人が手に持った懐中電灯を横に振りました。
「これより下には行けねえ。やしまやも飲み込まれた」
　そう言って消防団員が指差した上の方には、やしまやの灯油配達車が停めてあります。
「洪水が収まったら地域に灯油を配るので、灯油タンク車をここまで上げた。地域のことばっかり考えてんだ。そして店に戻ったらよ〜、

第 11 話
洪水の恐怖とゴンの奮闘

水嵩が急に増して避難できなくなった。2階の柿小屋はこの時期には柿どころか何にもねえ。食うものねえのさ」

消防団の若者は涙目でした。

洪水が川沿いの駐車場から階段を駆け上がり、建物1階の天井に届くまでは、ほんの一瞬だったそうです。坂の上から見ると阿武隈川の本流は太平洋へ流れるのに、店の前の道路を流れる水流は逆の上流方向へと流れています。それを見た丈太郎は死はすぐそこにあると感じました。恐る恐る水が押し寄せるそばまで行きました。

やしまやの北側の駐車場も水浸しでした。店舗の20mまで近寄ると丈太郎は大声で叫びました。

「やしまさーん」

やしまさんは丈太郎の父母が行方不明のときに、洋二たちと一緒に阿武隈川を捜してくれた人でした。やしまさんと家族は2階の柿小屋にある小窓から顔を出しました。

「やー、逃げ遅れたかもね。でもこの店が命だから、ここから離れたくなかったのさ」

「救援物資を持ってきたんだけど」

「その道を上がったところに灯油配達車を停めておいたから」

「わかった」と丈太郎は言いました。

雨は降っていません。しかし晴天の中の洪水で、やしまさんは悔しいだろうと思いました。

147

「ちょっと待ってね、せっかく来てくれたんだから、歌を1曲」
　みんなが驚きましたが、2階からのギターの音に耳を澄ませました。被災したやしまさんの歌はのどかに地域を歌っていて、消防団の人と丈太郎たちにいやしを届けたのです。
　歌を聞いた後で、消防団員はつぶやきました。
「こんなときでも、周りのことばっかり考えてんだ。やしまさん」
　阿武隈川が鎮まり氾濫が収まるようにとの、鎮魂の歌だったのでしょうか。
　少しずつですが、洪水の勢いが弱まっているように思いました。
　消防団員が路肩に停めてある灯油配達車に救援物資を置きました。
　そのとき、翔と淑子、それに姫子もやしまやの上の道に辿り着き、耕太郎と洋二も車でその道を下ってきました。
「やあ、全員集合でどうしたの？」
　丈太郎が一部始終を話しました。
「川沿いの人たちに避難を呼びかけていたんだ。『あふくま』さんから教えられて」
「あふくまさんって誰」
「阿武隈川のことさ。上流で大水が出て、洪水が発生すると教えてくれたんだ」
「そうだったんだ。おじさんもやしまさんとは古い仲だから心配して来たんだ」
「みんなが心配だわ。団圃団吾さんも」

第11話
洪水の恐怖とゴンの奮闘

　淑子が洋二に訴えたので、耕太郎の車に全員が乗って、街の中心を目指すことになりました。

　国道349線はやしまやの前を阿武隈川に沿って通る道ですが、数メートルも水に浸かっています。ここは、山道の県道106号から105号を辿るしかありません。それでも県道なら安心ではと少し遠回りし、耕野立石集会所を抜け県道越河角田線を上がっていくと、驚きの光景が目の前に現れました。

「道がない！」

　右に曲がって左から来る道と三叉路になるはずでしたが、手前の小川の橋がありません。大きくえぐられたようになっていました。よく見ると対岸には白いワンボックスカーが停まっていてあたりを見ているようですが、車外に出ている人物と対比してえぐられた深さがよくわかりました。人の3～4倍の深さなのです。

　慌ててバックし、道の広い場所を探して切り返しました。その後は耕野の山に縦横（じゅうおう）に走る道を行っては戻り、進んではバックし、何とか県道24号に来ました。

　水嵩が少しは下がってきましたが、最短距離を取っていくのは難しいと思い、田んぼを通らない山沿いの道を辿り、柴田町の自衛隊の間を抜けて県道50号線に出ました。

　しかし、そこも10cmくらい冠水していました。他の車と一緒に隊列を組むかのように、水の中をゆっくりと進行しました。

第12話
神代の時代からの招待

「何か情報が得られるかも」
　洋二はつぶやきながら、ハンドルを切りました。
　阿武隈急行の東船岡駅に向かいましたが、そこで不思議な光景を見ました。
　プラタナスの並木がお辞儀をしていました。道路中央に大きく枝が張り出して歩道側にはあまり張り出さず、日陰になるのを防いでいるかのようでした。小学生が校歌を演奏してくれた駅舎は静まり返っていました。その後１つ南側の岡駅のある団地に着きました。
　地名が示すように、少し高い場所のようでした。次の交差点を右に曲がれば駅に到着すると思われる場所に、レストランがありました。洋二は急にお腹がすいてきて、運転席から振り返るとみんなも同じ表情でした。
「空腹を忘れていたわ。どこにも行かないわよね、食べるまで」
　姫子の剣幕は当然だと、洋二は思いました。
　レストランはお客様でいっぱいで、避難してきた人もいるようです。
「いらっしゃい」
　メニュー表の最初に四川麻婆豆腐を盛り付けた写真がありました。
　姫子はつぶやきました。

第12話
神代の時代からの招待

「もう、これしかないね」
　店主は自慢げに話しました。
「世界麻婆豆腐選手権第2位になった料理人に直接教わったんだけどね。戻ってから何度も何度も試作したが、同じ味にならないんだ。でも何十回も作ってその味に近くなったんだ。完成度は98％さ」
　正直にプロセスを話してくれるいい感じの店主でした。山椒の刺激が本場の味を思わせ、唐辛子の辛味はどちらかというと甘辛いので無限に食べられる味です。ササニシキの銀シャリと相まってお箸が止まりませんでした。
「ご飯、お代わり」
　全員がお代わりして、麻婆豆腐もきれいに平らげました。
　車に戻って休憩しました。丈太郎はお腹いっぱいで眠くなりました。
　ねうじとねうぺがリュックサックから出てきました。
〈なぞなぞしよう〉
「あとで」
　丈太郎は洪水の中でなぞなぞをする気にはなれませんでした。
　店の方に道を教えてもらい、横倉駅まで来ましたが、先ほど花嫁列車から見えた電波鉄塔が何本も林立していました。
　後部座席では淑子と姫子、八重子、そして翔が眠っていました。耕太郎と助手席の洋二はやれやれといった表情になりました。
「無事街まで送り届けよう」
　そのとき、淑子と姫子の耳に富作の声が聞こえました。

「ここは、我々の中では有名な電波スポットなんですよ。近くに長い鉄橋があって、電波塔との連動で、遠くの星のお話が聞けるんです」
「えー、富作さんの星の科学技術のほうが進んでいるでしょう？」
「それはそうですが、自然にある鉄橋のような長い工作物やたくさんの電波塔をこの星で我々が作ることは許されていません。しかし、気づかれないように利用すればね」
「阿武隈急行の線路も使っているの？」
「もちろんです。周波数帯域も違いますし、地球の方々にご迷惑はかけていませんよ」
「そうなんだ」
「でも、内緒ですよ」
「秘密ね、私たちだけの！」
「ここの無線塔装置と私が持っている装置をドッキングさせて、新たな時空を作ることが可能です。未来も過去も見えるんです」
「本当？」
　姫子も淑子も興味津々(しんしん)でした。
　山あいの道を南へと行きつ戻りつ進んでいくと、北丸森駅の近くに辿り着きました。
　駅のそばの宗吽神院(そううんしんいん)は高台にあり、巫女さんが声をかけてきました。
「水難除けのお祓い神事をしています。よろしければ御祈祷をお願いします」
　3つの釜には熱湯が沸き立って、巫女がお神酒を注いでいました。

第12話
神代の時代からの招待

　姫子は、一計を案じて淑子に話しました。
「あら、巫女さんきれいね。淑子も巫女さん役が似合うわよ」
　うっかり姫子の注文に乗ってしまった淑子が、依頼されてお神酒を注ぐと、それぞれの釜が金色(こんじき)を帯びてきました。もう１人の巫女が杉の葉を束ねた５〜60cmの玉串を煮えたぎった湯につけて、周囲にまき散らします。あたりは、湯気で白く霞(かす)みました。巫女に促されて淑子が光るお釜に杉の葉の玉串を入れてあたりに振りまくと、湯気が金色から赤い炎の色に変わり、淑子は包み込まれてしまいました。
「ああーああーーああああー」
　悲鳴なのか歓声なのか、嘆きなのか、その声を聞いた人でなければ理解できない声の後、淑子は消えてしまいました。
「淑子、淑子、よしこーーー」
　いなくなった淑子を心配し、八重子は鼻水混じりの涙顔で、熱湯が煮えたぎる３つの釜に近寄ろうとしましたが、神主に止められてしまいました。
　神主は平然とした表情で告げました。
「邇邇芸命（ににぎのみこと）のもとへ参ったのでございます」
「えっどういうこと？」
「はい、気に入られたのでしょう」
「淑子、淑子は、死んじゃったの？」
　八重子は神主の裾を掴んでうずくまって泣き、周囲は異様な空気になりました。姫子は激しく抗議しましたが、神主は首を横に振るばか

りです。
「巫女役を勧めた私の責任だわ。何とかして！　淑子を呼び戻すのよ」
「戻ってくるかどうかは、召し上げられた方の気持ち次第なのです」
「そんな、のんきなことを言わないで、嫁入り前の娘なんです」
　と八重子は言い寄ります。
「日本武尊（やまとたけるのみこと）に見染められなければよいが」
「もし見染められたらどうなるんですか」
　八重子は、恐る恐る聞いた。
「あの時代はその……一夫多妻というか……」
「えっーー」
　卒倒しかかった八重子を支えた丈太郎が強い口調で訴えました。
「淑子姉さんを返せ。嫁入りするんだぞ」
　神主は丈太郎を見ずに空を仰ぎ見て言いました。
「後は、本人がどのような人生を過ごしたいかなんです」
　姫子が声をあげました。
「連れ戻すのよ。その時代に行って」
　神主はまた首を横に振りました。
「無理でございます。淑子様は太古の昔、神代の時代へ行かれました」
「それはわかっています。しかし魔法のような科学があればどこにでも行けるはずです」
　神主は、訝しげに姫子を見て言いました。
「祈祷ですか。それとも呪術？」

第12話
神代の時代からの招待

「科学の魔法です」

　姫子は、富作に心の中で呼びかけました。

『淑子がさらわれたの、助けて』

　３度ほど唱えると、空間から姫子に返事がありました。

「姫子さん、どうしましたか？」

「淑子がさらわれて、救出しないと邇邇芸命の２号さんになっちゃう」

「本人の希望ではないのですか？」

「それはないはずよ。明後日(あさって)、結婚するんだから」

「嫁入り前の女心は移ろいやすいと、モノの本に書いてあったような」

「そんなことはないわ。歴史が変えられる！　早く救出しないと」

　姫子は、淑子が神様と契りを結ぶことが我慢(がまん)ならないのでした。

「お望みとあれば、淑子さんの気持ちを確かめましょう」

「時代がわかる？　邇邇芸命の時代よ」

「検索掛けますから」

　少し間がありました。

「ひょっとして、神話の時代？」

　富作の声がしました。

「そうよ、日本神話の時代は実在するわ。そうでなければ私たちは生まれていないから」

「神話の時代か？　縄文時代よりも古いのかな。知ってる？　現代人が縄文人だってこと」

「えっ、何？　大変なときに」

「現代人は食後血糖値の上昇で糖尿病の比率が高いよね。縄文人は狩りや狩猟で食事を取った後、天敵に襲われないようすぐに移動したんだ。まあ、運動させられた。浜辺に住む縄文人の食事は魚介類が多かった。だから食後ゆっくり休んでいる現代人の血糖値は下がらず、魚介を食べない現代人は亜鉛不足で白髪が多いのさ。縄文時代１万年の間に備わった体質はそう簡単には変わらないよ」
「そんな蘊蓄(うんちく)はいいから魔法のような科学で探ってよ」
「限界があるんだ、モバイル機器だからね。神話の時代は何年前かな？神武天皇が紀元前660年だが、神武天皇が鵜葦草葦不合尊（うがやふきあえずのみこと）の子供、不合尊は、山幸彦（やまさちひこ）と豊玉姫（とよたまひめ）の子。山幸彦は邇邇芸命の子だとわかった。だが、年代と場所が絞られないと、そこに行くのは難しい」

　宇宙人の魔法のような科学でも、淑子のいる場所に到達できないことに姫子は落胆しました。しかし、確かに日本古来の神々が現れて、淑子をかの時代に連れ去ったのです。

　何十光年もの気の遠くなるような場所から来た、想像を絶する科学技術を持つ宇宙人よりも、日本古来の神様のほうが、優れていることの証になるのではないでしょうか？

　姫子は１つの仮説を富作に話しました。
「富作の世界では、精神世界の発展はあるの？」
「精神世界？　何ですか。空想のこと？」
「そうではなくって、もっと具体的な……」

第12話
神代の時代からの招待

　富作は姫子の言葉を遮るように話し始めました。
「神社は願いをビジネスとし、お寺は死をビジネスとしている巨大な組織なのです。フランチャイズチェーン店ですね。もちろん、人間社会に必要不可欠なビジネスですが」
　やはり宇宙人の富作に相談するのは無理でした。リアリティがあり過ぎで話にならない。淑子を助け出すには、精神世界に頼るしか方法はないかと姫子は考えました。
　姫子が高校2年生のとき、好きだった先生が、鈴木大拙の禅と精神分析を題材にした授業をたびたび行っていました。姫子は図書館の書庫の中で埃をかぶった『禅と精神分析』を出してもらい、何度も何度も読んだのです。松尾芭蕉の俳句から入っているので、わかり易そうですが甘かった。難しかったが暗記するほどに何回も読みました。

　　よく見れば薺花咲く垣根かな（芭蕉）

　実にひっそりとした謙虚な言葉は、読む人の心を動かします。花びらの一つひとつに神秘が宿り、これが宇宙に満ちている命の根源であると大拙は思っていて、あたかも芭蕉が体感した名もなき草花に、人間の汚れた精神を洗い直す力があるかのように力説しました。
　姫子は大拙の著書の一節を思い出し、現在の自分に置き換えて、八重子と丈太郎に作戦を話しました。宗吽神院にいた安倍生命や巫女、そして仲間全員が神代の世界を思いながら、淑子の帰還を願って祈っ

てくれました。

　それは念じる波となって富作のセンサーに反応を示したのです。

　富作は姫子に気に入ってもらおうと、1つの提案をしました。

「みなさんの祈りをモバイルから宇宙船に送って、我が星の最強アンプで増幅し、時代を超えて紀元前500年ごろに送りましょう。きっと淑子さんに届くはずです」

「そんなことができるの？」

　姫子は声をあげましたが、当たり前のように富作は答えました。

「魔法のような科学ですから。阿武隈急行の真っ直ぐに伸びる鉄路や林立する電波鉄塔と、天望台や物見台の構造物を見えない宇宙船で1つにつなぎ、淑子さんがいると思われる過去へ"ワイドタイム（広範囲時代）送信"であなたたちの念波を届けましょう」

「ほんとに？」

　姫子はボーイフレンドに話すように言いました。

「念波よろしくねー」

　姫子は富作を心強く思いました。淑子をこの時代に連れ帰ることができれば、2人の間に次のステップがあると考えていました。

　姫子は富作の世界にも興味があったのです。どんな暮らしをしているのか？　両親は何をしているのか？　どんなところに住んでいるのか？　学校やショッピングセンターがあるか？などでした。

　富作も姫子に気に入ってもらえたことで、有頂天になり念波の収集を始めました。

第 12 話
神代の時代からの招待

　そして、富作は姫子にあるお願いをしたのです。

　一方、淑子は神代の時代で邇邇芸命に、接吻を迫られていました。
「私はそんな軽いおんなじゃないわよ」
　淑子は、握られた手を振り解き、ひらりと身をかわしました。
　そこに現れたのは、邇邇芸命の母である万幡豊秋津師比売命（よろづばたとよあきひめのみこと）でした。父は天忍穂耳命（あめのおしほみみのみこと）であり、その父、つまり祖父が天照大神（あまてらすおおみかみ）で、超エリートの血統です。また、神武天皇の曽祖父にあたるのが、邇邇芸命なのでした。変なお兄さんの玄孫（やしゃご）が神武天皇であり、その血脈が天皇家につながっているのことは、この時代に詳しくない淑子が知るはずもありません。
　万幡豊秋津師比売命は淑子の着物に興味を示しました。
「お召し物がとってもきれいじゃのう。どこで作らせたのじゃ？」
　歴史を変えてはいけないとの思いから、淑子は言葉に詰まりました。
「……これは海の向こうの山の彼方（かなた）で作られたものでございます」
「キラキラ光るのは何かのう？」
　淑子は歴史学講座で勉強したことを思い出していました。
　周りの神々は白装束のような衣服を身に着けているようです。蚕の繭を利用した絹の作り方は縄文時代に伝来していますから、この時代には盛んに絹の布地が生産されていたはずだと考えました。
「絹糸でございます」

「ほう、こんなにきれいな色の絹を蚕が吐き出してくれるのかのう？」
　そうきたか！　淑子は目の前のおばさんの質問ぜめに、辟易としながら思案を巡らせました。
「いえいえ、絹糸を染めるのです。草木を利用して」
「おお、そうであったか」
　淑子ははっとした。（やばい、歴史を変えちゃったか）
　しかし、変なお兄さん（邇邇芸命）からの求愛をかわすには、おばさんのそばのほうがよさそうだと淑子は考えたのです。
「振袖を脱いでお見せしましょうか」
「おお、そうしてくれるか」
　万幡豊秋津師比売命は、淑子を連れてお社に入りました。
　ここまでは変なお兄さんも来ないだろうと、淑子は考えたのです。
　邇邇芸命は淑子がお社の中に入ったのを見て、つぶやきました。
「残念じゃ、木花佐久耶姫（このはなのさくやひめ）に参るとしよう」
　この後、邇邇芸命は木花佐久耶姫と結ばれて、生まれた神が神武天皇の祖父となる火折尊（ほのおりのみこと）であることを、淑子が知る由もありませんでした。
　淑子は、おばさん（万幡豊秋津師比売命）と楽しい日々を過ごしますが、夜になると声が聞こえきて眠れませんでした。
「何人もの声が重なっているように聞こえるけど誰かしら？　何を言っているのかしら？」
　次の日の朝、明るくなりゆくときに目覚めた淑子はハッとしました。

第12話
神代の時代からの招待

　私はなぜ、ここにいるのかしら。
　淑子は神社で湯の神事を手伝ってくれと頼まれて、榊をお湯につけて周囲の方々のご利益にと振る舞っていたら、気を失ったことを思い出しました。
「戻らねば。花嫁なんだから」
　淑子は強く念じたのです。
　団圃様のいる時代に戻してください、八重子や丈太郎のいる時代に戻してください。
　念波の共振が起きて淑子は気を失いました。

　念波の力か？　それとも富作の科学技術なのか？　一瞬にして淑子が戻ってきました。
　姫子は自分のことのように喜んでくれて、八重子や丈太郎もほっとしていました。
　しかし、淑子は知りませんでした。
　姫子が富作とある約束をしていたことを。
　富作は宇宙初の異星人婚姻を成し遂げたいと考えていたのです。
　一緒にいるだけで居心地がいいし、会話をすれば知恵と知識の融合で楽しくて、1＋2＝5にもなると考えました。幸い、遠い世界でも進化論の法則なのか、体にはほとんど差異がなく、結婚するに際しての問題はありませんでした。あるとすれば差別的な考えや、里帰りのときのお土産をどうするかとか、親戚づきあいが大変なんじゃないか

とかでしたが、姫子と話していると、2人で乗り越えられない障害ではないと思いました。意を決して富作はプロポーズをしました。姫子は富作からのプロポーズを受けるにあたり、条件を出しました。
「わかったわ、その代わり未来を見せて」
　富作は大きくうなずきました。

　一緒に宗吽神院を出ようとしたとき、淑子が声をあげました。
「安倍生命さん！」
　神院の鳥居を入ってきた人物にみんなが驚きました。
「生命さん。霊山で顕家様についていったのよね」
　淑子の語りかけに、生命は歌舞伎役者のような声と身振り手振りで話してくれました。
「歴史とは～惨(むご)いものでございます～。堺で戦死なさいました～」
「歴史通りなのね」
　淑子は変わらない歴史に安心しました。
　しかし、顕家様を思うと複雑な気持ちでした。
　みんなは悲嘆にくれていましたが、淑子は生命に尋ねました。
「どうして、ここにいるの？」
「はい、ここは私の実家でございます。顕家様はその当時、みちのくの中心を多賀城から霊山に移す際に、ここに半年ほど滞在しておられまして、そのときできたお子が当院の跡取りになりました。代々継いでいて、私で83代目なんですが東京の大きな神社で修行を終えて

第 12 話
神代の時代からの招待

戻ってきたとき、市役所の社会人募集に申し込んだら採用になりまして」
「ということは、顕家様の末裔なの、血がつながっているの?」
「はい、一応」
「あのとき、そう言えばよかったのに」
「それでは、タイムパラドックスを引き起こしかねません」

第13話
近くの未来とお月様の過去

「確かに顕家様の前で、子孫ですと言ったら殺されているわね」
　と淑子が言いました。
「ははは、はははは」
　みんなは、大笑いしました。
　しかし、淑子は夢の中の出来事を思い出しました。あのとき、顕家様の身の回りのお世話を任された。そして、そのときのお子が代々この神院を継いでいる。私はそのときに、顕家様のお子を産んだのかしら？　このことは誰にも言えない秘密だわ。淑子は急に震えが来て立っていられず、ベンチに座りました。
　宗吽神院は大きな古墳のそばに創建された由緒あるたたずまいの寺院で、みんなも近くに座り生命との話で盛り上がりました。
「堂平山で、大事な未来の予言があるって言ってなかった？」
　と丈太郎。
「あー、そうでしたね。同じ表現が何度も出てくる問題ですね。その中でノストラダムスはこう言っています」

第13話
近くの未来とお月様の過去

月が深い暗さの中でぼんやりと見え
その兄弟は鉄さび色のものを越えて
陰に長く隠れている
血の雨の中で鉄はなまぬるくなるだろう
〔第1章　84〕

遅かれ早かれ大きく変化するだろう
極端な恐怖と迫害があり
月が天使に導かれ
天は月の傾きを吸収するだろう
〔第1章　56〕

これらのことがなされるずっとまえに
月の力で東の空で何かが起こるだろう
それは1700年のことで大群衆が持ちさられ
全北半球のほとんどを征服するだろう
〔第1章　49〕

20年もの月の統治が過ぎて
他のものが7千年に王国をきずくだろう
太陽が記された日々をつかんだとき
すべては満たされ私の予言も終るのだ
〔第1章　48〕

「へー、月がいっぱい出てくるのねー」と姫子。

「月が出てくる四行詩は他にもありますが、国を表していると思われるのは、第1章の4つの四行詩です。内容は解明中ですが、それぞれ多くの示唆を表しています。特に第1章48は物事の陰に潜んでいる様子、56は恐怖と迫害。48は月の統治の後に7000年王国が生まれノストラダムスの予言が終了するという重大発表ですが、一番は月の力で北半球の征服があるとの内容なんです。予言書の中の月と聞いて、世界のどの国だと思いますか?」と生命。

「国旗ならトルコとか、中東の国じゃない? しかし順番がバラバラね」

と姫子が言いました。

「いいところを突いていますが、第1章49では、超大国のような書き方ですよね。あっ、それから順番は気にしないほうが。なぜなら時期や年代を読み解かれることをノストラダムスは極端に嫌っていましたから、わざと順番を変えている可能性が高いです」

「そうなの? 四行詩の中身を見て、並べ替えたのね。ところで東の超大国って、あの国?」

淑子が口を開きました。

「でも、あの国が月と関係ある証拠は?」

姫子も鋭く迫ります。

「そうなんです。核心に近くなりましたが、この謎を解き明かすのに半年かかりました。ノストラダムス専門家も、月の研究成果は発表し

第13話
近くの未来とお月様の過去

てません」
「半年も！　役所の仕事はちゃんとしていたんでしょうね？」と姫子。
　そのとき、宗牛神院が黒雲に襲われました。音ではなく響き渡る何かが迫ってきます。
　急に真っ暗闇になり周囲が見えず、音は聞こえなくなり、立っていられないような振動が体を揺すりました。
　そこに邇邇芸命が現れたのです。
「キャー」
　2人の黄色い悲鳴が聞こえて、振り向くと邇邇芸命は淑子を右脇に、姫子を左脇に抱えて暗闇に消えました。安倍生命はあまりのことに声すら出せず、口を開けたまま固まってしまいました。
　富作はモバイル機器を駆使して、魔法のような科学で追跡を始めました。フィアンセをさらわれたことに、強い怒りを持っていたのです。
「姫子さんのDNAをもとにどこにいるか、魔法の科学で追跡するぞ」
　丈太郎は心強く思いましたが、同時に疑問が湧いてきました。
「富作さんは、姫子さんのDNAをどのように入手したのかな？」
　富作は、丈太郎の問いかけを無視して早口になりました。
「近くに、邇邇芸命を祀っている神社があるはずです。そこへ急いで行って淑子と姫子を返すよう祈ってください。でないと！タイムパラドックスによって世界が崩壊して、虚無が支配することになります」
　富作から念波を受けた丈太郎は、ことの重大さに慌てて邇邇芸命が祀ってある神社を探すにも、どうすればいいかわかりません。隣で呆

然とする安倍生命に聞きました。

「神社名鑑で見てみますが、神社名があいうえお順に並んでいるので時間がかかるかも」

「とにかくお願いします」

「おっ、熱日高彦神社だ。あいうえお順だったからよかった」

丈太郎はすかさず聞きました。

「場所はどこ？」

「阿武隈川を渡ったところにある角田市の枝野地区です」

丈太郎は事情を耕太郎に話して、ワゴン車の後ろの座席に乗りました。安倍生命と丈太郎、八重子。助手席に洋二の５人で出発です。

雨はやみ耕太郎は枝野に向かって車を東に走らせましたが、周辺の田は水に浸かっていて、道路も冠水しています。丸森と仙台の茂庭をつなぐ農免道路はかろうじて通行できましたが、低い場所には砂利のような小石が路面に散らばっています。

「洪水が道路をまたいだときに、小石を置きみやげにしたんだ」

洋二は土木建築の専門家らしいことを言うと耕太郎は思いました。

東に折れて行く車を見て、耕太郎も追走しました。数台の車が走り去るとそこに新しい道でもできたかのように、周囲の車が追走している様は、異様にも思えましたが、必死で目的の地へ行きたかったのでしょう。しかし、田んぼのあぜ道に先頭の車が差し掛かると不安が押し寄せてきました。あぜ道は冠水していました。車輪は水しぶきを立てながら進んで行きます。水嵩がどんどん増して、前を走るワンボッ

第 13 話
近くの未来とお月様の過去

クスカーのマフラーが水面に沈みそうです。
「やばい、マフラーから水が入ったら車はお釈迦だ」
　洋二が言うと耕太郎はアクセルをふかしました。気がつくと阿武隈急行の線路沿いの道を走っていました。東西に走る広い道路は少し高くなっています。右へ曲がり、鉄道の踏切を渡って大きな橋に向かいました。阿武隈川の支流である高倉川に架かる白山橋です。橋を越えて阿武隈川を越えられると思ったのですが、フロントガラス越しに見える光景に絶句しました。一面水浸しなのです。周囲には十数台の車があり、運転席から降りて煙草を吸う人や携帯で話している人がいました。
「上流に行けば阿武隈川を渡れるかも」
　その一言で、Uターンし、橋の手前に見えた道を南下することにしました。耕太郎は人家があり冠水していない道を進むのが嬉しくなり、思わず鼻歌を口ずさんでいました。若宮八幡宮と案内が出ているところを左に見て高倉川に架かる小さな橋を渡ると、小高い場所には集落があります。T字路に差し掛かりましたが、東の阿武隈川方面に向かう道路、南の角田市内、横倉駅に向かう道路が冠水していました。1台の車に乗る若者が、地元の方らしき人と話しているのが聞こえてきました。
「ここは低くねえ。アクセルふかせば大丈夫。あの道は車走ってる」
　遠くの道には南北に行き交う車が見えました。
「いやいや、無理すっこだねえ。あと半日もすれば水位も下がっぺ」

「いやほだに待ってらんに。彼女が心配で」

　若い男は、水の中に車を突っ込みました。スピードを上げているようで、両側に広がる水しぶきの高さは、車の屋根ほどに上がりました。200m以上は進んでいたと思いますが、急にスピードが落ちてきました。先に見える道路との中間あたりで車は停止してしまいました。様子を見ていた数人は、あきらめたように、Uターンを始めました。

　洋二と耕太郎も、あきらめて農免道路を北に進み、大河原町から柴田町に出て、県道50号線を走りましたが、道路が冠水していたので、バシャバシャと水音を立てながら進みました。幸いエンストはせずに岩沼にきました。国道6号線の阿武隈川に架かる阿武隈橋は通行車両で混み合っていました。

　洋二は地図を開き、この先の進路について話し始めました。
「この先は、この俺様にお任せあれ。さっきも体験して分かったと思うが、古い道は自然災害に強いんだ。つまり古道さ。だから神社に行くには古道を通ったほうがいい」
「古道って今はないんじゃない？」
「だからお任せあれ。阿武隈橋を渡ったらすぐ右に曲がるんだよ」
「右なんか行かねえよ」
「何を言ってんだ、右だよ」
「いやだよ、絶対右なんか行かないからな」
「俺が右だっつってんだから、右折しろよ」
「できねんだ。交通標識が見えてきただろう。左折か直進なんだぞ」

第 13 話
近くの未来とお月様の過去

「対向車が来ないときを狙ってヒョイと」
「コンプラ、知ってっか、道交法守んなくてどうする」
　耕太郎のおんぼろワゴン車は、橋を渡ってすぐに左折しました。
　インターチェンジのように、円を描いて6号線の下へ車が進みます。
「なーんだ、アンダーパスになってんのか」
「古道の専門家さんも、知らなかったみたいだね〜」
「俯瞰して見れば右折じゃないか？」
「この大バカ者」
　2人のやり取りは笑える話ではありませんでした。
　国道6号の下を潜って旧街道の浜街道に入りました。両側に家屋敷が立ち並び、旧街道の趣きはいまだ廃れていませんでした。
「この先の西側の小高い丘に三十三間堂があるんだ。京都にも負けない規模なんだ」
「えっ、そんなの聞いたことないよ」
「だよね。今あるのは礎石だけさ。おそらく、当時の郡役所とか、貴族の宿泊所だったかも。時間がないから見には行かないよ」
「当たり前だ！」
「多賀城から霊山に貴族が通った可能性がある由緒ある古道さ」
「オーケー。じゃ、古道博士のナビゲーションで出発進行」
　旧道を南下して峠を通ったときに、耕太郎は驚きました。
「やっぱり、昔の人は歩きやすい道を見つけていたんだね」
「そうなんだ、平安時代は牛や馬の背に荷物を載せて運んだからね」

峠を抜け十字路を曲がると金津地区で、当時は重要な宿場町で番所もありました。
「ほら、その証拠にクランクがいくつもあるでしょう」
「車を運転していると、それがいやだよね。見通し悪いし、交通事故の原因だし」
「逆だよ、今は、車も速度を下げて安全運転しているし」
「サイクリングロードにはどうかな〜、だめなんじゃない？」
「とんでもない、逆なんだ。真っ直ぐな道ばっかりじゃ、飽きてしまう。コーナリングのスリルを味わってこそ、嬉しいのさ」

第14話
神代の昔への権禰宜の叱責

　金津を抜け、熱日高彦神社にたどり着きました。
　そこには、柔和な表情の権禰宜がいました。
「どうしましたか。慌てた様子ですが？」
　白装束の安倍生命が言葉をあふれさせました。
「邇邇芸命にさらわれたんです。友達の淑子さんと姫子さんが」
「いい男なんじゃが悪い男に見染められたのうー。美人には目がないもので。前に何度も夢の中で会った。よし、取り返す祈祷をするぞ、そなたも一緒に祈るがよい」
　安倍生命が答えました。
「はい、わかりました」
　富作はフィアンセのDNA検索をしましたが、居場所がわからずに困っていました。
「さっきはみんなの念波を増幅してエリア送信したが、その時空座標に姫子さんと淑子さんはいない。別な時空に行ったのか？」
　時空間の中で迷子になる富作でした。
　角田市枝野の熱日高彦神社では、9つの釜に熱湯が沸き立っています。巫女がお神酒を注ぐと、それぞれの釜の湯気が色を帯びてきました。巫女が杉の葉を束ねた大きな玉串を煮えたぎった湯につけ、周囲

にまき散らすとあたりは7色の虹のようです。

　丈太郎が権禰宜に悲痛な声で呼びかけました。
「淑子姉や姫子さんは、死んじゃったの?」
　あたりは、異様な空気に支配されていました。
　権禰宜は言いました。
「わからない、召し上げられた方の気持ち次第(しだい)なのじゃ」
　安倍生命は悲愴な思いで話しました。
「そんな、のんきなことを言わないで、結婚前なんだよ」
「そうでしたか」明らかに落胆した様子の権禰宜でした。
　丈太郎は、どこにいるともわからない富作に呼びかけました。
「富作。2人を見つけられた?」
　富作の声がしました。
「限界があるんだ、神武天皇の神話の時代が紀元前660年だが、邇邇芸命の年代と場所を絞れないと、念波を送るのは難しい。DNA探査も時空が遠くて見つけられない」
　丈太郎は落胆しました。宇宙人の魔法のような科学でも、淑子や姫子のいる場所には到達できない。しかし、日本古来の神々は現実に存在し、現代に現れて淑子と姫子をあの時代に連れ去ったのです。

　しかし、さらわれた姫子はチャンスとばかり、婚活を始めたのです。
　宗吽院で淑子が邇邇芸命と契りを結ぶかもしれないと聞いたとき、軽く嫉妬していたのです。なぜなら、日本の歴史上あまりにも有名な

第14話
神代の昔への権禰宜の叱責

邇邇芸命と夫婦になるなんて最高と思ったからです。しかし何で淑子なの？　私のほうがきれいでスタイルも良く、安産型でたくさん子供を産んで日本国の礎を作るのに。なんで淑子なの、私じゃないの？と思ったのです。姫子は邇邇芸命の男らしさと血筋の良さに、乙女心の火を燃やし始めていました。富作と婚約をしてキスもしましたが、遠く離れた時代だからバレることはない。二股なんて言わせない。この時代の私と現代の私は違う存在だから。姫子は理論を独自に積み重ねて、婚活を開始することにしたのです。

　同年代の神様でイケメンはいないかと探しました。須佐之男命と大山津見神の娘の間に大年神がいたはず。遺伝子配列から男子は母親に似るから大年神はイケメンじゃないかと推察する姫子は、歩き回りましたが会うことはできません。振袖を着て歩く様は、古代でも目立たぬはずはなく、年配の神様に声をかけられることになりました。

「そちらの姫君は、どなたか探しておいでか？」

　振り返った姫子は、ひげもじゃの老人と目が合いました。

「あのー。大年神様はどちらに？」

「あー別なんじゃよ」

「別なんですか」

「そう、別な場におる。なぜ大年神に会いたいのじゃ」

「あっ、婚活。いえ今夜のことで」

「今夜？　ワシがお相手いたそう」

「いえ、そうではなくて」

「よく見ると可愛いおなごじゃ。息子の嫁になる木花佐久耶姫（コノハナノサクヤヒメ）とも引けを取らない美しきおなごだのう〜。ワシと一緒に来るのじゃ。悪いようにはせぬ」
「ちょっと待って。木花佐久耶姫のお義父さんということは、あなたは天忍穂耳命（アメノオシホミミノミコト）なのね」
「そうじゃ、ワシのことを知っとるとは、ますますかわゆいぞ」
「ということは、邇邇芸命のお父さんなの？」
「またあいつか。迷惑かけとらんか？　おなご好きで困ったもんじゃ」
「親譲りなのよ。私があんたと契りを交わしたら、邇邇芸命の母親よ」
「淑子が邇邇芸命と契りを交わせば、私は淑子の母親になるのよ」
「淑子とは誰じゃ。どこぞの姫君か？　かわゆいのか？　お前様とどっちがかわゆい？」
　この世界の男女はどうなっているのか？　何でもありの自由な世界かと思いました。
「だめです。だめです。私には婚約者が」
「な〜に、ちょいとよいではないか」
「何を言ってるんですか。神様ともあろうお方が」
　一瞬たじろいだ天忍穂耳命を置いて、逃げるように走ったところに、万幡豊秋津師比売命（よろづばたとよあきひめのみこと）の館がありました。
　ちょうどその頃、熱日高彦神社では、護摩を焚き祈祷が始まりました。富作はモバイルと阿武隈急行線路の十文字送信設備を宇宙船とつ

第14話
神代の昔への権禰宜の叱責

なぎ、神代の昔に送信を開始しました。湯釜にお湯が煮えたぎり、湯気がもうもうと生まれて権禰宜は祈祷の念波を送っていました。湯釜のお湯を笹の葉ですくい、何度も空中に放っていました。湯気が時空を超えて邇邇芸命のもとへ届いたかのように、空中で消えていきました。

　富作は時空を超えた音のトンネルを作り上げていました。

　権禰宜は湯気に思いを込めて、地響きを立てるほどの大声を天上に発しました。

「この浮気者め、恥を知れ」

　どこかの山にでも反響したかのように、こだまが返ってきました。

　丈太郎はあまりの大きな声に、思わず耳をふさぎました。

　急に天上が暗くなり、雷の轟きと眩しい光で目を開けていられませんでした。やがて明るさが戻り視界が開けると、神社の境内に淑子と姫子が立っていたのです。

　神代の世界から戻ってきた2人は、驚きを隠せぬ様子で権禰宜に話してくれました。

「権禰宜様の声が神代の時代に聞こえてきたんです。周りの神様の冷たく見放すような目に耐え切れず、私たちを返したようです」

　淑子は話し姫子も隣でうなずいていました。

「権禰宜様、ありがとうございます、それにしても神代の時代に声が届くとは」

姫子もお礼を言いました。
　丈太郎には何が起こったのかわからず、権禰宜も同じでした。
　姫子は富作の阿武隈急行線路と無線塔群の装置が役に立ったのではと、婚活していたことを忘れて、魔法の科学はすごいと喜びました。
　そして、姫子は富作にプロポーズの条件の履行を迫ったのです。富作はこれまで過去を見せてくれていたのですが、歴史の教科書から、CGによって作られた映像ではないかと疑いを持っていました。
「私の好奇心を満たしてくれるのは遠い未来よ」

　富作は恒星史上初の花嫁を迎えることで、決意が違いました。
「それには許可がいります。そう、これまでの3倍くらの膨大な申請書です。もし姫子さんが結婚を承諾してくれるなら、申請書にそのことを書いていいですか？」
　行きがかり上、断れない状況になったことは、姫子が一番よくわかっていました。
「もちろんよ、私を甘く見ないでね、覚悟はできているわ。イケメン宇宙人さん」
　戻ってきた淑子も、本当に未来が見れるのかと疑っていました。

　みんなは、熱日高彦神社で椅子に座り目を閉じました。
　目の前に現れた富作に丈太郎は聞きました。
「ゴーグルみたいなものはつけなくてもいいの？」

第14話
神代の昔への権禰宜の叱責

　富作は堂々とした語り口で答えてくれました。
「はい、そのような器具は使いません。全員が私と手をつないで目をつぶり、魔法のような科学で皆様の脳に直接働きかけて、未来世界をお見せします。目を開けてはいけませんよ。解説は私がいたします。年代は許可が出ないのでお伝えできませんが、場所は現在地の上空です。海面がおよそ50m上昇した世界では、標高130m前後にある立石や、謎の丸い森は海岸線のそばです。阿武隈川河口付近を出入り口として大きな入り江になっていて、祭理屋敷のあたりが新仙台港です。東京の下町や関東平野の一部分が海です。しかし、悲しむことはありません。手付かずだった丸森高地は、東日本の中心地として、高層ビルが立ち並ぶ大都市になっています」
　姫子はすかさず声を出しました。
「私の家はどうなっているの？」
「盆地は阿武隈川を通して海水が入り込み、まるで湖のような入り江になっていて、中央の山が古代人が祈りを捧げた信夫山ですね。そして伏拝が入江の港町です」
「私の家が、水の中」
　姫子が泣き出しそうな声になりました。
「どうしてこんなことに」
　淑子も嘆いています。
「南極や北極海の氷、グリーンランドの氷が溶けて流れ込みました」
　姫子も淑子も驚きましたが、現在からは何万年も先のことだと考え

ました。
　しかし、富作がその考えを打ち砕いたのです。
「いやいや何かの拍子に、あっという間に氷が溶けだすことがあるんですよ。たとえば隕石とか、火山の大噴火、それに核ミサイル」
　聞いていたみんなは、最後のワードに現実世界の恐怖を感じ、背筋が寒くなりました。
　しかし、八重子が淑子に全く別なお話をしました。
「淑子が連れていかれた時代に念波を増幅して送り、淑子を救うことを条件に姫子は宇宙人と結婚すると約束してしまったのよ」
　自分を犠牲にしてくれた姫子に、淑子は頭を下げました。
「姫子、ごめんね」
「えっ、何のこと？　あー、念波の増幅とかって、信じてないし。淑子が神武天皇のひいおばあちゃんなんてのもいやだし。第一、私は宇宙人とか嫌いじゃないから」
　淑子はそう言い張る姫子を抱き締め涙しました。互いに顔は見えませんが姫子も嗚咽していると感じました。
　夕闇迫る天空に月が出てきました。
「あー、もうこんな時間ね」
　権禰宜が優しく声をかけてくれました。
「素敵な月ですね。よかったら熱日高彦神社に泊まっていきなされ。夕飯は、近くのお寿司屋さんから出前を取ってあげよう。悪さをした神々のお詫びの印じゃ」

第14話
神禰宜の昔への権禰宜の叱責

「わーい。ありがとう権禰宜さん」
「神様も本当はいい人たちなのよねー」と淑子。
「まあ〜そうじゃよ」
　と権禰宜はため息まじりにつぶやきました。
「月といえば、安倍生命さんのお話に続きがあったわよね」
　淑子はしっかり覚えていて、安倍生命もほっとした顔で言いました。
「わかりました。最後まで皆様にお伝えできず、喉に何かが詰まったような気持ちでした」
「わーい」
　拍手とともに、安倍生命の予言書解説会に早変わりしました。
「月が北半球を支配するとの予言を、ノストラダムスが書いたことはお伝えしましたよね」
　みんなはうなずきました。
「その月とは、世界のどの国なのか？」
「あるいは、新しく興った国かもね」
　姫子が茶化してきました。
「ノストラダムスの時代に立ち返って調査をすることで明確な答えがますし、現代社会の実相とも合致しているんです」
　生命は姫子をチラッと見て言いました。
「ノストラダムスがこの予言書を書き記した1500年代に使われていたラテン語では、月のことを『luna』ルーナと呼んでいました。さらに歴史的な事実があります。ノストラダムスの国フランスが1800

年代に東南アジアに進出したとき、その地域をインドシナ半島と呼んでいましたが、現代でもこの地名は残っていますよね」

みんなはうなずいて聞いています。

「フランス人は、中国のことをシナと呼んで、インド大陸と中国大陸の間の半島をインドシナ半島と命名しました」

耕太郎がテーブルを叩きました。

「そうか、そうだったのか」

「気がつきましたね」

『luna』と『sina』はＳの文字を縦に細長く書くこともあり、文字数や発音も似ているんです。さらに見た目も似せて書くことができます。つまり」

「そうか、あの国か」

洋二もわかったようです。

支配している空気は重いものでしたが、打ち破ったのは近くのお寿司屋さんでした。

「まいど〜」

権禰宜が戸口で受け取ったのは、直径80cmほどの大桶で、「房寿司」と書いてありました。テーブルに運ばれた大桶にはマグロやイカ、海老などのお寿司が満載でした。見たことがない白いネタがありましたので、配達のお兄さんに聞くと、平目の縁側を寿司に握っているとのことでした。

「縁側ってもっと薄いよね」

第14話
神代の昔への権禰宜の叱責

「いや、手前どもの店は80cmから1mの平目しか寿司ネタには使わないので、分厚い縁側が取れるんです」

その縁側はまるでマグロのトロのような分厚さで銀シャリにのっていて、ウニや玉子焼き、巻物などが立体的に盛り付けられていました。口どけが美味で、ネタの新鮮さや腕の確かさを感じてみんなであっという間に完食しました。

翌朝、雨は上がりましたが阿武隈川の水位は下がらず、川を渡る橋が通行止めと聞いて、どのルートがいいか思案しました。

ねうじとねうぺが語りかけてきました。

〈ねーなぞなぞしよう〉

丈太郎は即座に断りました。

「今はダメ。祭理屋敷に淑子姉さんや姫子さんを送り届けるから」

〈だけど河が増水しているから行けないよ〉とねうぺ。

耕太郎は別な提案をしました。

「山あいの道を辿り、小斎を通って金山から大内に抜けて、不動尊キャンプ場のほうへ回れば、丸森の中心部に入れる。ヘリコプターからの映像では、役所の少し北に位置する祭理屋敷のあたりは浸水していないようだし」

農家回りをする耕太郎の車は、山あいの道を進みますが、途中で切通しが大きく崩落している場所がありました。大雨の被害がここまで及んでいてびっくりしました。迂回して細い農道を右へ左へ回って小斎に入りました。

小斎の蔵っこのお母さんたちが、炊き出しをしているところに遭遇しました。パックには大きなおにぎりが３つ入っていました。
「３種おにぎり食べ比べセットだよ。ちょうどでき上がった。１人１パックずつ持っていきな」
　淑子は嬉しくなって聞きました。
「このおにぎり、お米の品種はなあに？」
「ひとめぼれ、ササニシキ、それに、この町で栽培される『いざ初神(ういじん)』だよ」
　どこで食べようかと良い場所を探してると、小斎青年団の若者が淑子に寄ってきて教えてくれました。
「小斎物見塔がこの裏山にあってそこは眺めがいいぞ。初陣の里から蔵王まで見える」
　ねうぺが丈太郎に話しかけてきました。
〈近道を知っているよ。なぞなぞに正解なら、教えてあげる〉
「また変な問題出して変なところに連れていくんでしょ」
　洋二と耕太郎が話に混ざってきました。
「どうした、猫と話してんの？」
「そうなんだ、なぞなぞ好きの子猫で困ってんだよ」
「面白そうじゃないか。どんななぞなぞだって？　この耕太郎様と洋二様なら、全問正解ハワイの旅ゲットだぜ」
「それって、何十年前の話？」
　姫子が後ろから茶々を入れましたが、耕太郎はねうじとねうぺに話

第14話
神代の昔への権禰宜の叱責

しかけました。
「問題、出してみやがれ。子猫ちゃん」
　ねうぺは得意げになぞなぞを出しました。
〈この世の中で最強な生き物は何じゃ〉
　丈太郎が通訳のように、ねうぺのなぞなぞを伝えました。
「生き物で最強ね〜。やっぱりあれだろう。百獣の王ライオン様だ」
「いやいや、アフリカで一番強いのは、象だと聞いたぞ」
　洋二と耕太郎は、それぞれの動物の応援演説を始めました。
　丈太郎は首をかしげました。
「これまでの例を見ると、そんな素直な回答じゃない。もう一捻りというか、まともに考えちゃあいけないと思うよ」
「最強の生き物か〜、それじゃあ、やっぱり人間か？」
　と耕太郎が言いました。
「なるほど、そうなるか。食物連鎖っていうやつで、人間は何でも食べちゃうからな」
　洋二もうなずきながら話しました。
「まあ人間様が何てったって一番のさばって、あちこちの自然環境を破壊しているしね」
「じゃあ。人間が答えだね。ねうぺに言うよ」と丈太郎。
「おお、どうぞどうぞ。間違いないよ」
　異口同音に洋二と耕太郎は丈太郎に言いました。
「答えは人間だって。洋二さんと耕太郎さんが」

185

〈ファイナルアンサーかな〉
「うん、ファイナル」
　ねうぺの目の色が変わり、丈太郎は不正解であると思いました。
　どーーんと音が響きました。
〈残念〜〜〉
〈人間も、さまざまな病気で亡くなるだろうが。この大バカ者〜〜。答えは細菌じゃ。どんなに小さくても、大きな動物なんかあっという間にバラバラ事件じゃ。人間も３年も土の中に埋められたら骨しか残らん。細菌様の御馳走じゃ〜〜〉
　周りが見えないほどのほこりが舞い、音と振動がして、全員が倒れそうになりましたがすぐに静かになりました。視野が戻ると鎧兜の武将がたくさんいる場所に来ていることがわかりました。淑子は伊達政宗公の陣地ではないかと思いました。
「政宗公にお会いしとうございまする」
　と淑子は近くの武将に声をかけましたが、丈太郎はこの後どうなるのかと心配でした。
　驚いた武将は、近くの武士に大声で指示を出しました。
「怪しいやつがいるぞ、ひっ捕らえ〜」
　２人はたちまち武将に捕らえられてしまいました。
「待ってください。政宗公にご覧いただきたい、大事なものが……」
「そなたはきれいな着物を着ておられるが、柴田の姫君か。それとも、相馬方の……」

第14話
神代の昔への権禰宜の叱責

「愛姫様の使いでございます」

　美しい着物姿の娘に政宗公の御前様の名前を出されては、通さないわけにはいかなくなったようです。淑子は堂々とした立ち居振る舞いで政宗公の前に出ましたが、手には小斎のお母さんが握ってくれた3種おにぎりがありました。炊き立てのご飯で作った甘い香りのおにぎりは政宗公の鼻腔をくすぐったようです。

　初陣の政宗公は15歳。鎧兜は立派ですが目は怯え膝がカタカタと音を立てていました。

「愛姫様の使いで小斎から参りました。淑子でございます」

　政宗は美しい着物姿に目を奪われましたが、落ち着いた淑子の態度を気に入りました。

「淑子とやら。戦場での堂々とした振る舞い、見事じゃ。それによく見ると美形なおなごじゃ。それに良い香りは握り飯じゃな」

　淑子を見て、政宗公は戦場におにぎりを持って激励にでも来たと思われたのでしょう。おにぎりをパクパクと食べてしまいました。

「うん、このおにぎりは旨いの〜。もう1つ」

　3個全てを平らげてから、政宗公は申されました。

「淑子姫といったか。それぞれ旨い。しかも味が違うな」

「さすが政宗様。小斎のおにぎりをおほめいただき感謝します。それにお米の品種の違いがわかる素敵な殿様でございます」

「面白いことを言う娘だ。ますます気に入った。愛姫のもとにこんなに美しいおなごがおったとは。わしの側室に迎えるがよいか」

「何を言っているんですか。政宗殿。初陣を前にして震えているのではありませんか？」
「違う。これは武者震いだ」
　丈太郎は驚きました。
「武者震いって？　これが本物の武者震いだ〜」
　武者震いって言葉は知っていても、運動会のときとか、学習発表会のときの武者震いしか見たことがありませんでした。
「政宗様、実はこれをご覧いただきたかったんです」
　淑子は、やながわ希望の森公園前駅で撮影した隻眼の写真を見せました。
　政宗公は不思議なものを見るように携帯をしげしげと眺めて画面に見入ったのです。
「おう、わしと同じ隻眼だ」
「そうなんです、4000年前の一族の頭を埴輪にしたんです」
　淑子は作り話で、政宗公を安心させようとしました。
「そんな昔に我々のご先祖様がいたのか？」
「はい、政宗様、隻眼のご先祖様も立派な方でございます。殿はどうか自信を持って戦に臨んでください。負けることはありませんから」
　政宗公の膝の震えがぴたりと止まり、片方の目に生気が戻ってギラギラと燃えるように変わりました。
「淑子とやら、ありがとう。まもなく戦が始まるから小斎の物見櫓(ものみやぐら)に避難して、高みの見物をしなさい。家来に送らせるから」

第14話
神代の昔への権禰宜の叱責

「はい、政宗様。こちらこそ温かいお言葉ありがとうございました」
「皆の者、小斎の美味しいおにぎりを姫からいただいたから、わしは負ける気がせぬ。いざ、初陣じゃ」
「おー」
　政宗公と武士の一団は勝ちどきを上げました。武士に送られて小斎物見櫓に着いた淑子と丈太郎でしたが、一瞬にして風景が別な色に染まりました。下の道路に車が走っているのを見て、現代に戻ったことに気がつきました。
「戻ったのね。現代に」
「えっ何、一緒に景色を見ていたさ」
　洋二は不思議そうに淑子を見ていました。
「えっ、政宗様に会ったのは、私たちだけ……？」
　淑子は丈太郎と視線を合わせて、互いにうなずきました。
「丈太郎。小斎のおにぎりを持って行っただけだから、歴史は変えていないわよね！」
　丈太郎は、笑いながら淑子に聞きました。
「ねえ、伊達政宗の初陣は、勝利したんだよね」
「田村藩の仲裁で引き分けよ。相馬藩は親戚だし」
　淑子は話しながら、あることに気がつきました。
「そうだわ、小斎のおっかさんの3種のおにぎり。これが長寿のもと。元気のもとだね。政宗公も元気になったし」
　自慢げな淑子でした。

第15話
父母の背中と地底のこと

「丸森の長寿の食材を探し出さないと。小斎や金山そして大内と調べてみましょう」

淑子の願いとあっては行かざるを得ません。金山の中心部のＴ字路に来ました。歩いていた住民に尋ねると、金山に図書館があるというのです。

「ええーっ、街の中心部じゃなく金山に図書館があるのね」

八重子は驚きました。聞くところによると、20代の若さで小学校の校長になった星先生が、生涯をかけて集めた書籍を中心に作られたのが、金山図書館だそうです。

当時は蚕糸工場の近くにありましたが、その後多額の寄付があったので金山の中心部に立派な図書館ができました。

「長寿の秘密よ、それを館長さんに聞かなきゃ」と八重子。

金山図書館に行くと、館長が男女の2人組と話をしていました。広くはありませんが充実した書籍棚を一行は巡りました。やがて館長のネームプレートを付けた初老の方が声をかけてくれました。

館長と話をしていた男女が玄関から外に出ようとしていました。

「星館長、この地にある長寿の食材や秘密を教えてもらえませんか」

「いいですよ、丸森の長寿の食材ね。いろいろあるよ。小斎、館山、

第15話
父母の背中と地底のこと

金山、大内、筆甫、耕野、大張とそれぞれの地域で特徴のある農産物が採れますよ」

星館長が１冊の本を出してくれ、その本を頼りに長寿食材を探すことにしました。

「星館長さん、ありがとうございます。ちょっと教えてほしいんですが、さっき話をしていた２人の方々はお知り合いなんですか？」

「あー、さっきのね。なんでも記憶をなくしているらしく、この地域の近代や現代のことを書いている本はないのかと尋ねていらっしゃったんです」

「お名前とかお住まいはご存じですか？」

「いや、わからないな。自転車で来ていたから遠くからではないと思う。そうだ、図書館の役員でもある瑞願寺の住職さんなら詳しいことを知っているかもしれんぞ」

瑞願寺は金山図書館から雉子尾川を渡った山沿いにあり、寺院の近くの空き地に以前の図書館や製糸工場があったそうです。

住職に２人のことを聞きました。

「ああ、記憶をなくした人ね。２人はね、何か大きな事件か事故に巻き込まれたのかな。山の中をさまよって修験院のウスキさんと出会い、お世話になっているようです」

「何年前ですか？」

淑子が聞きました。

「うん、ほら大きな地震と津波があったでしょう。その後だったと聞

いていますが」
　淑子は図書館の出口で見た２人の背中は、父母ではと思いました。
　大内にある修験院に連絡し、ウスキさんと道の駅で待ち合わせることになりましたが、長寿の食材や郷土料理についても、情報を集めようと思いました。
　道の駅「いきいき産直センター大内」には、広い駐車場にたくさんの車が停まっていて、季節の野菜があり、隣には赤い頭巾をかぶったおばあちゃんたちの食堂がありました。
　白髪で眉も白いベンチのおじいさんに、長寿食材の取材をします。
　ヨシイチさんとおっしゃる方は、言いました。
「長寿ね。いっぱいあるよ。だから私も長寿なのさ」
「えーほんとうに？　おいくつですか？」
「うん、いくつに見える？」
「そうですねー。80歳くらいかな〜」
「99歳だよ、市議会議員をしておった。最近までな」
　背筋が伸びて歩く姿もしっかりして、そこまで年をとっているとは思えませんでした。
「どんなものを食べているんですか？」
「そうさなー、一番はエゴマだな」
「エゴマって、ゴマみたいな」
「似ているが、実は違う。ゴマはゴマ科だが、エゴマはシソ科じゃ」
「そうなんですね。青ジソの仲間なのね、エゴマって」

第15話
父母の背中と地底のこと

「もう1つ、ゴマとの大きな違いがあるんだ」
「ええー。どんな？　同じに見えますが」
「エゴマの実に含まれる油にはα-リノレン酸が60％も含まれている。これは体内で合成することができない必須脂肪酸なんだ。動脈硬化の予防になるんだよ。ごま油にはあまり入っていない」
「そうなんだ。でもあんまり知られていないのはどうしてなの？」と丈太郎が聞きました。
「うーん。痛いところを突いてくるな。酸化しやすいといわれとる」
「そうなんだ」
「加熱に弱いなんてこともあってな。サラダにかけたりするが、無色に近く無味無臭だからかけた感じがしない。それが問題だ。しかし99歳のわしは心臓病とは無縁だ」
　八重子が話し出しました。
「やっぱり長寿の秘訣は、食快も、運快それに知快もあるけれど、意識とか意欲とかが大事ね。そう思い出したわ。4つの快の最後は意快なのよ。食運知意と教わったわ」
「タベウンチー？」
　丈太郎が大声で言いましたが、恥ずかしそうな表情です。
　黙って聞いていた耕太郎が横から口を挟みました。
「俺たち野菜ソムリエの仲間に兵庫県の人がいてね。神戸大学でエゴマの研究が盛んなんだ。そこからの情報では、180度で90分加熱した場合のα-リノレン酸の減少は10％ほどで、90％は成分が残ると

の実験結果が出たそうだ。それから、以前の研究ではエゴマの葉を20％採取しても、実には影響が出ないことを確認している。エゴマの葉には、シソの葉と違う栄養機能成分が含まれているようだ」
「実と葉の両方で、丸森の長寿食材認定」
　淑子は高らかに宣言しました。
「どこで栽培されているの？」
　丈太郎が聞きます。
「ここから南の青葉地区でたくさんのエゴマ畑がある。イノシシなんかも見向きもしないから、中山間地の栽培品目としては最適なんだ。その地区には豆腐屋さんがあって、そこの『あおばた豆腐』がおいしい。それに青葉温泉があって日帰り入浴もできるんだ」
　老人は自慢げでした。
　みんなの頭の中に浮かんだのは青葉温泉に入って、エゴマ葉やしその実などの薬味をたくさん乗せたあおばた豆腐に醤油を垂らしているところでした。
「他にもあるんでしょう？」と淑子。
「もちろんあるとも。自然薯だよ」
「自然薯って山奥の目立たない場所の蔓を目当てに、何時間もかけて掘り出す芋ね。岩や大木の根っこの合間を縫って育ち、ぐにゃぐにゃに曲がって上手に掘り出さないと、途中で折れてしまうって聞いているわよ」と八重子。
「昔はそうだった」

第 15 話
父母の背中と地底のこと

　白髪の老人は懐かしそうに空を見上げて髭を撫でました。
「今は違うの？」
「今は、鞘に種芋を植え付けて栽培する。その鞘の仕込み方が面白いのだ。斜めに畑の中に入れ込む。隣同士が重なるようにな」
　老人が両手を使って説明してくれましたが、丈太郎は曲がりくねった自然薯しか見たことがなく、イメージが湧きません。
「そう、11月になるとな、隣の味の里で自然薯をふんだんに使った自然薯御膳ってえのがあってな。隣の伊達市や相馬市、福島市、それに仙台市方面からも食べにくる。3000円だがひっきりなしだ」
「長寿食材ナンバーツーね。ところで、修験院の方は来ていますか？」
　店内には季節の野菜やシュークリーム、お惣菜などが所狭しと置いてありました。
　修験院のウスキさんは、廊下のベンチに座り静かに話し始めました。
「福島県から続く阿武隈高地の北の端が亘理町と角田市の間にある山々だが、そこに修験の縦走をしたときだったな〜」
　ウスキさんは一呼吸置いて続けました。
「亘理地塁山地のある山の頂にあるあずまやで、2人の男女を発見したんです。2人は道に迷ったらしく、山頂に来れば場所がわかると思ったらしいのですが。話してみるとどこから来たのか、どこに行きたいのかがはっきりしない。私が修験として山々を登っていると話したら、私たちも修行しているのかもしれないと言うんです」
　淑子はうなずいて言いました。

「それで一緒に修行するようになったのですね」

「いや、そのときは立ち話をして別れました。角田市の阿武隈川に近いところにある陶芸工房で、修行中とか言っていました。それから山々でたびたび会って、たくさんの体験談を話したら意気投合してな、我が家にも遊びに来ておる」

「今は、今はいないんですか、その2人？」

「まあ、客人だからな。何でも金山図書館に郷土資料があると教えたら、そこに行くと言っていたな。その後は陶芸工房に戻るようなことを話していたぞ」

「そう、図書館で会ったんですか？」

ウスキさんは、淑子を足元から頭まで眺めてから言いました。

「んで、どういう関係なんでしょうか？」

自己紹介もせずに、2人の男女のことを根掘り葉掘り聞いてくる人たちに急に不安を覚えたのでしょうか。

「父と母なんです、きっと」

淑子が泣き出すような表情で訴えたので、修験の方は疑うことなく陶芸工房の場所を教えてくれました。

急いで阿武隈川を渡ったところにある陶芸工房に行きましたが、誰もいませんでした。しばらく待っていれば帰ってくるかと思いましたが誰も来ません。

あきらめて阿武隈川沿いの道を大内に向かって走っていると、河川敷で朽木(くちき)を拾っている人が見えました。

第15話
父母の背中と地底のこと

「あの人たちじゃないの？　陶芸工房の人は」と淑子。
「え、どうしてなの？」
　丈太郎が不思議な顔で聞いてきました。
「陶芸の窯には成形が終わった作品がたくさんあるように見えたわ。火入れなのよ。だから枯れ木を集めているんだわ」
　淑子の見事な推理に驚く丈太郎でした。車を停めて、枯れ木集めに忙しい年配のおじさんに、父母のことを聞きました。
「ああ、いるよ。最初に女性がな〜大きな津波が阿武隈川を遡上してここまで来たときに河川敷に流れついたんだ。陶芸のことに詳しいので家においでよと言ったら気に入ってくれた。数日して、中洲に男がいることがわかって見つけたら、女の人が抱き着いて夫婦だとわかったのさ。しかし話していると、以前の記憶がないらしいことに気づいた。だが枯れ木集めとか陶芸教室で生徒に教えてくれるので、離れの物置を改造して住むところを作ったんだ。2人とも大喜びだったよ」
　淑子は父母のことがわかって、ほっとしました。
「最近は昔のことが知りたいと、あちらこちらに出かけているな。まあ自由だから」
　淑子は真剣なまなざしで聞きました。
「今日は帰ってきますか？　連絡を取りたいんです」
「えーとー。どちらさん？」
　淑子は泣き出しそうな顔で強く訴えました。
「わかった、連絡先とか書いてくれれば渡しておくよ。いつ戻るかわ

らないんだ」

　淑子は、連絡先の携帯番号と、明後日に祭理御殿で結婚式があることを書いて渡しました。

　そばで聞いていた妙齢の女性が口を挟みました。
「あー。その2人なら、青葉温泉に行くって言ってたよ」
「ええっ、そうなんですか？」
　一行は来た道を折り返す形で陶芸工房から青葉地区に向かいました。
「さっき、ウスキさんが言ってた温泉のことじゃない？」
「青葉温泉はアルカリ性単純泉で、温まると評判の温泉だ」
　洋二は、ここぞとばかりに観光情報を教えてくれます。大内地区から右に折れて青葉地区に入り、幅広い道の十字路を左へ折れると青葉温泉が現れますが、そこは小学校があった歴史ある集落です。

　温泉の宿主に聞くと、返事は思わぬ内容でした。
「ゆっくり泊まっていくと思ったら、道を聞かれてね」
「どっちに行ったんですか」
　陶芸工房から連絡があった様子で、こだわりなく話してくれました。
「黒佐野から筆甫に行く途中の山道に仇討ちの碑があるんだが、そこに行きたいと言っていてね。金山の図書館で存在を知ったそうだ。わかりにくいから案内図を書いたんだ。坂もあるが自動車だから大丈夫だと思うよ」
「自動車ですか。2人のどちらかが車を手に入れたのかしら？」
「いや、若い男が運転していたよ」

第15話
父母の背中と地底のこと

　淑子は父母に案内する人がいるのかと驚き首をかしげました。しかし、淑子には父母が仇討ちの碑に行く理由に心当たりがありました。父は獣医師でしたが、巻き込まれた事件の濡れ衣を晴らすため、奔走していました。しかし事件の関係者と連絡が取れずに困っていたのです。そして日増しに立場が悪くなってしまったのです。
　そこに青葉温泉の大広間からの、歌声が聞こえてきました。
　全国的に知られた民謡歌手の持ち歌である『新相馬節』のようです。

　淑子と丈太郎は八重子たちと二手に分かれて、仇討ちの碑に向かうことになりましたが、森が続く道は謎めいて見えました。
　山間の道を進むと奇妙な樹木に囲まれた空間になりました。
「何、これ。地球の木じゃないようだわね」
　淑子はつぶやきました。
「不思議な形だよね！」と丈太郎。
「まるで富作の星の風景じゃないかしら？」
　淑子はつぶやきました。
　仇討ちの碑は山あいの三叉路の傍らに、誰にも見られないようなたたずまいでありました。
　ほとんどの人は通り過ぎていくでしょう。周囲には建物はなくひっそりとしていましたが、老人がお参りしていました。
「あのー、3人の男女がお参りに来ませんでしたか？」
「ああ。さっき来ました」

「そうでしたか。どっちに行ったかわかりませんか？」
「なんでも不動尊公園の近くの案山子街道に行くとか言ってました」
「あのー、聞いてもいいですか？」
「はい、何か？」
「どうして、仇討ちの碑をお参りするの？」
「ああ。別に仇討ちしたい相手がいるわけではないんです。この碑に名前のある方は事を成就させたのです。思い描いても結果を出すのは難しい。特に相手がいる場合にはね」
「達成することができたから、人々の信仰の対象になったのね！」
　淑子は老人の話を聞いて、石碑に向き直り深々とお祈りをしました。
「父母と巡り合えますように」
　必死に念じたのです。

　一行は筆甫から山道を通って不動尊公園に向かいました。
　敬愛院の山門には仁王像が左右にあり、にらみを利かせていましたが、その前の一代塔の石碑の隣が猫碑でした。俯いた猫の瞼のさりげなさが、郷愁を誘いました。
　不動尊公園から丸森の街へと伸びる旧道は案山子街道と命名されています。セーターやワンピース、それに割烹着姿の案山子がたくさん並んでいて、その光景は異空間のようです。
　道路の真ん中をミミズが這っていました。
　丈太郎は干からびそうになっているミミズを、道路脇の草むらに移

第15話
父母の背中と地底のこと

動させました。
「感心ね、丈太郎」
　淑子が声をかけましたが、別な声がしました。
〈違う、違う。こっちじゃなくあっちだ〉
　丈太郎は誰が声を掛けたのかと、周りを見回しました。
「ミミズさん？」
〈そうじゃ。あっちに行こうとしていたんじゃ。命がけでな！〉
「ごめんなさい、知らなくて」
　丈太郎はミミズを掴むと反対側の畔に移しました。
〈坊主、ありがとうよ。それにしても俺たちの言葉がわかるのかい〉
「うん、最初は猫だった。今は動物や樹木とも話が通じるんだ」
〈それじゃ世の中が騒々しくていけねえな〜〉
「でもね、一度にみんなが話しかけてくるわけじゃないし、きっと濃厚接触したときに、お話ができるのかも」
〈そうよな〜。自然界は上手くできておる〉
「ミミズさんは何ていうの？　お名前は？」
〈ほう、名前な。個性識別コードのことか〉
「まあ、そう。お話しをするとき名前で呼び合うんだよ。僕は丈太郎、こっちは淑子姉」
〈そうだ、遠くの親戚にシーボルトってえのがいるぞ、おいらはフランチェスカとしよう〉
「そうか、女の子だったんだね？」

〈俺たちには、男性とか女性はねえんだ〉
「そうだったの、ごめんね。じゃあ、子孫繁栄はどうするの？」
〈ほほ〜、小僧。言いづらいことを上手く聞くもんじゃ。ほめて遣わすぞ。俺たちは雌雄同体で、別な個体と逆向きに接して命の種を交換する。それぞれが雄で雌なんじゃ〉
「そうだったのか、フランチェスカ。教えてくれてありがとう」
〈そうだ、おいらの世界に招待するよ〉
　フランチェスカはそう言って消えました。
「えっ、招待って？」
　気がつくと、丈太郎と淑子の体が小さくなって、草むらの落ち葉の下にいました。
〈俺たちは地面の中では最大与党なんだぞ〉
「過半数を超えているってこと？」
　丈太郎はミミズの世界に招待されたことが嬉しいようです。
〈そうさ、俺たちが毎日毎日土を食って出して、栄養機能成分を高めてな、トンネルを作って風通しを良くしているから、小さな虫も住みやすくなる。そして草木も育つのじゃ〉
「じゃあ、感謝しなきゃね」
〈それがのう、だーれも感謝なんかしてくれん。さっきは丈太郎君に出会ったからよかったが、仲間は新天地を開拓しようとして、大きな４本の回るものに踏みつぶされたり、カラスに食べられたり、散々な目に遭うんじゃ〉

第 15 話
父母の背中と地底のこと

「大きな４本の回転するものって何だろう、どんな怪物なのかな」
〈ほら、臭いガスを吐き出して、すごいスピードで通り過ぎるのさ〉
「ああ、車だね。でも、どうして道路を渡るの？」
〈大雨が降ると息苦しくなる。種族のほとんどは雨の染み込みにくい岩の下とかに避難するが、必死に仕事をしていた俺なんかは逃げ遅れる。でもそれは、新天地開拓のチャンスでもあるのさ。雨で道が濡れていれば、進みやすくもなる。新天地には腐れ縁やしがらみのない別な個体がいる。そこを目指して冒険旅行ってわけさ〉
「恋人探しの旅なんだね」
〈ませた小僧だ〉
　ミミズのフランチェスカがそう言って地面の中に半分体を潜り込ませたとき、野鳩が急降下して地面から出ているミミズの下半身を食いちぎり、空に舞い上がったのです。
「キャー」
　丈太郎と淑子が悲鳴をあげました。
「ああ〜。フランチェスカが鳥に食われて死んじゃったー」
　２人は涙目でフランチェスカの死を見つめました。
「私たちと長話したせいで、鳥さんにやられちゃったのね、ミミズさんごめんなさい」
　しばらくすると、土の中に残されたフランチェスカの一部が動き出しました。
〈そんなことはわかっている、だから話しながら半分は地面に潜って

いたのじゃ〉
「生きていたのね！　フランチェスカさん」
〈ああ、もちろんじゃ。地面の中では王様だが、外では他の生き物の食欲を満たす餌だからな。お前たち人間の世界でもあることだぞ〉
「えー。それって、どういうこと？」
〈自然界は食物連鎖で成り立っていることは知っちょるな〉
「うん。知ってる」
〈俺たちは土の中で微生物などを食べる。人間たちの言うばい菌も食べる。そして、ほとんど有機物にして排せつするのじゃ〉
「だから、ミミズの多い土地は肥沃だといわれるのね」
　淑子はほめるが、丈太郎は別な話を聞きたくてしょうがないのです。
「ねえ、それで、食物連鎖と人間社会がどうつながるの？」
〈そう、その話だった。ミミズ社会にも、3つの階層がある。地面の奥底にいる層、上のほうにいる層、上下を行き来する層だ。上にいる俺たちは働き盛りで新天地を求めて道路に躍り出ることもある。上下を行き来する層はエリート層さ、一番下は、まあどの世界にもいるが、自分のことだけを考えておる〉
「それで？」
〈人間社会は食物連鎖の頂点ともいわれるが、基本的には俺たちの世界と変わらない〉
「そうなの、どこが？」
〈ううーん、まだ気がつかんか。お主らの世界で言う、人事権と称す

第15話
父母の背中と地底のこと

るものさ〉

　淑子が口を挟みました。

「転勤とかさせられることね」

　淑子には思い当たることがありました。

　獣医師として畜産系の会社に勤めていた父が上司と対立し、遠方の支店に転勤の辞令を出されたことを。父母は遅くまで話し込んで、1週間後に会社に辞表を出して独立したのです。

「フランチェスカさんにも転勤辞令が出たの？」

〈娘さんも、グサッとくる一言を何気なく言うの―〉

「ああ、ごめんなさいね」

〈いいさ、そうして強くなる、どんな生き物も同じような境遇になることがあるのじゃ〉

「わかった、ありがとう。フランチェスカ」

　そのとき、地面がかすかに振動し始めました。

　地震だろうか、それとも他の振動だろうかと、丈太郎は不安に駆られました。

　フランチェスカが叫びました。

〈大変だ、天敵のモグラが向かってくる〉

「モグラが苦手なのね」

〈食物連鎖が世の定め。誰に食われようが、この命に未練はない〉

「達観しているようだけど」

〈ただ1つ、悔いが残るとすれば、蚕様（かいこさま）に申し訳が立たない〉

「蚕様と何か関係があるの?」
　丈太郎はどうしたらよいのかわかりません。
　急に空から声が聞こえました。
〈南蛮唐辛子を畑から分けてもらえー、細かく砕いて水に溶かし、フランチェスカの周囲に蒔くのじゃ〉
　目の前の畑には南蛮唐辛子が赤く実っていました。近くの水たまりに砕いた唐辛子を入れてかき回し、その水を周囲にまくと振動が弱まりました。
　モグラが進路を変えたのでしょうか?
〈ありがとう〉
　そう言ったフランチェスカは下半身の再生もほぼ終わりそうです。
「それにしても、さっきの天の声は誰だったのかな?」
　丈太郎がつぶやきました。
〈大蚕神様じゃ〉
　フランチェスカがささやきました。
「そうなの?」
〈ネズミは蚕の天敵じゃ、その天敵を助けるモグラも敵なのだ〉
「そうか、食物連鎖の現実ってやつだね。だから助け合うんだ!」
　フランチェスカがつぶやきました。
「ところで、ジョーもヨッシーもまだ若いのにかわいそうだな〜。死というものが、わかっておるの〜」
　丈太郎は、聞き逃しません。

第15話
父母の背中と地底のこと

「どうしてかわいそうなの？　僕たちは」
「我々と話ができるというのは、死期が近いからだよ」
　丈太郎と淑子は驚きました。
「シキって『死期』のこと？　四季や式じゃないの？」
「『シキ』は父が言ってたことだわ」
　淑子は、フランチェスカがつぶやいた言葉に、まるで金しばりに遭ったように体が動かせなくなりました。
「私は、死んでしまうのかしら？　だから子猫の話がわかるのね」
　ジョーは真剣な顔でヨッシーに言いました。
「ウソだ！　動物や大岩、小鳥と話せるのは一歩進んだからだよ」
　淑子は丈太郎の言葉にうなずき、顔を上げました。
「進化なのね。私たちは進化したのよ」
　草むらから空を仰ぎ見ていると、もやもやっとした空間が晴れ上がってきました。
　気がつくと2人は案山子街道に立っていました。
　そこに、どこからともなく魔不惑命が現れました。
〈すまぬ、大蚕神様に労をかけてしまった。ネズミ退治はワシの大事な仕事なのに〉
　丈太郎は反省顔の魔不惑命を珍しいと感じました。
「やあ、久しぶり魔不惑命さん」
〈すまん、本当はお主らを見守る任務があったのだが、あの狼を追いかけていてな〉

「ああ、猩々緋狼のことだね」
〈そうなんだ、すまない。猩々緋狼が生まれるのを阻止できなくて〉
「猩々緋狼は、安倍生命の祈りから生まれたの?」
〈彼にはその力はない。もっと強大な恐ろしい存在が産んだのだ〉
「誰? 強大な力って? どうして生み出されたの?」
〈狼どもは何でも食い尽くす人類の敵なんだが〉
　魔不惑命は悔しげですが理由がわからないようです。
　突然、青空が白い雲に覆われ、その中から一筋の真っ赤な色の光が現れました。
　光の中から猩々緋色の狼が生まれ出たのです。
〈魔不惑命殿、違うのです。我々の種族は食物連鎖の頂点を目指しませんでした〉
〈嘘をつくではない、江戸から明治の時代。犬や牛、馬、人間と襲っていたではないか〉
〈過去に、そんな殺生もありましたことをお詫びします。しかし歴史を振り返りますと、我々狼族は田畑を荒らす、シカやイノシシ、アライグマ、モグラなどを餌にしていました〉
　魔不惑命は許そうとしません。
〈ではなぜ人間様の女、子供や赤子にまで牙を剥いた? そんな言い訳が通用するか〉
〈その通りですが、それには理由がありました。我々の種族が知らないことが原因でした〉

第15話
父母の背中と地底のこと

　猩々緋狼の神妙さは聞く人の心に伝わり、次の言葉を待っていました。
〈その理由とは？〉
　魔不惑命は催促しました。
〈はい、病気でございます〉
〈種族全てがかかる流行り病があったとでも言うつもりなのか？〉
　魔不惑命は怒り、厳しい表情で赤い舌を覗かせました。
〈いえいえ、人間のお子様に牙をかけたのは、ごくごく一部の狼でございますが、見分けがつくものではございません。体の中のことでございます。人間様や魔不惑命様のお怒りはごもっともです〉
〈ならば、お前はなぜ、あの灼熱の鉄塊から生まれ出でたのじゃ。目的を申してみよ。まさか種族の再興を願っているのではあるまいな〉
〈いえいえ、違います。目的はとおっしゃいました。その通り、目的はただ一つ、我が種族にかけられた誤解を解き、種族に着せられた濡れ衣を晴らすことでございます〉
　淑子は猩々緋狼の言葉で仇討ちの碑を思い出しました。
「動物の世界でも濡れ衣を振り払いに現世に蘇える(よみが)のね」
　魔不惑命は、冷静に強い口調で問い詰めます。
〈その濡れ衣とは？〉
〈はい、魔不惑命様を前にして申し上げにくいのですが〉
〈わしは何も気にせんぞ、申してみよ〉
〈は、はい。申し上げます、私どもの先祖が天明の飢饉などの飢餓の

209

時代に、猫族を食したことに原因があります〉

〈なにー？〉

　魔不惑命は真っ赤になり大きく膨れ上がったので、丈太郎がいさめました。

「まあまあ、落ち着いて」

　猩々緋狼が話しかけてきました。

〈すみません、魔不惑命様、淑子様、丈太郎様。そのとき猫族が宿主として持っていた体内の微生物を、狼族は肉塊と一緒に取り込んでしまいました。その生き物は体内で共生しながら、食べた狼のホルモンバランスを支配して、攻撃的な性格を作ってしまったのです。その影響で人間様が飼っていた家畜や、子供にまで牙を剝くことになってしまいました〉

〈猫は、狂暴な動物ではない〉

　魔不惑命がきっぱりと言いました。

〈そこなんでございます。当時は原因不明でしたが、その病気を持つものが、運動能力と獲物を見極める判断力において進化し、他のものを圧倒してしまいました。リーダーとなった狼に逆らえる狼はいませんでした。それが一族破滅の原因なんです〉

　魔不惑命が話し出しました。

〈江戸時代、それぞれの藩での狼狩りは歴史にもある通りだ。北にある藩では、どの地域で、何人が狼に襲われて亡くなったか、名簿まであった。当時の人間の支配者は、狼を絶滅させることが民を救うこと

第15話
父母の背中と地底のこと

であり、主君の人気を盛り立てる最もわかりやすい手段であることを知っていたのだ〉
〈当時の権力者のために我が種族はターゲットにされ、絶滅しました〉
　狼が絶滅してから100年あまり、なんともつらい種族絶滅の物語でありました。猩々緋狼は話し終えると涙ぐみ、その涙がポツリポツリと雨粒となって空から落ちてきました。
　淑子と丈太郎も泣いていました。全天が真っ暗になり涙の雨粒が空から落ちてきて、魔不惑命も泣いているに違いないと丈太郎は思いました。
　猩々緋狼は最後の言葉を残して、天空から消え去りました。
「私たち種族を利用して地球制覇を目論んだ、地球外生物が憎い」
　丈太郎と淑子はぎょっとして言いました。
「猩々緋狼さん、地球外生物って言った？」
〈たしかにそう聞こえたなー〉
　魔不惑命が答えました。
「地球外生物ってエイリアンだよね」
「エイリアンといえば富作？」
　淑子は許しがたい思いで、空に向かい声を出しました。
「富作！　出てきなさい。狼を利用して悪だくみして」
　少しの間がありましたが、富作の声が聞こえました。
「違います、それは誤解です」
「さっき猩々緋狼がそう言ってたよ」

「みなさんは知らな過ぎます。地球には何種類の地球外生命体が来ているか、その実態を知らないだけなんです」
「えっ、どういうことなの、富作。説明して」

第16話
富作の告白と洋二の活躍

　淑子の許さないとの強い意志を感じて、富作は話し始めました。
「地球のある太陽系は我らの母なる銀河の中心から２億6100万光年の位置にあり、オリオン腕の末端近くに位置します。内側のいて・りゅうこつ腕や外側のペルセウス腕と比べて、オリオン腕は小さな存在です。同じ腕の中では星が密集していますから、宇宙航行種族が行き来しています。腕から腕へと渡り歩く宇宙人は現在のところ確認されていません。宇宙は想像を絶する広さなので」
「銀河の話はわかったわ、100年以上前に来て狼族に取り入ったエイリアンは君たち？」
「そのことは、宇宙ライブラリーに記録が残っていますので、アクセスします」
　数分の沈黙の後、富作が話し出しました。
「情報が来ました。オリオン腕の長さを銀河中心を0として、末端を100として考えた場合、地球の位置する太陽系は約75くらいの位置にあります。そして、地球は腕本体の中心軸からずれた位置にあるのです。実はこれが幸いして、地球は外敵侵略がほとんどなかったのです。これまでも太陽系の46億年の歴史の中で、地球にエイリアンが来たことは十数回ありますが、野蛮で全てを破壊し尽くすエイリアン

種族は、銀河腕の中心部を食い荒らすのに精いっぱいで、中心部から離れた辺縁部、つまり田舎には見向きもしなかった」

「私の星も同じ田舎なので長い文明の歴史があり、科学技術も発達しました。そして宇宙航行するのは、地球人や私たちのようなタイプの生物だけではないのです」

「たとえば、タコに似た宇宙人？」

丈太郎が言いました。

「あれは、地球人の想像の産物です。もっと小さい細菌クラスのエイリアンがいるのです」

「細菌って、インフルエンザやコロナの」

「それはウイルスで、細菌の50分の1くらいの大きさであり、自分では細胞を持てません。細菌の大きさは1マイクロメートルで肉眼では見えませんが、大腸菌やバクテリアといわれるもので、エイリアンが他の星に先遣隊を派遣するときはこの種の細菌をよく使います」

「えーどうして？」

「はい、種族の科学技術の発達度合が関係してくるのですが、狼族に寄生したと思われるエイリアンが準光速のスピードで運べるのは、細菌程度の物量だったのでしょうね。私たちはその時代にはコガネムシくらいの大きさまで、準光速で飛ばしていましたからね」

「つまり、細菌くらいのエイリアンが狼の中に住み着いて、地球を征服しようとしたのね」

「いや一概に征服とはいえないでしょう。観察に来たのかもしれませ

第16話
富作の告白と洋二の活躍

ん、我々みたいにね。しかし、何か予想しない別な事態が起こったのかもしれません。たとえば、別の地球外生物と合体したとか」
「猩々緋狼は猫を食べて予想外の変化があったと言ってたわね」
　と淑子。
「あった話と合ってるね」と丈太郎。
「何それ、ダジャレですかね？」
　富作は戸惑いながら突っ込みを入れました。
「は、は、は、は」
　２人は笑い合いました。
　富作は笑いながら、心の中に姫子のアイデアである「念じる力」とライフワークである「素数の螺旋集合体のエネルギー」についての研究を合体させて、地球を脱出する超大なパワーを生み出そうとしていたのです。
（螺旋パワーの謎を解くことは、地球人には無理なはず）
　場の空気が和んだのを富作は察知して、一気に結論を話しました。
「我々は細菌レベルの生物を乗せた探査船を地球に送ったことはなく、侵略の意図もありません」
「やっぱり。そうだと思っていたよ。富作さん」
「今新しい情報が送られてきました。我が母星にも同様の被害があったようです。どの領域から来たかは不明ですが、宇宙人Ｘと命名し追跡調査を行っているようです。高い数学的文明を持つ種族が派遣した人工知能タイプの生命体のようです」

「人工知能生命体ってわかりにくいね」

「高度な文明世界では普通にありまして、火山や深海など危険な場所の調査に使われる自立型人工生命体のことです」

「ＳＦの世界だね」と丈太郎。

「さらに追加情報が来ました。宇宙人Xは酸素型生物ではないと」

「というと？」

「シアノバクテリアは地球に酸素をもたらし、地上の生物を酸素型生物にすることに成功しました。地球上の動物やみなさんのような人間は酸素エネルギーを使用し二酸化炭素を吐き出すいわゆる酸素型生物ですが、銀河の星々の中には酸素ではなく別な元素を中心とした生物がいるんです。40億年前の地球でも硫黄型生物が存在していたことは知られています」

「100年以上前に地球を訪れた自立型人工生命体は、まだ生きて地上にいるのかな〜」

丈太郎が首をかしげます。

「可能性はゼロではありません、数学的高度文明が基盤であれば、人工生命体といえど、自ら技術を高めているはずです」

「それにしても、狼に食べられてしまった猫はかわいそうだ。そこから狼が変わったと言ってたね」

丈太郎は同情的でした。

丈太郎が案山子街道で、広大な銀河の話を聞いていると、案山子がエイリアンに見えてきました。そこに、修験者のウスキさんが通りが

第 16 話
富作の告白と洋二の活躍

かりました。
「大変なことが起きています。みなさんにもお力を貸してほしい」
　ウスキさんが青い顔で訴えました。
「どんなことなんですか？」
「猫神様の石碑がなくなっているんです！」
　先ほど見てきた敬愛院のかわいらしい猫碑に一行は向かいましたが、石碑があったと思われる場所には、台になった石が残されているだけです。
「おかしい、間違いなくここにあったのに」
「どうしたんだろう、猫碑愛好家が持っていったのだろうか」
　丈太郎は不思議に思いましたが、ウスキさんは現実的でした。
「重すぎて持っていけない。大型クレーン車でもないと」
　みんなが首をかしげていると、魔不或命が声を掛けてきました。
〈猫碑が移動している。別な場所に移動している〉
　丈太郎が鋭く反応しました。
「やっぱり盗まれてんだ。どこにあるのだろう？」
〈近所じゃ〉と魔不或命。
「ええ。近所？」
〈なぜかはわからんが近くにある〉
「教えて、行ってみるから」と丈太郎。
　そのとき、後ろの茂みがカサカサと音を立てました。
〈おいらが見てくるよ〉

丈太郎が振り返るとズッポが目をきらきらと輝かせていました。
「ズッポ。ズッポじゃないか！　心配していたんだ。」
〈猫碑が心配。おいらが早いから調べてくるよ〉
「ありがとう、ズッポ」
〈任せて。弟や妹もいるから手分けするね。スピード第一だよね〉
　丈太郎はズッポの手助けで状況がわかり、嬉しさでいっぱいです。
　早速、地図でその場所を確認すると、猫碑がなくなっている場所が10か所ありました。その猫碑は山奥の杉の木の根元とか、お地蔵様の後ろに移設されていたのです。
「どうしてだろう、こんな目立たないところに置いて」
　淑子は冷静に分析しました。
「とりあえず人目に付きにくいところに隠して、後でトラックで運び去るに違いないわ」
　遠いところはズッポに調査してもらい、近くを歩いて確認することになりました。
　やはり、窪みが残されてなくなっている猫碑が何か所もありました。
「いったい、どうなっているんだ？」
　丈太郎は頭が回らないようです。
　魔不惑命が言いました。
〈盗むことが目的ではないかもしらんぞ〉
「ええー。じゃあ目的は？」
〈わからん、皆目見当がつかん〉

第16話
富作の告白と洋二の活躍

　富作が我々とリモート会話しますが、声の様子が違いました。
「丈太郎さん、地図に移動した猫碑の位置を教えてくれないか？」
「どうしたの？　富作さん、声が震えているよ」
　富作は答えませんでした。
　完成した地図を富作が見やすいように空に向かって広げました。
「あっ、やっぱり。ウラムの螺旋じゃないか？」
「富作〜、見てた。ウラムのなんとかって、何それ」
「素数だよ、素数を二次元平面に左巻きに渦巻きのように書いていくと、つながった素数が放射線状に広がり不思議な模様になるのさ。中心から２、３、５、７が動かされた猫碑の配置になっている」
「それって、何かの趣味、もしそうなら悪趣味ってやつ？」
「丈太郎君。これはそうとうやばい」
　富作は慌てた声です。
「何がやばいの？　素数は無限にあるんじゃ、どうしてやばいの？」
「丈太郎君。素数の数列には、現代の地球人が知らない秘められたパワーがあるのです。だから、やばいと申し上げたのです」
「秘められたパワーって、どんな力なの？」
「私の星では研究中で公開されている情報が少ないので、それ以上のことは、アクセス権を持つ上司に頼んでウラムの螺旋パワーに関する情報を集めてもらいましょう。その情報が届くまで、私たちがすべきことは、猫碑を元の位置に戻すことです」
「だけど、僕たちは淑子姉さんを結婚式の会場までお送りする大事な

役目があるんだ。結婚式が終わってからでもいいでしょう？」
　富作は自分の願いを聞き入れてくれないことにイライラしている様子で、大声で言葉を投げかけました。
「みなさん、ウラムの螺旋パワーの強大さを知らないから、そんな悠長なことを言っていられるんですよ」
　あまりの声の大きさに丈太郎は驚いて言葉を返しました。
「富作、頭が割れちゃうよ。静かにもっとわかるように説明して」
　富作がぶつぶつ言っていますが、雨音のように聞こえました。
「いいでしょう、母星から情報が来ました。みなさんを驚かせることになりますが、早速お伝えします。腰を抜かさないように聞いてください。この街の構造はウラムの螺旋構造にとてもよく似ています。庁舎を中心として2が金山、3が小斎、5が……」
「もっと簡潔にわかりやすく」
　丈太郎にダメ出しされる富作でした。
「はいはい、すみませんね。ウラムの螺旋の場所に置かれたある物が、エネルギー収集・発生装置として働き、螺旋の中心からパワーを発信します。ここで、大きな問題なのは、送信の際に、冥界のパワーを吸い寄せてしまうことが、最新の研究でわかってきました。だからこの世とあの世のエネルギー集結装置になるんです」
「冥界はどうなってしまうの？　そのウラムで」
「それは理論の世界の話なので、実験そのものは実際には行われていません。しかし素数の数にもよりますが、おそらく、この場所はなく

第 16 話
富作の告白と洋二の活躍

なるかと。いや、エネルギーが最大になれば、もし997までの素数が揃えば日本列島が消滅するパワーが生まれるはずです」
　全員の表情が青ざめました。結婚式どころではないのです。
「誰がそんな地球を破壊するほどのパワー装置を作るの、富作なの？」
　丈太郎は声だけの存在の富作を問い詰めました。
「いやいや、誤解です。我々は理論の世界に留まっています。それに、このパワーを作れる地球人もいない。どんなに意味のない現象でも、消去法で探れば正しい結論に導かれると、シャーロック・ホームズが言っています。その論理なら別な宇宙人の可能性があります」
　丈太郎はとっさに返しました。
「宇宙人Xだね」
「はい、地球は何度もの滅亡の危機を乗り越えている銀河では有名な場所です。現在も私以外のエイリアンが入っていると考えたほうがいいです。そしてその存在が宇宙船の故障で母星に帰れず、やむなくこのパワーで帰還のためのエネルギーを得ようとしているのかもしれません」
「その人たちのために地球が滅亡するなんて、とても自己中心的な宇宙人なんだね」
　丈太郎は憤（いきどお）りました。
「富作、ウラムの螺旋パワーと猫碑にどんな関係があるの？」
　丈太郎が声をあげ、淑子も謎解きをしたいと話し始めました。
「そうだ、そうだわよね。江戸から明治にかけて養蚕でお世話になっ

て祈りを込めて作った猫碑が、最先端の科学技術のウラム螺旋パワーに関係するなんて考えられないわ」

　富作は冷静に分析してみせました。

「江戸時代から長年にわたって地域の方が感謝の念を込めてお参りしたとおっしゃいましたよね。実はそれが重要なのです。重い石材には願いや思いとか祈りを念波として受け止め蓄積する作用があるのです。素粒子物理学よりももっと最先端の領域です。そしてその力は同種の冥界のパワーを吸い出しやすいのです。宇宙人Xは、その念波パワーに目を付けたに違いないんです」

「そんな、人々の願いや祈りが破壊兵器になっちゃうの？　おかしいよ。とにかくそれを止めなくちゃ。どうすればいいのさ」

　丈太郎は怒りました。

「はい、ウラムの螺旋にそれをさせてはいけません。その配置にすることで、スイッチが入ります。もう１つ、発信機の場所を探すことが重要です。必ずしも中心地ではなく、エネルギーを受信しやすい場所があるはずです。そこに自己中心的な宇宙人が必ずいます」

　丈太郎と淑子は地理も知らない場所で猫碑の全体配置もわからず、中心地の候補も見当がつかず、困り果てていました。

「そうだ、洋二さんと耕太郎さんに相談してみようよ」

　丈太郎は、駅そばのカフェでの話を思い出していました。

　急ぎ２人は洋二と耕太郎に会いました。

　説明を受けても、洋二と耕太郎は、ウラムの螺旋のことを理解でき

第 16 話
富作の告白と洋二の活躍

ないようです。
　淑子は猫碑への案内を洋二と耕太郎に依頼しました。
「ちょっと待った」
　説明を受けた洋二は、出発を大声で制しました。
「どこが中心かわかるかい？」
　淑子と丈太郎は洋二の次の言葉を待ちました。
「実は全国サイクリングロード協議会から依頼があってね。自転車で巡る観光コースがあるだろう？　評判がいいので新たなコースの募集があったんだ。俺は南北朝時代の多賀城から霊山城に至るコースを提案してね、見事に承認が出たのさ」
　アタッシュケースから取り出したのは、この周辺の2万5000分の1と50000分の1の国土地埋院の地図でした。
「宇宙人Xはたくさんの猫碑を動かさなくてもウラムの螺旋になるように、数学的に計算して最小の動きで装置が完成するように考えているはずだ。螺旋の形から筆甫（ひっぽ）や廻倉の猫碑に合わせてみてはどうかな」
と洋二。
「そうね、周囲の猫碑から中心を探り出すのね」
　と淑子は1冊の本を出して言いました。
「私は『猫碑めぐり』の本から猫碑の場所を地図に書き込むわ」
　洋二は目の色を変えて動き出しました。
「素数の配置と地形をどう組み合わせるかだ。よし、俺にアイデアがあるから、任せとけ」

透明なセロハン紙に細かいマス目を書き始めました。
「マスの大きさは地図の縮尺に合せて１km四方の大きさだが、地図の中では１.４cmのマス目になるな」
　彼は中央に起点を置いて整数を左回りに書き込み、そこに２、３、５と素数のエリアはピンクのマーカーを薄く塗りつぶし、右下隅に小さく数字を入れました。
　この地域を埋め尽くす素数の数は45個あり、２から191まで書き込みました。猫碑の地図にウラムの螺旋地図を重ね合わせると、あちらこちらが重なりあいます。
「これでいいのかなー。猫碑や猫像はこの本にあるだけで80基、ウラムの素数は45。結構な数だね。ウラムの螺旋のマス目地図は作ったけど、方位は上が北でいいよね？」
　と洋二。
「それって真北かい？　素数は宇宙の神秘数だよ。宇宙基準にしなきゃだめじゃない」
　そばで見ていた耕太郎も負けていません。
「おっ、宇宙基準ね、かっこいいねー。で、どうすればいいんだよ」
「そうだ、北極星だよ、そこに向けて地図を置くのが宇宙基準だと思うよ」
　耕太郎は、わかったようなことを言います。
「違うんじゃない。緯度によって変わるんじゃ」淑子が突っ込みます。
「ググったら市役所の緯度で、8.1度西に触れるみたいだ」と洋二。

第 16 話
富作の告白と洋二の活躍

「よし、その角度に合わせて、ウラム方眼をおいて、あっちこっち合わせてみるぞ。おおーあぶくま駅近くの廻倉三峯神社と筆甫の平松前や平館の猫碑が見事に重なる。よし、この位置で何か所が重なるか調べて連絡するぞー」

洋二と耕太郎は集中して地図をにらみました。

「ちょっと待って」

地図とにらめっこしていた耕太郎が、マル印を書き始めました。

「丸森では猫碑も有名だけれど、他にも歴史ある施設がいっぱいあるんだ。おそらくは有史以前からの史跡も。まず立石。それに平安時代から鎌倉、江戸時代を経て明治時代にもこんな施設がある。なぜなら、猫碑だって、江戸や明治、昭和の石碑がこの資料には含まれている。祈りをささげる施設を入れなければ不公平になると思ってさ」

妙な理論ですが誰も止めることはできません。丸山城、金山城、それにあの堂平山の空中浮遊岩もマークされているのです。

それを見た淑子が口を開きました。

「いずれにしても石垣や大きな岩のあるところで祈りをささげている場所が、ウラムの螺旋パワーを出すために必要だってこと？」

「そうそう、淑子さんが僕の言いたいことを全て話してくれた」

耕太郎はほっとした顔でした。みんなの目が地図に集中しました。

大きな岩、丸森の大きな岩。そのワードでググってみました。

「丸森を中心に巨石や石碑を紹介。こんなサイトがあるよ。金山図書館の役員の瑞願寺の和尚さんが作ったサイトだ」と耕太郎。

「さっき会った方ね。すごいね、詳しく出ている」
　淑子が覗き込みました。
　今度は耕太郎のタブレットに集中しています。『巨石伝説』は地域の94の巨石を詳しく説明しているようです。
　その中でも巨石の王様は立石のようです。さらに賽銭箱岩があることが記されていました。
「きっと幾多の歳月をかけてたくさんの人々から念波による祈りのエネルギーを受けている石像や岩が、ウラムの螺旋パワーには必要なんだ」
　耕太郎は絶好調です。
「立石は、その条件を満たしているね。連絡しなくちゃ」
　丈太郎も続けました。
「路傍の岩でも、通る人々が祈りをささげていれば、そこに念波が蓄積されるんだわね」
　淑子は感慨深げにつぶやきました。

「新しい概念ね」
「別な世界の存在だから、別な概念を持ち別な科学技術を発展させてもおかしくない」
　空から富作がみんなの頭の中に入ってきました。
「えっ、別な世界の存在？」
　姫子の目は空に飛びます。

第16話
富作の告白と洋二の活躍

「そう、おそらく宇宙人Xは本質的に異質なのかも。別の星のエイリアンが、ウラムの螺旋パワーを利用して、力を解き放つのかもしれない」

淑子が言いました。

洋二はうなずいて、作戦参謀のように地図から離れず、携帯で連絡を取っていました。

猫碑の地図を詳しく調べていた姫子が言いました。

「猫碑は阿武隈川の北側には少ないわ。養蚕の関係で丸森中心部、大内、それに筆甫が多いわね。それから資料の中で猫碑の写真や拓本があるけれど、しっぽが違うのよ」

「えーどう違うの？」と丈太郎。

「ほら見て」

しっぽが上に向かっている猫碑が数点見受けられました。

「ほんとだ。しっぽが上がっている猫と横たわるしっぽの猫は、何か違うのかな。天保5年の細内観音堂、天保6年の福一満虚空蔵堂嘉永元年の大目石碑なんか見事だね」

丈太郎は不思議な顔です。

「制作推定年はそれぞれ1800年代だ。あっ、見てごらん。文政5年（1822年）の平館碑はやはり見事にしっぽが上を向いている。ああ、筆甫だわね」姫子が周りに話します。

富作がイライラした声で話しかけてきましたが、聞こえるのは丈太郎、淑子と姫子の3人です。耕太郎と洋二には聞こえていません。

「急いで。ウラムの螺旋パワーを早く止めないと」と富作。
　姫子が大きな声で富作に尋ねました。
「もし止められず、ウラムの螺旋パワーが全開になるとどうなっちゃうの？」
　富作は低い声で言いました。
「全開は全壊さ」
「ぜんかいしたらぜんかいって、言葉遊びしている場合じゃないよ。ウラムの螺旋パワーを発生させないために早く動かないと」
　丈太郎に、怒りにも似た気持ちが湧いてきました。
「ウラムの螺旋のポイントに、猫碑や念波の蓄積された岩を置かないようにするしかない」
　洋二は冷静さを保っているようです。
「じゃ、早く、ウラムの螺旋の位置を特定して、その場所に念波石があるがどうか確認しなくちゃ」
　丈太郎が急かすように言いました。
「結婚式どころではないわね。ウラムの螺旋パワーが完成しエネルギーが発射されれば、丸森がなくなっちゃう」と淑子。
「どこを中心にすればいいのか？　候補地があり過ぎるよ」と丈太郎。
「地形的には丸森の中心部、歴史あるところ、念波石がある場所ね」
　姫子は理路整然と伝えます。
　みんなは地図を見ましたが、そのとき、洋二が大声を張り上げました。

第16話
富作の告白と洋二の活躍

「できたぞー、見つけたぞー」
　碁盤の目の様に縦横に線が引かれた地図上で、ある場所を中心に赤線の左巻きの螺旋が記されています。
　洋二が説明します。
「丸山城を起点にしてみた。素数の2に当たるのが台山古墳の猫碑、3が阿武隈川を渡った舘矢間館山、そして、5に当たるのが西円寺の猫碑」と早口でまくし立てました。
「地図には、お寺や神社の印がないところもあるのね」と姫子。
　洋二が冷静な分析を披露します。
「そうなんだ。そこに宇宙人Xが猫碑を移設しているかもしれない。よし、手分けしてウラムの螺旋ポイントに行こう。そしてその場に最近移された石碑がないかを確かめるんだ」
　耕太郎と安倍生命が案内役になって、二手に分かれて向かうことになりました。中心部を起点にして、東側を淑子と姫子が耕太郎の車、西側を丈太郎と八重子が安倍生命の車で探すことになり、出発しました。洋二は地図と連絡担当として残るようです。
　東方面隊の耕太郎たちは台山古墳の猫碑を確認しました。歴史ある石碑だし、移動されてはいなかったので、ほっとしました。早速次のスポットへ向かい、ここが怪しいと思った場所に着きました。舘矢間館山の第3ポイントで牧草を刈り取っている男に出会いました。乳牛を育てて、チーズを作っている岩崎さんです。
「猫の石碑が最近新しく建ったのを知りませんか？」

耕太郎が尋ねると、岩崎さんが話してくれました。
「さっき、牧草を刈り取っていたら、草むらが荒らされたような場所があったな。そこは迂回したから、何があるかは、わがんねえ」
　場所を教えてもらい、背丈ほどの草むらをかき分けてみると、しっぽが見事に跳ね上がった猫碑がありました。
「これだ、これに違いない。舘矢間館山には猫碑はないと歴史書に書いてある。別な存在が移したに違いない」
　しかし、石碑は何百kgあるかわからないから、ひょいと持ち上げることは無理だと耕太郎は思いました。しかし、岩崎さんがフォークリフトを運転して現れました。帯ロープを巧みに括り付けて猫碑を持ち上げ、ウラム螺旋の枠の外まで運んでくれたのです。
「畑の邪魔になっからさ〜。石碑は道端にあんのがふさわしいべ」
　地図でウラムの螺旋からずれた位置になったことを確認した耕太郎は、ほっと胸を撫でおろしました。御所車の振袖姿の淑子と菱葵の振袖の姫子に声がかかりました。
「ちょうど、チーズが出来上がったとこだ。味見していくかい？」
　出来立てのチーズを試食なんて、断れるはずがないと淑子と姫子は思い、チーズ工房に向かいました。決して広くない工房には、出来上がったチーズを収納する冷蔵庫とレジの機械がありました。そして椅子1つだけがお客さんのスペースのようで、残りはガラス戸で仕切られていました。大きな水槽がガラス戸から見えました。
　作り立てのゴーダチーズを、無塩クラッカーにのせて試食させても

第16話
富作の告白と洋二の活躍

らいました。香りもあってクリーミーでさっぱりとした味わいは、無限に食べていられそうでした。天井に設置されている網には、ひょうたんのような形の乳白色の物体が、6個吊り下げられていました。上を見ていた姫子に岩崎さんが気づきました。
「ああ、これはカッチョカバロ、南イタリアが本場で焼くとステーキのように絶品だよ」
　姫子と淑子はカッチョカバロも試食したいと思いました。
　そこに洋二から連絡がありました。
「東方面隊の状況はどう？」
　洋二は格好いい名前を勝手に付けました。
「舘矢間館山でしっぽが天を向いている猫碑発見。ウラムの螺旋圏外に搬出完了」
　消防無線のように無駄口をたたかず、用件のみを伝えてみました。
「了解、時間がない、引き続き頼みます」
　耕太郎は遊びのつもりで事務的に話したのですが、茶化してくれないので、仕方なく「らじゃ」と言って電話を切りました。
「さあ、次のスポットへ急ごう」と耕太郎。
　淑子たちはカッチョカバロを横目で見ながら車に乗りました。
　安倍生命たちは西方面隊です。最初に向かったのは丸森の百々石公園北側の細内観音堂にある猫碑です。猫碑巡りの本の一番最初に出ていて、天保5年（1834年）に設置の由緒ある猫碑です。
　一行は猫碑を見て驚きました。

しっぽが優雅に舞っていて、目が大きく美しい猫碑でした。

　次は丸森の南南西に進路を取ります。榾塚(ぬぎつか)に行く道路脇、住宅街の外れを地図は示していますが神社仏閣の表示はなく、ここが怪しいと生命は思いました。

　到着した一行は驚きました。伊具第１番札所福沢正観世音菩薩のお堂があったのです。急な石段を上ると大きな欅が歓迎するかのように枝を大きく伸ばしていました。上り切るとお堂の手前左側に個性的な手水鉢と石碑群がありました。

　この中のどこかに、念波石があるに違いないと思いながら、お堂に手を合わせお賽銭を入れました。チャリンと音がしなかったので、八重子は生命の顔を見ました。

「札だよ入れたのは。小銭がなくてさ」

　生命はお賽銭を入れたふりをしたと疑われたことに、軽くショックを受けていました。

「次のスポットへ急がなくちゃ」

　八重子は生命をリードします。

　左回りで西側は素数の17ですが19の革踏石(かわふみいし)が近いので、こちらを回り、羽出庭大橋を渡って、小田川の17の場所に行くことにしました。

　道はくねくねと山あいを通っていましたが、ナビのおかげで革踏石の集落に到着しました。

　そこに猫像があることを本は示していました。明治２年に祀られた

第16話
富作の告白と洋二の活躍

猫像は首が引き締まっていて、前足が胴体の前に2本出ているところが、リアルで芸術品のようでした。
「猫像も念波を集めた存在だわね」
　八重子は猫像を見つめました。
　山あいを辿り、谷を下り、羽出庭の集落をそれて阿武隈急行の高架橋の下をくぐり、阿武隈川沿いの道から羽出庭大橋に出ました。国道349号線を耕野から大張へと北上し、沢尻の棚田の案内標識の場所から場所から急な道を上り、そして下りくねくねと進むと、小田川沿いの南山の内集落に着きました。しかしここにもお寺や神社はありませんでした。
　方々探しましたが見つかりません。大きな家の前庭に石像がないかと近くまで来たとき、いい香りが3人の鼻腔を引き付けました。家の玄関前には、『ＥＳ』の看板が出ていました。小さな看板ではないのですが、周りの色との同じ茶色なので目立たなく、遠くからではわかりませんでした。
（中から人の声がするが、ここは何だろう？）
「こんにちはー」
　と挨拶しますが返事がありません。
　香りに負けて引き戸を開けました。
「いらっしゃいませー」
　と声が掛かりました。
　中にはテーブルと椅子があり10人くらいの人が食事中でした。

香りは鉄板で焼かれているチーズで、隣ではお肉も焼いています。
「この香りですね。私たちを引き寄せたのは」
　八重子が話すと客は一斉にこっちを見ました。
　店員が申し訳なさそうに小声で伝えました。
「生憎、満席でして」
　丈太郎が駄々をこねました。
「え〜もう動けない〜。足がだんだん地面にくっ付いてきたー」
　生命は、丈太郎の性格をよく知らなかったので、驚きました。
「席が空くのは2時過ぎとなりますが」
　八重子も一歩も動かないと決めて、重い口を開きました。
「そこを何とか、なりませんか」
　お店の方は申し訳なさそうです。
「3か月後の第3週の水曜日、2時からならお席を用意できますが」
　客席がわいわいと騒ぎ出しました。
「おいおい、何とかしてあげなさいよ」
「そうだそうだ、かわいそうだよ」
「そこのお姉さん、おいらの膝の上ではどうかね」
　おじいさんが言うとすかさず同じテーブルの貴婦人が言いました。
「いやだーセクハラ親爺〜」
「は・は・は・は」
「年寄りの膝の上に乗って、じじいが大腿骨を骨折してはたまりませんからね。4人掛けの席に2人で食事をしているのですから、席が2

第16話
富作の告白と洋二の活躍

つあります
　貴婦人が理路整然と対応してくれたのです。
「そうだ、こっちにも１つ席があるぞ」
　親切な客人のおかげで相席することになりました。
　丈太郎と八重子が貴婦人の席で安倍生命は男３人の席に相席です。
　鉄板では店自慢の熟成肉のステーキが焼かれていました。そして付け合わせがチーズでした。カッチョカバロというチーズは鉄板で焼くと、頭がくらくらとするような香ばしく甘い幸せな香りがしました。
　ほんのり甘いササニシキの銀シャリとしじみ味噌汁の海の滋味が胃の腑に染み渡ります。
　生命ははっと我に返り、支払いを済ませた後、猫碑のことを店員に聞いてみましたが、知らないとの返事でした。
　そこに耕太郎から電話がありました。
「進み具合はどうかなー。お腹すいたよ。お昼も食べずに歩いて」
「そうだったの、こっちは熟成肉のステーキとカッチョカバロだ」
　耕太郎がすかさず反応しました。
「えー、何それ、カッチョカバロ作っているチーズ職人と話したけど、焼くとおいしいってさー。おいらも行きたいなー」

第17話
猫魔殿と立石の祭壇

　淑子と姫子もカッチョカバロと熟成肉に強い反応を示しました。
　姫子は携帯を奪い取るようにして、生命と話し始めたのです。
「カッチョカバロ、どこで食べたの？　いいな。明日行く、絶対」
　耕太郎は、だだをこねる姫子を横目に、ウラムの螺旋図を見ながら立石に向かっていました。なだらかな登山道を登るか、直登に近い登山道を登るか迷っていました。
「時間がない、直登しよう」と耕太郎。
　3人は立石まで460mと書かれた標識から進み始めましたが、しばらく進むと、左側の竹藪の中に3階建てにも4階建てにも見える白壁の塔のような高い建物が見えてきました。入り口は見当たりませんが、ところどころに梁を出っ張らせたような突起があり、2階部分や3階部分にスリットのような隙間がありました。屋根はかやぶきに見えますが、苔むしていてところどころ草も生えていて、猫が器用に登りスリットに入っていきます。
「猫の家じゃない？」
「猫の家って？」
　淑子のつぶやきに耕太郎がオウム返ししました。
「ほら、猫は垂直に行動する生き物だって父が言ってたわ。天敵の動

物から逃れて自由にゆっくり休める安住の地を、誰かが作ってくれたのよ」

　淑子が力説しました。

「猫屋敷、いや猫御殿よー」と姫子。

「中を見てみたいね」淑子も興味津々です。

「猫専用だからだめじゃない？」

　耕太郎は早く立石に行きたいようです。

「そうかな〜、お掃除とかのメンテナンス口があるかも？」

　と姫子はつぶやきました。

「入り口があるかも」

　冷静な淑子が奥へと進みます。

　建物の奥まで行くと地面から１ｍくらいの高さのところに、１ｍ×１ｍくらいの扉がありました。しかし、鍵が掛かっているのか、開きませんでした。

「やっぱり無理かな。ねえ、立石に行かないで猫屋敷調べたいの」

　淑子と姫子は、猫屋敷の謎を解き明かしたいと耕太郎に迫ります。

「洋二が立石を至急調査してくれって」

　耕太郎が力説しても、淑子と姫子は動こうとしません。

「しょうがねえなー。戻ってくるまで、ここで待っているんだよ」

　淑子と姫子は両手を合わせて祈るようなポーズになりました。

　耕太郎が立石登山道の急峻な細道に差しかかったとき、老人が猫屋敷に来ました。

「お嬢様方。ここで何をしている」
「ここは、猫屋敷なの？」
「猫の福祉施設じゃ。川に流された生まれたばかりの子猫や、飼うのを止めて放り出された猫が、一時的にここで休んだり、傷の手当てを受けたりする」
「そうなんだ。中見たいな〜」
　姫子がずけずけと言いました。
「しょうがない、ちょうど掃除しにきたのだが、手伝うなら特別に見せてやってもいいが」
　小さな入り口をかがんで入ると、プラスチックの洗面器に真っ白な毛並みの猫が丸まっていました。老人は洗面器の縁を持ってきた竹ぼうきでコンコンと二度たたくと、掃除を始めました。白い猫はにゅうっと起き上がると気持ち良さそうに背伸びをしてから、口を大きく開けてあくびをしました。そして緑の目でこちらを見ました。
〈いらっしゃいませ〜私は「〇森猫屋敷」案内役のゆうまろんです〉
　淑子は猫の言葉をほとんど理解できるようになっていました。
　丸くなっていたときにはわからなかったのですが、上品な顔立ちとゆっくりとした所作が美しく、まるで貴族のような猫です。
「こんにちは。たくさんの猫さんがいるんでしょう？」
　淑子が聞きました。
〈ここには、112匹の猫が滞在しています。上階には宿泊施設、中央階には交流施設、下階には受付や治療、消毒施設があります〉

第17話
猫魔殿と立石の祭壇

　姫子は淑子から又聞きでこの屋敷の規模を知りました。
「すごい〜外からは3階建てにしか見えないけど、何階建てかな？」
〈上階は3層、中央階は2層、下階は1.5層です。途中でさわってはいけないところ、見てはいけないものを指示します。万一従わずに逸脱したことをなさった場合の結果については、当施設では責任を負いかねま〜す〉
　姫子は淑子からの通訳で中を見られると聞き、喜びいっぱいで注意が耳に入りません。
「1.5階って中2階があるのかしら？　素敵ね！」
　淑子は詳しい説明が聞きたいと思ったのですが。
〈はい、企業秘密ってことで、そこはパスさせていただきます〉
「そうなの、残念ね〜。でも6階まで上がれば見晴らしもいいし、立石もよく見えるかも」
　ゆうまろんが眉間に皺を寄せましたが、2人は気づきませんでした。
〈みなさんをご案内するのは、中央階の一部分でそこから上を見ていただきます〉
　バスガイドのような白猫の後をついて狭い階段を少し上ると、広い空間に出ました。
〈交流のメインフロアーでくつろいでいる猫がたくさんいますから、1分のみの視察です〉
「えー。たった1分？」
〈もし守れないようでしたら、責任は来訪者に取っていただきます〉

白猫は目をぎらりと光らせ口を大きく開けて冷たく言い放ちました。
　中央部の広い空間には頭上から明るい光が注ぎ込んでいて、梁が何本も見えます。建物中央部には天窓があり、光と風を提供しているようです。周りはほとんど壁になっていて、棚のように見える場所がたくさんあります。上の棚に行くための小さな棚が柱や梁に何か所もあって、柱には小さな棚があり、猫たちは巧みに登ります。猫は身軽に行き来しているのですが、人間は大き過ぎて登れないでしょう。風が下から上に吹き上がり換気もいいようで、100匹の猫が密集しているのに、臭いは気になりません。
「ここは、猫のパラダイスなのか。誰が作ったのだろうね？」
　姫子は興奮しています。
「猫好きにはたまらないよねー」
　淑子が反応します。
「猫カフェできそう！」と姫子。
「でも猫のための福祉施設だって」
　淑子は残念そうです。
「併設よ、併設のカフェで猫と戯れてコーヒーを飲むの」
〈では、案内終了です〉
　事務的な冷たい声のゆうまろんでした。
「もう1分経ったの？」と姫子は名残惜しそうでした。
　淑子の前で目を大きく開けた猫が何やら話し掛けてきました。
〈ギャーオー〉

第17話
猫魔殿と立石の祭壇

　鳴き声の意味を理解できず、淑子はその猫を『驚愕猫』（きょうがくねこ）と名付けました。
　また、後ろには拗ねたような表情の猫がいたので、『拗猫』（すねねこ）と命名しました。
　その他にも、黒に近いグレーの目立たない猫には、『影猫』。日差しの絶えない小窓から外を見る猫には『日向猫』（ひゅうがねこ）としました。猫たちはそんな名前など知らんわいとばかりに、上階に駆け上がっていきました。
　案内の白猫を先頭に階段を下りていきますが、姫子は途中に小さな入り口を見つけて淑子の袖を引っ張り小声で話ました。
「ねえ、冒険しない？」
　姫子と淑子は、幅が60cm、高さ1mのドアを何とかすり抜けて侵入しました。ゆうまろんは淑子と姫子の冒険には気がつきません。
　出口で白猫が振り返り、淑子と姫子がいないことに気がつきました。
〈甘くないのよ、ここは。知らないわよ、どうなっても〉
　ゆうまろんは、落ち着いた低い声で言いました。
　淑子と姫子は、階段の途中の小さな扉を開いて中に入りました。立っていられることから、中は広いだろうと思いましたが、真っ暗でした。慌てて外に出ようとしましたが、小さな扉には取っ手がなく押してもびくともしません。
「あ、大変。ドアが開かない」
　2人は身動きが取れずに手を取り合って立ち尽くしていました。

何分か経って目が暗闇に慣れて、周りが少し明るくなってきました。
　中央に池のような水たまりがありましたが、何かの塊(かたまり)が数個水面に浮かんでいます。
　その付近は暗く塊が何なのかはわかりませんが、突然雷のような大きな声が響きました。
〈何しに来た！　お前たちの来るところではないぞ〉
　姫子は誰かわからず恐怖に体を震わせましたが、淑子は声に聞き覚えがあり、一歩踏み出すと足もとの水たまりに入ってしまいました。水面から足を離そうとしましたが、接着剤のような粘りがあり、足が離れません。
「その声は泥魔王ね！」
〈おー、淑子だな。早く戻れ。でないと塊と同じ運命を辿るぞ〉
「足が離れないのよ、動けないのよ」
　姫子は驚き淑子の手を必死の思いで水の中から引っ張り出しました。
　肩で息をする姫子に淑子が言いました。
「ありがとう、姫子、あのままでは死んじゃっていたかも？」
　姫子は後ろの扉を開けようとしました。
「扉が開かないのよ？」
〈ここは一方通行じゃ。入ったら出ることはできない〉
「戻れと言ったわ、泥魔王」
〈…………うーん。しまった。〉
　泥魔王は、淑子に何らかの感情を抱いていたのか、戻るように話し

第 17 話
猫魔殿と立石の祭壇

たことで矛盾が生じたことを悔やみました。うめきのような声がして水面が身もだえするように波打ちました。
　ドアに一筋の光が見え、ゆうまろんが入ってきたのです。
　淑子と姫子はこのときばかりに脱出しました。
　ゆうまろんは、平然とした表情で我々に言いました。
〈全ては自己責任でございます〉

　耕太郎は汗だくで立石の見える場所に到着しましたが、手前に大きな岩がありました。
「これが祭壇岩か」
　耕太郎は祭壇岩に祈りをささげて岩に触れました。
　すると小さな声が響いてきます。〈こんにちは〜〉
「その声は、だれ？」
　耕太郎は話しているのは岩かと、耳を岩肌に密着させました。
〈祭壇岩です。立石様をお守りするため、遠く女神山から来ました〉
「大きいのに大変だったね。空を飛んできたんでしょう？」
〈空を飛んできたのは間違いないのですが、生まれたときはとても小さかったんです。どうしてこんなに大きくなったのか、わからないんです。修行したのは間違いないのですが〉
「祭壇岩さんはどんな修行を重ねたんだい？」
〈詳しくは申し上げられません。神様をお守りするのが、我々祭壇岩の役目です〉

「ということは、神様っていうのが、立石様なんだな」
　祭壇岩は答えません。
「わかったぞ、天の岩戸のところにも祭壇岩があったと歴史書に書いてあった。つまり、立石様も何かをすれば扉が開き、中からお姫様が出てくるんだね。祭壇岩さん大丈夫。内緒にしておくからね。君と僕の2人だけの秘密にしよう！」
〈違います。そんなことではない、私たちの役目は言えないんです〉
「『私たち』ってことはもう1人、いや、もう1つの存在がいるんだね」
〈いや、私だけです。私の役目です〉
　耕太郎は祭壇岩の態度に疑問を持ちました。
「そうか、秘密ってことだよね」
　なぜか、話したいのに話せない祭壇岩でした。
　祭壇岩は、それっきり、口を開きませんでした。
　耕太郎は、祭壇岩とのコミュニケーションをあきらめて、すぐ上にある立石に移動しました。立石は大きな鯨のような優しさを持つ、高さ12m、周囲25mほどの大きさの石で、周りはほぼ平らなため周囲を留学生が手をつないで囲んだことがありましたが、16人必要でした。耕太郎は汗を拭いてぐるっと一周して、南にある小山のふもとで冷たいお茶を飲んでいると、立石が光ったように見えました。
　ぼおっとまぶしさが押し寄せ目をつぶりました。立石の中から光が出てきたように思えましたが変化はなく、耕太郎は立石に手の平を当てました。しかし、声は聞こえず手掛かりもないままに猫屋敷の2人

第17話
猫魔殿と立石の祭壇

と合流しました。

　淑子は猫屋敷で死の体験をしたのに、記憶の片隅にもないのです。
「猫屋敷、面白かったかい？」と耕太郎が尋ねると、
「うん、まあまあね、猫魔殿よ」
　と異口同音でした。
　見えない富作からの声が、丈太郎や姫子、淑子の頭に響きます。
「母星から情報が入りました。惑星・地球の衛星も含めて太陽系の５つの惑星が直列の配置になったときを狙って、地殻に念波と冥界の力で刺激を与え、マグマの通り道を切り開き、火山のないところに新たな火山を作り出すようです。さらに地殻内のバランスが崩れて、他の活火山は最大の噴火活動になり、地球全体が噴火惑星の様相を呈する可能性があるとのことです」
「惑星って、火星や金星のことよね」
　姫子は富作に確認します。
「はい。確認しますね」
　数分の後に富作が再び話し始めました。
「惑星の衛星も含まれるそうです」
「衛星って、お月様も惑星直列の仲間に入るの？」
「はい、もちろんです、一番近いですから。影響力は桁違いで、満月になったときに、最大のエネルギーが地球に掛かります」
　姫子は驚きました。
「満月まであと何時間？」

「4時間です」

　冷たいような富作の声が響きました。

「それは大変。時間切れで螺旋パワーが発動されてしまう。この地域だけで素数が2から始まって191まで45個あるはずだが、猫碑や大岩など何個が重なるとウラムの螺旋パワーが発射されるのかな？」

「もちろん100％ではありません。母星に問い合わせますね」

　姫子はみんなに大きな声で言いました。

「満月が上空に現れるまでに、猫碑の配置を確認して、素数の領域にあれば移動させないと、ウラムが、ウラムパワーがさく裂して地球が爆発するんです〜」

「大変だ！」

　みんなが異口同音に声をあげました。

　ウラム対策本部では、洋二のもとに高橋翔が駆けつけて相談相手になってくれました。情報工学が専門なので淑子が連絡を取ったのです。

　洋二は地図を見ながらつぶやいていました。

「何かがおかしい。中心地が見つからない」

「何が？」

　翔が聞きました。

「ウラムの螺旋は本当にパワーを生むのか？　なぜ左巻きなのか？」

「台風がそうじゃない。地球温暖化で高い海水温からエネルギーをもらうのさ」と翔。

「あれは地球の自転で、コリオリの力って言うのが働くからだったな」

第17話
猫魔殿と立石の祭壇

　洋二も返しながら、翔とは話が合いそうだと思いました。
「そうそう、南半球じゃ右回りなんですよね」と翔。
「でも、時計は右回りだぜ」
　洋二が突っ込みます。
　翔は時計を見ながら話しました。
「日時計の関係なんです。宮城県庁の正面に花がたくさん咲いている日時計がありますが、太陽が東から上がるので日時計の針は西から東へ。つまり右回りなんです」
「してみると、ウラムの螺旋を左巻きにしているのは、日時計に反する動きじゃないか？」
　洋二はわからなくなっていました。
「太陽が西から出れば左回りですね」と翔。
「問題はエネルギーの方向だ。地球から出るのか、入るのかで、右巻きか左巻きの違いになるんじゃないか？　螺旋を回してみよう！」
「左回転だと、湧き上がってくる感じだね」
　洋二は感じたままにつぶやきます。
「右巻きは入っていくように見える」
　翔も観察眼が鋭いようです。
「エネルギーを地球内部に入れるのか、あるいは出すのかによって違う。中心部に蓄積して、内部崩壊を狙っているのかも。そう、そうだ。右回りにしよう！　ひっくり返してみる」
　洋二は思い切って大きな決断をしました。

「えっ、何をひっくり返すんですか？」
「ちがうよ。ウラムのトレーシングペーパーをひっくり返すのさ」
　翔はほっとして返しました。
「ウラムの螺旋・鏡像パワーですね」
「うまいこと言うね〜。翔君。早速やってみよう」
　洋二は、サラリとトレペをひっくり返しました。
　リモート映像で見ていた富作は驚いていました。
「ウラム螺旋の右回りパワーを知る地球人が存在するんだ。エネルギーが入り込むのと出ていくことは大違い。さあ、この場合にはどっちかな〜？　もういいのかな〜。もうだめなのかな」
　洋二や翔に富作の声が聞こえるはずがありません。
　ひっくり返したトレペを少しずつずらすと、素数の場所と、猫碑の場所が一致する場所が多くあり、洋二は冷や汗をかきました。
「やばい、ピッタリだ。左巻きのときより多くの猫碑が該当している。そして中心を見て」
　翔は中心の場所を見て驚きました。
「これは、立石って書いてあるけど」
「そう、立石がウラムの螺旋パワー受信地なんだ」
「受信？　発信じゃないの、立石は？」
　洋二は翔の言葉には耳を貸さず大声を出しました。
「立石だ。立石に全員集合だ」
　耕太郎は洋二からの連絡を受けて、その場に座り込みました。

第17話
猫魔殿と立石の祭壇

「えーまた登るの〜?」
　一方、生命たちの西方面隊は、次郎太郎山の西側斜面にある廻倉で、猫碑を確認していましたが問題ないようです。
　なぞなぞ猫のねうぺがリュックから顔を出して丈太郎に言いました。
〈なぞなぞしよう、おもしれぇぞー〉
「今はウラムでいっぱいだから後でね。立石に集合かかっているから」
〈正解すれば、一瞬だよ、立石なんか〉
　丈太郎は、安倍生命に相談しました。
「猫とお話しするのは知っていたけど、高度な遊びもできるんだ」
　丈太郎は、しまったと思いました。
　大人は猫となぞなぞで遊びたい。洋二さんや生命さんまで。
　結局、ねうぺのなぞなぞの挑戦を受けることになりました。
　ねうぺは生き生きした顔で出題します。
〈人が大事なことを告げるときの言動は?〉
　丈太郎は腕を組み生命もわからないので、八重子に聞きました。
「大事なことを伝えるときねー。そう、そのポーズ、腕を組んだり、咳払いをしたり、じっと目を見たりするでしょう」
　生命も負けていられません。
「実はとか重要な話がとか、君にだけとか、言葉だよ。大事なときは」
「何と答えようか?」
「仕草や言葉で、前置きするんだね!」
　丈太郎が伝えると、ねうぺは口を大きく開けて言いました。

〈間違いじゃな。人間の本質を知らない大バカ者ばかりだ。人間はな、大事なことや本質については一切言わない。だから言葉の端っこを推理しつなぎ合わせて大事なことをくみ取る人物が素晴らしいのさ。残念！〉

　強い風が吹き、3人はほこりで目が開けられませんでした。やがて安倍生命が周りを見渡すと、宴会の会場のような場所に来ていました。丈太郎と八重子も一緒です。石切り場のような場所に大きなテントが張られていました。テントは3張りあって、大人だけではなく、お年寄りから子供までたくさんいて、赤ちゃんを抱いたお母さんの姿もありました。丈太郎たちに気がついた老人が手招きしました。
「今夜は庚申祭じゃ、旅の者にも振る舞うのが流儀じゃ」
　八重子が尋ねました。
「庚申祭、本当にやっているのね」
　丈太郎は八重子に尋ねました。
「こうしんさいってなに？」
　八重子は遠くを見つめながら答えました。
「60年に一度訪れる、楽しくも恐ろしい儀式なのだよ」
「楽しいのに恐ろしいって、お化け屋敷みたいね」
　丈太郎がつぶやきました。
　3人が座る席には郷土料理がたくさん出されました。
　阿武隈川は食の宝庫だったのです。たくさん獲れるフナのはらわたを取り除き焼いた後、油で揚げて甘辛くタレで煮着けた、『フナの甘

第17話
猫魔殿と立石の祭壇

露煮』は飛ぶようにみんなの口に入っていきます。川蟹もたくさん獲れるので、甲羅を開きいっぱいに詰まった卵を味噌と油で炒める『川蟹味噌』も出てきます。甲羅を塩水に漬けると赤くなるので、器としての色どりも良く、お酒のお供にする殿方にも、どんどん売れていました。

　主役の『うなぎのかば焼き』が、焼き立てでテーブルの中央に山盛りに飾られ、他の料理を圧倒する勢いでした。大人も子供も、うなぎのかば焼きに目がありません。ひじきと筍と油揚げで炊き込んだおこわはお代わり自由だというのです。季節の野菜のお浸しや煮物、漬物、そして山菜の天婦羅と、テーブルの上にはこれでもかと御馳走が並んでいました。

　八重子はタラの目の天婦羅を１つ摘まみながら話を続けました。
「人はみな、体の中にある虫を飼っているそうで、その虫が60年に一度だけ目を覚まして、そのとき眠っている人を、天国に連れていくんだよ。いや地獄に連れ去るのかもしれない。つまりこの世から消してしまう。痛みも苦しみもないと伝えられるから、そのときを待って命を絶つ人も少なくないが、地域で宴会を開き、朝まで眠らないようにすることで、消滅を防ぐためのお祭りなのさ」

　丈太郎は、まるで昔話でも聞いたようでしたが、安倍生命は八重子に反論するように声を出しました。
「私たちには関係ないんでしょう？　この街の住人でもなく旅の人だから」

隣にいた親切な老人が答えました。
「この日、この時、この場所にいる人々全てが、体の中の虫を退治できる。御馳走を食べて後60年長生きできるんだ。よかったのうー」
　おじいさんは、天国に召されることを願っているのだろうか。優しく微笑む姿が、仏様を思わせました。
「私はいやよ」
　八重子は急にわめいた。
「死んじゃったら人生おしまいじゃない。きれいなお洋服も着たいし、おいしい料理も……」
　フナの甘露煮を食べていた安倍生命は、食べるのをやめて立ち上がりました。
「ここから出ましょう」
　老人は優しい眼でしたが、厳しい言葉を投げかけました。
「手遅れじゃ、座って食べたら、この地の者と同じ運命になる。慌てて別な場所に行こうとすると、虫にやられて村境で消えてしまう」
　生命はドスンと座り直して料理に手を伸ばしましたが、丈太郎は疑問に思いました。
「赤ん坊は、赤ちゃんは眠るのが仕事でしょ？」
「だから、うるさくする。赤ちゃんからお年寄りまで、消えてなくなりたくない者は、飲めや歌えで、大騒ぎさ。騒々しさで赤ちゃんも眠れずに、ぎゃーぎゃーと泣き叫ぶ。もうすぐ始まるぞ。カラオケが」
　3人はあきれ顔になったが、食卓の料理はおいしくて、次から次へ

第17話
猫魔殿と立石の祭壇

と手を伸ばしていました。歌が始まりました。演歌を歌うのは働き盛りの40代でしょうか。手拍子を打って大宴会のようです。老人は、手をたたきながら、地域のいいところを教えてくれました。
「ここは、阿武隈川の川岸からはだいぶ上がったところで、水の害は心配ない。斜面を利用して、棚田が作られている。春は植えたばかりの苗より、田んぼの水面が目立つ。そこに映る遠くの雪山がきれいだ。それに、ほら」
　ご老人が指さしたのは、赤飯に似ている、赤い色が鮮やかな炊き込みご飯でした。
「これはこの地だけの大唐桑の実を炊き込んだ赤飯じゃ、おいしいぞ」
　丈太郎は明るく答えました。
「うん、少し酸っぱいけどおいしい」
　ご老人は続けました。
「この桑の実は他の実より大きい。大事に育てて冷凍しておき、お祭りの日には必ず出される。桑の実ご飯のほのかな酸味は、御馳走を食べた後の満腹でも食べられるから、嬉しい料理だ。完熟した実よりも、赤く完熟前の実を多く入れるのがコツだそうだ」
「お赤飯のような赤みのある炊き込みご飯で、すし飯のような酸味があると、お祝いの席のような御馳走が山盛りのときでも、食欲湧くからいいわよね」
　と八重子は食の専門家なので、話しました。
　向かいの席のお婆さんが、こくりこくりと始めました。

おじいさんが声を荒げました。
「おばば、眠んでねえぞ。おらより先に逝かないでくれー」
　悲痛な叫びでおばあさんは目を覚ました。周りの人も、一瞬おばあさんに注目していましたが、何ごともなかったかのように手をたたき飲み物を飲み料理を食べていました。丈太郎は老人に尋ねました。
「何時まで起きていれば虫に連れ去られないの？」
「おてんとうさまが、次郎太郎山から出るまでさ」
「日の出まで？　それは大変。まだまだ長いわ」
　と八重子はあくびを噛み殺しながらうなずいたのです。
　子供たちは広場で鬼ごっこをしています。そのほうが眠らないと丈太郎は思いました。歌われる曲は知っている曲もあれば知らない曲もあります。乳飲み子を抱く母親は、寝かせないため必死であやしますが悲壮感が漂いました。奥のほうがザワザワとしました。席が１つぽっかりと空いていて、飲みかけの盃が転がりお酒がこぼれていました。
　ああ、天国に召されたのか。
　消えた人物を悲しむこともできずに、手拍子を打ち歌を合唱することに丈太郎は恐怖を感じました。残された人々は眠らないために必死で、生存競争なのです。丈太郎は気になって八重子を見ました。
「八重子おばば、眠っちゃだめだ」
　丈太郎は八重子を揺すりましたが遅かったのです。何の音もせず、何の前振りもなく、八重子が消えました。消滅したのです。
「……おばば〜」

第17話
猫魔殿と立石の祭壇

　安倍生命と丈太郎は八重子の座っていた場所に、倒れ込むように移動して手を置きました。2人の目からはいくつもの筋が流れました。
「おばば〜、八重子おばば〜」
　ちょっと居眠りしただけなのに、消滅するなんて。
　生命は急に憎しみの感情があふれて爆発しそうでした。
　そのとき、空に黒雲が現れました。丈太郎は天空に声を上げました。
「大猫神様、あんまりだ。魔不惑命様、魔不惑命様」
　丈太郎は空の一角を見つめました。しかし、周りの人には見えないようです。まあるい暗闇から大猫神が眠たそうにして出てきました。
〈坊や、呼んだか〉
「魔不惑命。おばばが消滅したんだ。虫にやられて」
　少しだけ静寂がありましたが、魔不惑命が話し始めました。
〈生まれては死ぬるなりけり、釈迦も達磨も、猫もおばばも。一休は上手く詠んだものさ〉
「そんなこと言ってる場合じゃないよ、魔不惑命。俺たちはウラムの螺旋を止めるために地球を救うために必死なのに、ねうぺのなぞなぞでここに連れてこられた。おばばが消えてしまったんだ。助けて」
〈そうかわかった、お前たちも来い〉
　大猫神の白く尖った歯と赤く長い舌が渦巻きのようになり、丈太郎は吸い込まれたのです。真っ暗な空間が続いていますが、大猫神の腹の中でしょうか？
　丈太郎は手足の感覚がないことに気がつきましたが、時間の経過も

わかりません。

　目の前が明るくなり、大きな屋敷の前に立っていました。門は大きく、2階建てのようで、上に縦格子の窓があり屋根は反り返っていて、右の軒先には猫が『あ』の形に口を開けて座っていました。獅子の代わりに猫神なのでしょうか？　左側も『うん』の形に口を閉じていますので猫神に違いないようです。

　門番の猫が口を開きました。
〈この場所に何用じゃ〉
「魔不惑命から招待を受けた」
　丈太郎はそう告げました。
　2匹の猫は、ぺこりと頭を下げて門の扉を開けました。
　中に入ると急な階段があり、登り切ると飾り物がたくさんある空間に出ました。両側には、さまざまな動物が静かにしています。順番を待っているような感じがしました。門番猫に連れられエクスプレスパスのように、並んでいる動物を横目に進んでいきます。途中で1匹の猿の姿を見つけて丈太郎は声をかけました。
「ゴン、ゴンじゃないか？」
　周りの動物たちが一斉に丈太郎を見ましたが、なぜかゴンはゆっくりと顔を上げました。
〈ああ、ジョーター。人間どもは助けたぞ〉
　ゴンの小さな目には涙がいっぱいたまっていました。
「すまなかった。わがままな人間のために命を落としたのか？」

第17話
猫魔殿と立石の祭壇

　丈太郎が聞きました。
　ゴンは静かにうなずきましたが、気丈に振る舞いました。
〈俺の泳ぎが下手なだけだ。日頃の運動不足が祟った。は、は、は〉
　ゴンは寂しい笑いを丈太郎に見せました。
〈ジョーターはどうしてここに来た？　水に呑まれたか？〉
　丈太郎はこれが亡くなった人間や動物の行列なのかと思いました。
「魔不惑命に招待されたんだ。三毛猫に庚申祭に飛ばされ、八重子おばばが眠ってしまい」
　との説明で、ゴンは理解したようです。
「不当な死に方には我慢がならない。魔不惑命の力を借りて、八重子おばばを助けにいくんだ。ゴンも一緒においでよ」と丈太郎。
　案内の猫は聞かないふりをしているのか、反応しません。
　ゴンも含めて歩き出すとまた階段があり、両側には人もいるし動物もいました。やがて正面にひときわ明るい場所が見えてきました。
　猫神が両脇に何匹もいる木の階段を上ると魔不惑命がいました。
　三毛猫のような毛並みですが、髭が長く銀色に輝いていました。空ではとても大きく見えましたが、周りの猫たちと比べて2倍くらいの大きさだったので拍子抜けしました。
〈おお。ジョータ、来たか、全知全能の世界唯一の存在で、過去と未来を司る大蚕神のマンノ様に引き合わせるぞ〉
　そう案内されてお社の中の一点を見つめると、竹のかごがあり桑の葉が敷き詰められているのですが、葉はさわさわと動いています。目

をこらしてよく見ると白いものがうごめいていたのです。
「なんと、蚕様だ」
　丈太郎は興奮して声を出しました。
　蚕様は普通の大きさではなかったのです。桑の葉から顔を出したのは、バットの先の太い部分と同じくらいです。長さは桑の葉に隠れていてわかりません。黒目が印象的ですが鼻のように見えるのは口でしょうか。桑の葉をおいしそうに食べています。横顔はわりとイケメンかと丈太郎は思いました。
　大猫神の魔不惑命が口を開きました。
〈ジョーター、こちらは大蚕神のマンノ様である〉
　丈太郎は頭を下げました。
　大蚕神様が正面を向きました。
　口が向かってくるように見えて、丈太郎は悲鳴をあげました。
「きゃっ。食べられちゃう」
　魔不惑命が声をかけました。
〈大丈夫。大蚕神様は、ビーガンだから〉
　丈太郎は行列の中に、おばばを発見できず魔不惑命に聞きました。
「八重子おばばがいないんだ。もうあの世に行ったんだろうか」
〈いや、それはエクスプレスパスと同じようなわけにはいかない。順番を待ってもらうのは、人間も動物も一緒だ〉と魔不惑命。
「八重子おばばはどこにいるのかなー」
　丈太郎は探しています。

第17話
猫魔殿と立石の祭壇

　お猿のボスであるゴンも自分の立場を忘れて同情しています。
　そのとき、大蚕神のマンノ様が口を開きました。
〈もういいか、もうだめか〉
　あの謎の言葉だ、大蚕神様も話しているのです。
「何がいいの？　何がだめなの？」
　丈太郎はイライラが隠せないようです。
　魔不惑命が大蚕神様に聞きました。
〈八重子おばば様はまだここに着いていないか？〉
　大蚕神様が口を開きました。
〈ごめんなさいね〜本当に〉
　大蚕神様は魔不惑命をちらっと見ました。
　魔不惑命が一瞬小さくなったように見えました。
〈ゆっくりして楽しんで。八重子とやらが来たら、一緒にね〉
　丈太郎はその言葉を聞いて安心したのか、座り込んでしまいました。
「よかったー」
　しかし、桑の葉の中から別な蚕が出てきたのです。
　先ほどよりは少し小さい、黒目が大きく口先が長く鋭い蚕です。
〈庚申の虫が送り届けたのなら、あの世に送らないと〉
　魔不惑命が言いました。
〈オゼマ様だ〉
　冷たく言い放ったのは、もう1匹の大蚕神様でした。
　オゼマといわれる大蚕神様とマンノ様が、桑の葉の上でにらみ合っ

ていました。重苦しい雰囲気が漂っていました。マンノ様とオゼマ様はどんな関係だろうか？　魔不惑命に聞けば教えてくれそうだが、まずは八重子おばばを死から救い出さないと。マンノ様の勧めで魔不惑命の後ろについて奥に入りました。

　通路のようなところで、丈太郎は魔不惑命に尋ねました。
「あの２匹の大蚕様はどんな関係なの？」
〈最初のマンノ様が雌さ、後から顔を出したのが雄のオゼマ様で雌のほうが大きいのさ〉
「夫婦なんだ」
〈それはわからんが、子供を作っておるのは間違いない〉
「それじゃ夫婦なんだよね」
〈まあ、そこはあまり決めつけんで。それより２匹の大神様は特別なフェロモンを出すんだ〉
「愛のフェロモン？」
〈ませた坊主じゃ、時空を超える力を持つフェロモンじゃよ〉
「えっ、時空を行き来できるってこと？」
〈わしが一番弟子じゃ、フェロモンの香りをちょいと〉
　魔不惑命は急に言うのをやめて、後ろを振り返ったのです。
　丈太郎はその仕草を奇妙に感じましたが、念を押すように大事な話をしました。
「おばばの命は大蚕様が、〈心配するな、３人送り届ける〉といったから、安心だよね」

第17話
猫魔殿と立石の祭壇

〈そう簡単にはいかない。あの2匹にも駆け引きがあってなー、八重子おばばは、その道具にされとるかもしれんぞ。助からんかもしれん〉
「えー、どういうこと?」
　丈太郎は目の前が真っ暗になっていくのがわかりました。

第18話
閻魔大摩天堂で叫ぶ丈太郎と八重子

　魔不惑命(まふぁるめ)に案内されて階段を下りると大きな空間があり、蛍火のような灯りが無数にありました。微妙な明るさの中に浮かび上がるのは10層ほどの巨大な神殿でした。

　丈太郎は魔不惑命に聞きました。

「ここはどこなの？」

〈閻魔大摩天堂（えんまだいまてんどう）だ〉

　閻魔大摩天堂は、地中の巨大神殿なのか。丈太郎は感心して全体を見回しました。以前、近所のおじさんが直径60cmのスズメバチの巣を持ってきたことがありました。スズメバチを退治して空き家になった巣の中を開いて見せてくれたのですが、整然と区切られた住処が何層にもなっていました。丈太郎はスズメバチの巣に似ていると思いました。各層で人や動物が右へ左へ動いているのが見えました。灯りはところどころ強い光になっているところがあり、そこは何なのか、動物がいるのか人がいるのかわかりません。ただ光がその場所を見えなくしているようです。丈太郎は一番下の層に案内されました。

　光の強いところです。眩しさに目を細めると猫が器用に古い書物のような分厚いノートに筆で文字を書いています。

〈ここで、名前を言うのだ〉

第18話
閻魔大摩天堂で叫ぶ丈太郎と八重子

　　魔不惑命が冷たく事務的な口調で言いました。
　　順番が来たので、受け付けの猫に丈太郎は堂々と伝えました。
　　受付猫はしましまの三毛猫で、白・黒・茶色が見事なバランスです。
「魔不惑命の招待で、庚申の虫にさらわれた八重子おばばを捜しに」
　　猫は、丈太郎の言葉をさえぎり、聞いてきました。
〈お名前は？〉
「北城河丈太郎。おばばは本牧八重子だ」
　　丈太郎は、父母が付けてくれた名前を気に入っていました。
　　受付猫は、茶色がかった大きな目を、紫がかったアメジストの色に変化させました。
〈北城河丈太郎様〉
　　受付猫はそう言うと、目をアメジスト色からトパーズの色に変化させました。
「はい」
　　そして猫は低い声で言ったのです。
〈お前はもう死んでいる〉
　　丈太郎は一瞬誰のことを言っているのかと、耳を疑いました。
「えっ、何、誰」
　　猫は少し大きな声になりました。
〈北城河丈太郎。お前の名前がこのリストに乗っている〉
「リストって何のリストなのさ？」
〈命が滅んだリストに登載されている〉

「何かの間違いだよ。ほら、ちゃんと生きているし」
　丈太郎は飛び跳ねる仕草をしましたが、周りの反応はありません。
〈お前のところに猫が行かなかったか？〉
「ねうじとねうぺなら来たよ」
〈やっぱり、そうか〉
「やっぱりそうかって。１人、いや１匹で納得しないでよ。わかるように教えてくれてもいいじゃないか？」
〈猫が来る前に死ぬような出来事があったか？〉
「そういえば、その直前に霊山のワシ岩で崖から落ちたんだ。でもお父さんに助けられて死ななかったよ」
〈お父さんと一緒だったのか？〉
「いや、お父さんは津波に流されて死んだよ。７年前に」
〈矛盾がある。お父さんは何という名じゃ〉
「北城河高之助だ」
　丈太郎は父を尊敬していたし、父の名前も大好きだったのです。だから父の名前を声に出すことに喜びを感じていました。受付猫は書棚の分厚い書物で調べていましたが、顔を上げて丈太郎につぶやきました。
〈死のリストに北城河高之助は載っていない〉
「そんなー、おかしいよ」
〈遺体は発見されたのか？〉
「海に消えたから」

第18話
閻魔大摩天堂で叫ぶ丈太郎と八重子

〈行方不明でも、命が滅んだら自動的にリストに登載される。お前がそうだ。しかし、北城河高之助は載っていないから死んでいない〉
　丈太郎は、自分の死のことよりも、父がリストに登載されていないと聞いて、不思議な感情が湧き上がるのを覚えました。
「ねえ、ねえ。北城河匡子は？　ただは国の右側の棒がないただだよ」
　丈太郎はデスクで匡子の漢字を指で書きました。
〈時期は？〉
「高之助と一緒だよ」
〈このリストは時系列だからすぐわかる〉
「時系列って？」
〈命が滅んだ日時順ってことさ〉
　猫はリストから目を上げました。
〈北城河匡子も載っていない〉
「じゃあ、お父さんもお母さんも生きているってことだね」
　丈太郎は飛び跳ねて喜びを表しました。
〈しかし、お前は死んでいる〉
　受付猫は冷静に丈太郎を見て話しました。
〈お前の命は滅んでいるのにどうして喜ぶ？〉
「えー、どうして？　お父さんとお母さんは死んでいないんでしょう？　どこかで生きているんでしょう？」
〈その件じゃない……。冷静になれ。お前はもう死んでいる〉
　丈太郎には、死の意味がわからないのです。いま喜んでいるし、嬉

し涙も出ている。猫が何かの冗談を言っていると思いました。
「じゃあ、どうして僕はここにいるの？　そして話しているの？」
　受付猫は考え込んでいたが、意を決したように話し始めました。
〈1つの仮説を話そう。だがその前にいくつか質問がある。お前はこうして猫の俺と会話をしているな〉
「うん。確かに会話している」
〈なぜ猫やほかの存在と会話できると思う？〉
「お父さんが言ってたよ。将来、みんなが動物と話ができるようになるって」
〈いや、そうではない。お前がなぜ私と話ができるか聞いている〉
「……その理由？　何でだろう」
　丈太郎は動物と会話できることを喜んでいましたが、理由を考えたことはありませんでした。
　受付猫は、白く輝く髭を動かしながら話してくれました。
〈死を迎えると、生命と生命を隔てているバリアーがなくなる。それで生きとし生けるものと会話が可能になる〉
「トンネルや岩や川とも？」
〈それは、お前の幻想に過ぎぬ。いずれにしても死と交換なのさ〉
　丈太郎は「交換」に深い意味があると知りました。
「交換で猫さんや鳥さんとお話ができるってわけ？」
〈そうだ〉
「違うよ。お父さんは科学技術が発達して、動物と話ができるように

第18話
閻魔大摩天堂で叫ぶ丈太郎と八重子

なるって言ってたよ」
〈それは、遠い未来ではないか？〉
「未来？　今だよ。僕は生きていて君とも話しているじゃないか」
〈山での出来事を詳しく話してくれないか？　何らかの例外や特例かもしれない〉
「例外？」
　オウム返しに丈太郎はつぶやきました。
〈山で死んだと思っていた父親が目の前に現れた？〉
「そう思ったんだ。でもいなかった」
〈霊山のワシ岩を訪れようとした動機はなんだ？〉
「ワシ岩が語りかけてきた。夢の中で」
〈……わかった。仮説を話そう。だがこのことは記憶には残らない〉
「どうして？」
〈最高機密だからな〉
　丈太郎は秘密を聞きたかった。たとえ、その記憶が残らなくても。
〈霊山はこの世界の東の中心地。そして霊山のワシ岩のあるあたりは、中心の中の中心地なんじゃ。山頂に四角い穴がなかったか？〉
「見たんだ一瞬。そしたら、木が折れて崖を転がり落ちた」
〈やはりな。そこは神聖な場所で人間が目にしてはいけない場所だ〉
「えっ。それで木が折れたの？」
〈そうは言わん。お前が頼った木は恐らく腐っていた。そして顕家様が見ていた。そしてお前を救ったから、死んだのに生きている〉

「えっ、何言ってんだか、わかんない。顕家様って北畠顕家のこと？」
〈この世界の東日本の代表じゃ。死んだお前の魂はこの世界に来ておる。しかし2匹の猫を派遣してお前の立体映像を投影しているから、だれもお前が死んだと気づかない〉

丈太郎は霊山での出来事を思い出していました。崖から転落して死んでいてもおかしくはない。そこに父が現れた。しかし、助けてくれたのは、顕家様だというのです。そう思うと、胸の中の血が逆流するような息苦しさに見舞われました。

「死んだなんて、死んでしまったなんて信じない。僕は、僕はここにいる。生きているんだ。それに、2匹の子猫の映像だなんて信じない。なんでそんなことするの？」

受付猫はあわれむように、目の色を海の青に変えました。
〈本庁に問い合わせするから、休んでいなさい〉
「問い合わせって？」
〈お前の思っていることさ〉

受付猫は下を向いて、カラ咳を1つしてから話し続けたのです。
〈それからもう1つある。知っている人で自ら死を求めた者はいるか？〉
「自殺ってこと？　……同級生のお兄さんにいたよ」
〈自死は、3倍死と位置付けられておる。お前は自ら命を絶ったか？〉
「えっ、自分から。そんなこと考えたこともない。どういうこと？」
〈3親等の心の殺人じゃ〉

第18話
閻魔大摩天堂で叫ぶ丈太郎と八重子

　丈太郎ははっとしました。鉄道に身を投げた同級生の兄さんは、祖母と祖父、それに両親と弟、妹がいたはずです。
「心の殺人って、どういうこと？」
　受付猫は、目を真っ赤にして、感情を剥き出し声を荒げました。
〈わからんか？　周囲の全てに迷惑をかける最低の死に方じゃ。その方法を取った存在は、３倍の長さと広さで復活を停止させられる〉

　３倍の長さは何とか理解できたが、広さとは何だろうか？
　受付猫は、丈太郎の気持ちを察して付け加えました。
〈死にゆく存在は、次の命を授けられるときに、選択肢がある。一生苦労せずに毎日腹いっぱい食べて眠りたいとの希望があれば、白ながす鯨になるとかな。しかし、そういった選択肢がほとんどなくなる〉
　丈太郎は、自死の次の選択肢は何なのか、怖くて聞けません。
　代わりに、八重子のことを声高に言いました。
「八重子おばばは、おばばはどこだ？　連れ帰るために来たんだ」
　猫は新しい表紙の分厚いノートを何枚もめくり確かめて言いました。
〈まだ到着しておらん〉
　魔不惑命が横から口を挟みました。
〈途中かもしれん。受付猫に話しておくから、中を見学してきなさい〉
　案内役の茶とグレーの縞模様の猫が優しい声で話かけてきました。
〈ここはターミナルビルのような施設なんです〉
　丈太郎は驚きを隠せません。

「ターミナルビル、知ってるの？」
〈以前、ここに来た存在がそう言ってました〉
　丈太郎は、なぜかほっとしました。
〈ここへ来た存在は、それぞれこれからの行き先を相談して決めるんです。自由に行き先を決めることができる方と、そうでない方の区別はありますが、基本的にご本人の意志を尊重しているんです〉
「つまり、次の就職先を見つけにきたんだね」
〈まあ、そんなところです〉
「人間は人間を希望するんでしょう？」
　案内猫は歩きながら顔だけ後ろに向けてつぶやきました。
〈本当にそう思いますか？　最近人間界では少子化とかいわれていますが、なぜかわかりますか？〉
　丈太郎は背筋が寒くなってきました。
「じゃあ、人間が別な生き物を希望するの？」
〈行き先を決められない人も多いのですよ〉
　丈太郎は驚きました。
　案内猫が急に立ち止まり、丈太郎に向き直ったのです。
〈落とし穴や隠し扉。それに一度入ったら二度と出られない部屋、どこにいるかわからず永遠に歩き続ける迷路などがあります。面白半分で歩かれては、責任が持てません〉
「ねえ、お名前教えて。君と一緒に回れば大丈夫なんでしょう」
〈私はソウブックル。基本はそうですが、時空変異が起きるとどうな

第18話
閻魔大摩天堂で叫ぶ丈太郎と八重子

るかわかりませんよ〉

　丈太郎は、知らない言葉がソウブックルから出てきて驚きました。
「時空変異って？」
〈魔不惑命様やねうじ・ねうぺを知るならば、体験済みなのでは？〉
　丈太郎は何度も体験した真っ暗ぐらぐらを思い出しました。
「そうか、あれが時空変異か」
〈この中では、日常茶飯事に起きます〉
「わかった、離れないようにするから」
〈無意味です。空間変異は空間に起きます。人物単位ではないので〉
　猫から人物単位ではないと、不思議な言い方をされてしまいましたが、空間変異を避ける手立てはないのでしょうか。話しながら歩いていると、建物の最奥と思われるところに着きました。目の前には小さな扉があります。
〈扉を開けたら最上階まで上がっていただきます。そこから下りると、先ほどのホールに戻ります。制限時間は99分間です〉
　ぎぎーと扉を開けると、円筒形の塔の内部に階段があるようです。洋二に見せてもらった世界の有名建築写真集のグッゲンハイム美術館のようです。くねくねと曲がる廊下を通ると階段が見えましたが、さっき見えていた階段ではなく、下に向かって下りる階段なのです。
「ねえ、遠いの？」
　返答がなく、ソウブックルは急に無口になったのかと思いました。
　50段以上下りたところで、平らな廊下になりましたが、床は真っ

黒で、段差があってもわからないように思いました。しかし天井はキラキラ流れる光であふれていて床が照らされ歩くことができました。
　ソウブックルが口を開きました。
〈この上を大河が流れています〉
「阿武隈川だね」
　ソウブックルは黙っていましたが、突然口を開きました。
〈あなたは裏口から入ったのよ。だから正門に案内しているの〉
　丈太郎はきっかけが掴めたと思い質問攻めにしました。
「ねえ、それってどんなとこ？　大きいの？　人がいっぱいいるの？」
　ソウブックルは立ち止まり向き直りました。
〈人？　人だけじゃないのよ。それにどんどん来てどんどん行くから、ターミナルなのよ〉
　それだけ言い終わると、また歩き始めました。丈太郎は次の質問を用意していましたが、二の句が継げません。だいぶ歩いたと思ったら階段がありました。
　見上げるとまばゆい光が降り注ぐ大きな空間があり、その中に螺旋階段が空間を抱きかかえるような大きさで、天上高く伸び上がっていました。しかし、よく見ると螺旋階段は１つではないようです。
「さっき見たグッケンハイムとは違うね。階段は１つじゃないの？」
〈ここは二重の螺旋階段ですよ〉
「どっちの階段を上ってもいいの？」
〈いいえ。ここに来るには２つのルートがありまして、１つは生きて

第18話
閻魔大摩天堂で叫ぶ丈太郎と八重子

いたいと願うのに死んでしまった存在。もう１つは、生きていけるのに自ら死んでしまう存在。その２つの存在の行き先には、大きな隔たりがあります。二重の螺旋になっているあの階段がそうなんです。決して交わることのない、行き先の違う階段です〉
「えっ、それって大切なことじゃない。しっかり伝えてもらわないと」
　丈太郎はソウブックルに抗議しました。
〈それはもうすでに決まっています。長い廊下を渡ってきたときに、それぞれの存在の経歴を天上の光が察知して、それぞれの行き先に導く。だから選択することができないし、教える必要はないのです〉
　上りの階段に差し掛かりました。天上から光がきらめく階段は、手すりは高さ１ｍくらいですが、まるでオパールのように虹色に輝いています。踏板はエメラルドのような深い緑色をしています。階段を数歩上がり、ふと後ろを振り向くと誰もいませんでした。
「ソウブックル〜」
　丈太郎が呼びますが返事はありません。
　丈太郎１人がこの階段を上っていたのです。螺旋階段を上っていると、孤独が大津波のように押し寄せてきました。
「おばばー、八重子おばばー」
　ありったけの大声で叫びました。
　離れた場所から声が聞こえてきました。
「じょーたろー」
「だーれ？」

と丈太郎が返しましたが、返事はありません。

すると、別な猫の映像が目の前に現れました。

「君はソウブックルじゃないね。お名前は？」

白と黒のぶち猫が野太い声で言いました。

〈エントマルカ〉

エントマルカは、左の目の周りが黒く、それ以外は白い毛で、無口な猫のようです。

丈太郎は階段を下りようとしましたが、体が後戻りできず下りられません。体の向きも変えられず足も上にしか動かないので叫びました。

「魔不惑命や八重子おばばに会いたいよ〜」

〈そこはエスカレーターだ。わしにもどうすることもできん。流れに従って進むしかない〉

エントマルカの声です。

やがて螺旋階段の一番上に出ました。そこには滝がありました。大きな滝が空間に２本出現したのです。しかし、１本の滝は遠い世界にあるように見えました。滝壺は何十メートルの深みにあるように見えました。丈太郎は、手すりのようなものに掴まって、滝壺に落ちないように必死でした。

〈流れに身をゆだねるのだ〉

エントマルカの声が聞こえました。

丈太郎は、その場に座り込んで両手で手すりを掴み、目を固く閉じました。滝壺に飛び込んでしまいそうでしたから。

第18話
闇魔大摩天堂で叫ぶ丈太郎と八重子

「いやだー。八重子おばばを返してくれー」
　エントマルカのため息が聞こえました。
〈意外に多い、次の世界で人間を目指さない人。イルカとかラッコとか、カエルとかクモも。鳥希望も多い。丈太郎。お前の希望は？〉
　声の主はエントマルカに違いない。
「おいらは死んでねえ。見学に来ただけだ。それよりも、八重子おばばを返してくれ」
　声だけの存在になったエントマルカは続けました。
〈お前の命と、祖母八重子の命。どちらが大事だ？　欲張ったことを言うな。おばばを助けるか自分か、どちらかを選択するしかない〉
　丈太郎は泣きじゃくりながら、声をあげました。
「おばばを。八重子おばばを助けてくれ」
　エントマルカは冷静に言い切ったのです。
〈懸命な選択じゃ、お前はもう死んでいるからな〉
「うわあーん」
　丈太郎は大声をあげて泣きました。

　何時間経過したでしょうか。八重子が目を覚ましました。庚申祭で眠ってしまってからのことを思い出していました。
　隣には灰色の中に茶と黒が交じった上品な感じの猫がいました。
　誰でもいい、孤独はいやだと八重子は猫に話しかけました。
「あのとき、うっかり眠ってしまったおばばが悪いんだわ。暗くて細

い道があり、自分で歩かないのに前へ前へと進むのよ。そうするときれいな川があって、そこを渡れと声がするの。渡ったら死んでしまうと思ったから、いやだといって、うずくまって泣いたわ。どれぐらい泣いたかわからないけれど、この場所に来たのよ」

　返事はないが、八重子は続けた。

「そこは灰色の世界で、天井も、床も壁もない、何にもない空間なの。そして声がしない、音がない世界なのよ。私は、おーいと何度も声を掛けたんだけど。仕方なく座り込んだけど、眠ったら負けだと思ったから、必死に目を開けていたわ。眠たくなったら手の甲をつねったのよ。どのぐら時間が経ったのかなー。遠くのほうから、丈太郎の声が聞こえてきたの。だから私も『丈太郎ー』と声を掛けたわ。八重子おばばを返してくれと言っているように聞こえたわ。そしてお前は死んでいるとの声もあったわ。その声が聞こえなくなったとき、光が私を包み込み、この場所に連れてきてくれたのよ。丈太郎が。丈太郎が私の身代わりになったんだわ」

　全てを出し切った八重子は涙をあふれさせ大声で泣き叫びました。

「年寄りが先に逝かねばならないのに。あの子は私を生かすために自分を犠牲に……」

　丈太郎の隣でエントマルカが小さくつぶやきました。

〈もうだめか、もういいか。もうだめか、もういいか〉

　突然現れた大蚕神様のマンノ様が声を出しました。

第18話
閻魔大摩天堂で叫ぶ丈太郎と八重子

〈もうだめか、もういいか〉

　丈太郎には、どこにいるのか、生きているのか、死んでしまったのか全くわかりませんでした。ただ、声が聞こえました。

　別な大蚕神様が声を出しました。何でも反対のオゼマ様です。

〈だめだべ、だめだべ〉

　大蚕神様マンノ様は銀色にまばゆく光りだしました。

〈もういいべ、もう〜いいべ〜〉

　そして銀色の光が空間いっぱいに満ちて、オゼマ様が下がっていく姿が見えました。

　魔不惑命は無口になって、急に大きく赤くなりました。

　まるで上空に大きなかがり火が焚かれているようです。

　そして、急にしぼんだようになり、滝に猛スピードで向かっていったのです。空間は大いに震え、光と闇が交錯しているように見えました。雷のようにも見えますが光はつながらず、それぞれの場所で大きく光り、闇になり、花火のような稲妻が見えます。

　無音の世界になり灰色が支配する空間の中、丈太郎はめまいで立てずに座り込みました。

　八重子の前には、ぼうぅとした灯りが現れました。夢でも見ているようですが、だんだんとはっきりとしてきました。

　誰だろう？　目を凝らすと、はっきりと見えてきました。

「ゴン太さん！　大水の中でわがままな住人を助けてくれた猿軍団の

ボスだわ」
　ゴンは少しだけ顔を上げて、目をうっすらと開きました。
「ゴン太さんも、間違って入り込んだのね、大丈夫。きっとおばばとゴン太、死なないわ」
　八重子はゴンの手を握り大粒の涙を流しました。

　丈太郎は灰色の世界に投げ出されました。
　八重子おばばは生き返っただろうか？　それをこの目で確かめるまで死ぬことはできない。丈太郎は必死になって声をあげ続けました。
「おーい。八重子おばばは生き返ったか？　八重子おばばは死んでいないだろうな。もし八重子おばばが死んだら絶対許さないからな」
　何度も何度も繰り返す丈太郎の顔は、涙とも鼻水ともつかないものでぐちゃぐちゃになっていました。何時間経ったでしょうか？　灰色の空間は何の変化もなく、丈太郎は疲れ果てて眠ってしまったのです。
　夢の中で、魔不惑命が話しかけてきました。
〈丈太郎、すまなかった。霊山のワシ岩の近くにある洞穴は、現世のものには見られてはならぬものだった。そこで、警備担当が樹木を折ってお前を死に追いやったのじゃ。警備ミスを隠し責任回避しようとしたためお前が死んだ。その事実を知ったわしは、警備担当に責任を取らせて、お前の立体映像を投影させ、生きているように見せかけた。しかし、まさか、ここに来るとは。大蚕神にそのことが知れてしまったから、正式な手順を踏まんといかなくなった。ほんとに申し訳ない〉

第18話
閻魔大摩天堂で叫ぶ丈太郎と八重子

　魔不惑命は小さくなって謝ったのでした。

　丈太郎が目を覚ましました。夢の中の魔不惑命の言葉は、記憶にありました。
　そうだったのか、ワシ岩のそばの洞穴を見たせいで。しかし、あの階段は、自死の階段なのだろうか？　霊山のワシ岩を見にいって転落したことが自ら命を絶つことになるのだろうか？　丈太郎は考えました。大蚕神に直訴する方法はないだろうかと。
　おそらくこの灰色の空間は、気持ちの定まっていない存在のための空間ではないか。死を認めれば死の階段を歩むことになる。しかし、死を認めない存在を灰色の空間はどうして知るのだろうか。丈太郎には、はっきりと確信するものがありました。
　考えだ。意志だ。それを強固に持ち続ければ、この場を脱出して、大蚕神に会えるかもしれない。いや。そう思うことしか、この状態を打開する方法はないのだ。
　まるで濃い霧の中にいるように、周りも見えず、音のない世界がありました。
　その中で、丈太郎は大声を出しました。
「大蚕神様、大蚕神様、大蚕神様、私はワシ岩の洞穴の警備担当者の不手際を消すために、誤って死にました。どうか、その事実をお調べいただき、私を生の道へとお戻しください」
　丈太郎は声が枯れるまで何度も叫びました。喉が痛く声が出なくな

ると、心の中で何度も何度も唱えました。それは、何十時間かもしれないし、一瞬かもしれない。時間も空間の何もかも認識できませんが目をつぶり、必死に唱えました。
　やがて、丈太郎は永遠の眠りにつくかのように意識を失ったのです。

　八重子とゴンは猫の案内で出口に差し掛かりましたが、そこから動こうとはしませんでした。
「丈太郎と一緒でなければ、ここを出ない、丈太郎はどこだ？　丈太郎を連れてこい」
　八重子はあらん限りの大声でわめき、ゴンも大声になりました。
　猫は困り果てて、魔不惑命を呼び出しました。
　魔不惑命の表情には困惑が表れています。
〈困った、困った。あっちも、こっちも。どうしよう〉
　どこから現れたか、ねうじとねうぺが合唱のように声を出しました。
〈もういいか、もうだめか。もういいか、もうだめか〉
　案内の猫も声を合わせたのです。
〈もういいか、もうだめか。もういいか、もうだめか〉
〈うるさい〉
　魔不惑命は一喝しましたが、声はより大きくなりました。
　そんな中、エントマルカが現れたので、3匹は静まりました。
〈ここは、説明と同意で成り立っています。いやいやとか、無理やりはないのです。魔不惑命様、この際は上に事をゆだねては？〉

第18話
閻魔大摩天堂で叫ぶ丈太郎と八重子

　ねうじとねうぺも賛同の意を表すために、立ち上がって両手をパタパタと打ちました。それを見た魔不惑命は、がっくりと肩を落として地に伏したのでした。

　八重子と丈太郎、そしてゴンも大蚕神様のマンノ様の前にいました。
「八重子、丈太郎、ゴンも申し訳ない。迷惑をかけた。心からお詫びする」
　丈太郎は驚きました。大蚕神様がお詫びをするなんて。

　出口は山あいの小さな谷でした。建物があるわけではないし、大きな穴があるわけでもない。ただ外に出ていました。緑が鮮やかでした。周囲はまあるく林になっています。中央には、泉が湧き出ていますが、それ以外は何もない謎の森でした。
〈ここが入り口だ。お前たちは、逆に辿った。二度と来るな〉
　エントマルカの声が響きますが、苔むした岩があるだけです。ヒノキが出口を中心として大きな円を描くように周りを囲んでいます。樹齢がどのくらいかわかりませんが、静かな空気が流れていました。傾斜は大きいものの藪がないので歩きやすいと思いました。
　ヒノキ林中心部の泉のほとりに安倍生命が寝ていました。
「生命さん、起きてよ」
　丈太郎は手を引っ張りました。
「ああ、ぐっすり寝たなー。君たちもよく寝たか？」

生命は寝ぼけた声で言いました。
「寝過ぎだよーはは、はははは、はははっははは」
　ゴンも八重子も丈太郎も笑いました。
　生命は大きなお猿さんに気づいてビックリしましたが、照れ隠しで頭に手をやりました。
　ヒノキ林を出ると、次郎太郎山登山口と書いてありました。
　あの世界は、この山の地中にあるのかと丈太郎は思いました。途中でキラキラと流れていたのは、阿武隈川だったに違いないと八重子は思いました。三途の川だったに違いないと。

第19話
謎の森の炎とウラムの秘密

　高台の丸い森から、丸森市街地が垣間見えました。
「ここを下りれば、目的地の団圃さんの屋敷だね」
　ほっとして丈太郎は八重子の顔を見ました。
　そのとき、遠くから半鐘の音が聞こえてきました。
　丈太郎たちが丸森市街地に下りようとする道を消防団員が駆け上がってきました。10名以上の団員が、丸い森のそばが火元だと教えてくれました。道を消防団に譲って坂道を下りていると、きな臭いにおいがあたりに漂い煙が充満してきました。風が強くなり、火勢の向きが変わったのでしょうか？　消防団の若い男が足早に下りてきて言いました。
「ここは危ない、丸い森に戻ってください」
　消防団の方は丈太郎たちのことを覚えてくれていたようです。
　煙が充満して前がほとんど見えない。口にハンカチを当て涙ぐみながら、必死に丸い森を目指しました。あの場所はヒノキの植林が円形になっていますが、その内側は刈り払ってあり、山火事の業火は及ばないのかもしれない。そう丈太郎は思いました。
「引けー、引けー」
　消防団の大きな声が山あいに響きました。火事の怖さは風だと確信

していても、消火作業中に突然の風向きの変化で、地表の火が向かってくることがあります。消防団員の命が危険にさらされてしまいます。それを素早く察知して先ほどの指令となったのでしょうか。丸い森の中央部には清水の湧き出る場所があり、丈太郎たちや消防団員が集まり始めました。ヒノキの円形の林が根を最大限に働かせて、水分を樹木へ、葉へと送り込みます。山火事の炎が襲ってきても、燃え移らないようにするためです。

　丈太郎は、ヒノキの円環林が一体になって、同じことを言っていることに気がつきました。
〈もうだめか、もういいか〉
　丈太郎は、トンネルや次郎太郎山の地下で聞いた言葉と同じ言葉を聞いて、驚きました。
「ヒノキさん、何、何がもうだめか、もういいかなの？」
〈坊やー、聞こえたのか？〉
　円環のヒノキ林の声が1つになって、丈太郎に話しかけてきました。
「うん、よく聞こえるよ。ネットワークされて、ステレオみたいに360度全方向から」
〈そうさ、私たちは円環のヒノキ林、上空からはドーナツのようにまあるく見えるが、地面の中で根が絡み合い、全体が接続されて大きなネットワークを持つんだよ〉
「ほんとに？　まるでコンピューターだね」
〈最新の表現は知らないが、私たちがやっているのは最先端の生きる

第19話
謎の森の炎とウラムの秘密

ためのなりわいだよ。水を葉に集中させ、山の炎が円環のヒノキ林に逃げ込んだ生物に被害を出さないようにするため〉

　樹冠に火が飛び移らないよう祈るばかりです。やがて動物が集まり始めました。鼻先から眉間まで白い筋が特徴のハクビシン、目の周りが黒いホンドタヌキ、ほっそりとした顔立ちのアナグマ、小顔のイタチです。丈太郎は動物たちと話しました。イノシシは人間のタバコが原因だ〜と主張しています。

　丈太郎は動物たちの声を聞いて、あることを思うのでした。

　動物たちの主張する論点は火事の原因についてでしたが、彼らは追い出されるのではと疑心暗鬼にもなっているのです。きっと誰かが何かを隠しているのかもしれません。誰も言わないことが歴史を作り、世界を動かしている？　考えて実行する存在は表には出てこないのでは？

　そう、世界の中心では何かがうごめいているはずではと。

　すると、丈太郎の考えに答えるように、小さな猫が小さな声を絞り出しました。

〈タテイシマイリ〜〉

　すると、集まっていたハクビシンやアライグマも同じように声をあげたのです。

〈立石参りーー〉

　お猿さんやイノシシさん、それにタヌキさんやイタチさんまで。

〈立石参り〜〉

285

なぜ、動物は立石に向かうのか、何かの中心なのか？　その理由がわかりません。
　山の火は収まり、動物たちは同じ場所に向かおうとしています。
「謎森だ」と丈太郎はつぶやきました。
　洋二からは、ウラムの螺旋パワーの中心地が立石ではないかとの連絡がありました。近くの猫屋敷で迷子になり、やっと抜け出た淑子と姫子。立石からやっと下山して、猫屋敷に着いたばかりの耕太郎。そして丈太郎と八重子、安倍生命が立石に向かいました。
「ねえ。生命さん、何で動物たちは口を揃えて〈立石参り〜〉と言うんだろうね〜？」
「丈太郎君。君が動物たちから聞いたんだね。それは動物の第六感とでも言うべき現象だが、君の方が詳しいのでは？」
　丈太郎は首をかしげながら立石に向かいました。
　裏山の道が整備されていたので、立石の標高とほぼ同じ高さまで車で行けました。耕太郎はその場所を知らなかったようです。
「何だよ。こんなに楽に立石参りができるなんて！」
　洋二は耕太郎の車の中で、立石を見つめながら複雑な気持ちでいました。
「だめだ、ウラムの螺旋図をひっくり返しても猫碑は減らない。75％以下にはできない。このままではこの地が、地球が爆発する」
　洋二は情けなさに涙して、固く握った拳を何度も何度も膝に打ち付けました。

第19話
謎の森の炎とウラムの秘密

　路肩を広くした駐車スペースに集合すると、立石がよく見えました。周りの木々の数倍の高さで天空を指し示していました。

　一方、富作はウラムの螺旋の回る方向がこの星では左回りであることで、地球人は真の配置には気がつかず、中心地がわからずにいるはずと思いました。

　しかし、洋二がウラム螺旋を鏡像化し中心が立石だと解明したとは気づきませんでした。

　富作はまるで、指揮者のように振る舞いました。

「いよいよ、ラウムの螺旋パワー点火だ」

　中心点から素数の場所へ一瞬光が走り、それらが全体として光の塊になっていきます。さらに、その光は、何度も何度も、中心点と行き来しています。中心の立石の上空わずか数十メートルのところが、まるでオーロラのようにピンク色になっています。周辺の素数に所在する猫碑や石像と光とのやり取りが、激しさを増していきますが、人間の目には見えません。

　立石に向かって登ってくる集団がありました。猫です。猫屋敷の猫だけではありません。

　野良猫、飼い猫、三毛猫、白猫、黒猫、灰色猫、白黒ぶち猫、さまざまな猫が向かっていますが、光の行き来が見えるようです。何百、いや何千匹が四方から立石に向かってきます。イノシシや、アライグマや、ハクビシンや野ウサギ、そして丸森の人々も心配になったのか、

立石に向かっています。
　丈太郎は、空に向かって大声で聞きました。
「どうして、立石に向かっているの〜〜〜？」
「立石のことが心配なんだよ〜〜」
　多くの動物から同じ答えが帰ってきました。
　丈太郎は、立石に頬と両方の手の平を付けて、つぶやきました。
「立石さ〜ん、お空がピンクになっているけど大丈夫？　心配なんだ」
　立石は小声で丈太郎に話しかけてきました。
〈んだな〜、なんだかわからん。周りから、祈りの力が寄せられるが、どうしたもんか？〉
「エネルギーが来ているの？」
〈来ておる。もう、いいんだか。もう、だめなんだか〉
「えっ、みんな言ってた言葉だ」
〈みんなって、誰のことだ？〉
　丈太郎は自慢げに言いました。
「阿武隈川や丸森大トンネルさんが言ってたよ」
〈みんなが、このことを心配してくれたんだな〉
「このことって？」
〈そうさ、太古の昔からの祈りの力が、１か所に集まると大きな力になって大爆発するんだ〉
「そうなの？　大爆発はエネルギーの放出だね」
〈いや、力を空中から集めて地中に注入するんだ。それで、プレート

第19話
謎の森の炎とウラムの秘密

に亀裂が生じ、マグマが上昇するってわけさ〉
「じゃあ、この森がだめになっちゃう？」
〈そうさなー、もっと広い範囲だと思うよ〉
「大変だ。止めなきゃ、ウラムの螺旋パワー」
〈そうだな〜、放出なのか、注入なのか、よくわからん〉
「どっちなの？」
〈もういいか、もうだめか。もういいか、もうだめか〉
　立石は困っている様子ですが、悲鳴のような声が内部から聞こえてきました。
〈ウウギーー、ギギー〉
　びりびりびり。
　立石の横腹に亀裂が入り始めました。
「大丈夫？　立石さん」
　そのとき天空が、いくつもの色に染まりました。
　空は緋色や淡い黄色、それに蜜柑色、萌黄色、さらに煎茶色、露草色と瑠璃色、白磁の８色がありました。そして、最後に自らは光らない黒紅色も現れました。
　淑子は、遠い過去に見たような空だと思いました。
　やがて、９つの色は立石の上空で、激しく動き出したのです。
「じゅじゅじゅ〜〜〜」
　不思議な音と振動を伴い、９つの色は狼の姿になり、一直線になって立石めがけて急降下していきます。

「あああ。立石さんが危ない」

丈太郎は思わず声を出しました。

9つの色を帯びた狼は、祭壇岩に向かっていきます。

リーダー格の一回り大きな猩々緋狼が怒りを持って祭壇岩に何か言いました。

丈太郎は、恐る恐る祭壇岩のそばに行き、猩々緋狼の話を聞いてみました。

〈なぜ我が一族が……〉

〈誰の企みだ……〉

丈太郎は、断片的な話を聞かされ、イライラが募るばかりでした。

9匹の狼が、告白であったり嘆きのようであってり、又追及や非難のような言葉を祭壇岩に投げかますが、数メートル上空に浮かび上がって涙を流しているようです。

丈太郎は、上空の猩々緋狼に声をかけました。

「狼さん、どうして泣いているの？」

〈お前は言葉が話せるのか？〉

「うん。僕に話して」

〈数千年前、大陸で蚕様(かいこさま)のお休みになられる真っ白な寝処を、糸にした人間がおってな。その地の繁栄の秘密となった。そこで蚕様の生存を邪魔する生き物を抹殺するよう、王の指令が下った。そして、この地でも同じような指令があり、ネズミなどの害獣を猫族が食べていた。しかし、ネズミどもの繁殖を抑え切れないから、我々狼族にも指令が

第19話
謎の森の炎とウラムの秘密

下った。獣取締館という場所に捕まえたネズミを持っていくと数によって褒美が出る。だから犬族もイノシシ族も、もちろん猫族も一族の将来を掛けてネズミ捕りをした。常に一番だったのが猫族だ。我々狼族は２番手だった。ある日１匹の差で２番手になって怒った我々の祖先の１匹が、思い余って猫族を襲い食べてしまったのだ〉

　丈太郎は、背筋に冷たいもの感じました。
「それで、狼さん。祭壇岩とどんな関係があるの？」
〈よく聞いてくれた。猫族を食った狼に病が生じたんだ。呻き苦しんでいたところを助けてくれた存在があった〉
「それってどんな存在なの？」
〈空中に浮かび、やがて地面に落ちる苔のようなもので、どこからともなくふわりふわりっとやってくる。それを食べた病の狼は、苦しみを忘れ、頭脳明晰になり、リーダーとしての頭角を現したのだ。そこでそのふわふわ苔がどこから来るのか、駿足の狼に調べさせたところ、ここだとわかった〉
「立石様？」
〈いや、そうではない。祭壇岩だ〉
「どうして、祭壇岩さんが？」
　そのとき、祭壇岩が重い口を開いて丈太郎に話しかけてきました。
〈私にも謎なのですが、女神山の祠から生まれたときは、数十センチの大きさ。訳あって立石様の御守り役を仰せ付けられ、この地に赴任したときには、人間様の背丈ほどの大きさになっていました。なぜか

はわかりません。いつの時代からかわかりませんが、足元に大きな苔岩が寄り添っていまして、そのものがふわふわのを出しているんです。それで狼族から疑いをかけられてしまい、困っています〉

　小さかった岩が何十倍の大きさになるなんて、地球の物理法則では考えられない。そして祭壇岩は固くて、苔むしているわけでもないのです。

　しかし、祭壇岩の下の大岩は苔むしていました。当時なぜそんなふわふわな苔が出てきたのか、謎を解き明かす者はいないのだろうか？丈太郎は、猩々緋狼が魔不惑命の前から姿を消したときに、言っていた言葉を思い出して、富作に聞いてみました。
「富作。祭壇岩の膨張やふわふわ苔のこと、何か情報ある？」
　そのとき、富作はウラムの螺旋パワーが発するエネルギー量の測定のため、太平洋の上空に待機していて、姫子もいました。
　姫子は丈太郎の質問について、富作に聞きました。
「ねえ、私にもわかるように説明してよね」
　富作は姫子の機嫌を損ねないように、優しく言いました。
「祭壇岩のふわふわ苔だね。わかったよ。本国のデーターベースにアクセスするから、少し時間をくれないか？」
「わかった、でも立石の辺りが騒々しくなってきたから、早めにね～」
「わかったよ～」
　富作は返答したのですが、検索する気はありません。目の前のウラムの螺旋パワーのエネルギー計測で頭が一杯でした。

第19話
謎の森の炎とウラムの秘密

　富作は、ウラム螺旋パワーによる地球爆発計画は、フェーズ１からフェーズ４の段階を経て目的を達成すると考えていました。

フェーズ１
　猫碑や記念碑などの念波を集積して、編集し束ねて立石に７回返す。
フェーズ２
　７回繰り返し増幅させたエネルギーを立石から地底のマントルに向けて８回発射する。
フェーズ３
　マントルの蠕動でマグマのパワーを導き出し、地上の立石に集結させる。これを９回繰り返す。
フェーズ４
　マグマのエネルギーを立石からもう一度地球中心に送り、地球のマグマを地上に導く。

　何度も繰り返すことで、エネルギーが桁違いのパワーを創出するが、マグマのパワーを地底に送り返すには格別な重量の物体が必要だ。立岩はその条件を全て揃えている。理由は地上に出ている部分が、人間の体に例えると小指の先ほどの大きさで、残りは謎森の山の中だからだ。エネルギーを跳ね返すには完璧なはずだ。
　富作は自分の計画の完璧さに陶酔しているようでした。
　姫子が聞いてきました。

「ねえ。丈太郎が聞いたこと、答えは来たの？」
「もう一度、検索掛けるからね。祭壇岩と、もあもあ苔だよね？」
「なんか、少し違う気がするけど、早く丈太郎に教えてやってね」
「了解だよ。姫子さん」
　富作は、ウラムの螺旋パワーのことで、頭が一杯です。
「もう、満月だ！　臨界に達する」
　一方、洋二は車の中で地図とにらめっこしていました。
「時間切れで間に合わなかった。ウラムの螺旋の鏡像パワーは発射される。どうしよう」
　鏡像では猫碑などの重複が多くて移動できなかったのです。
　洋二はがっくりと首を垂れました。
　立石は困っていました。
　立石の周囲には、大きな岩が周りを囲んでいて殿様を守る家来のようでした。
　周囲の家来石も立石の窮状を感じて口々に言葉を発します。
〈大丈夫ですか？　親分〉
　登山道近くの１の子分です。
〈迷ったの？　旦那様〉
　奥にあるまるい岩が声を掛けます。
〈この際、やっちまえー〉
　西の３番目の子分は威勢がいいようです。
　立石は決断を迫られました。

第19話
謎の森の炎とウラムの秘密

〈出すべきか？　入れるべきか？〉
　受信と発信を行う立石が意志を持ってか、あるいは無意識になのかわかりませんが、念波を受け入れ石体内に留めたため、内部から亀裂が生じてしまいました。それでも、脇腹に入った真一文字の長い亀裂は立石が自らの力で修復しましたが、別な場所がおかしくなっています。
　立石は決断したのか、一瞬光った後身震いしました。周囲には猫やイノシシ、ハクビシン、アライグマ、犬などの動物、空には大タカ、大ワシ、ハシブトガラスやウグイスが来ていました。遠くにイノシシが見えました。1匹2匹ではありません。どこから集まったのかと思うほどの大群です。
　丈太郎が声をあげました。
「ズッポだ、ウリ坊のズッポが仲間を連れて駆けつけてくれたんだ」
　淑子もズッポを見つけて手を振りました。
「ズッポさ～ん、久しぶりね。走り回ってくれてありがとう」
〈やあ、淑子さん。着物の柄は変わったけど、相変わらずいい香りだ〉
　上空にハシブトガラスが舞っていて、不気味な雰囲気がありました。
　丸森の動物が全て立石様のもとに駆けつけたかと思うほどです。
　立石の周りに淑子や丈太郎がいて、その周りにはズッポや猫がつながっていました。動物たちは立石を中心に放射状に全てがつながっていたのです。
　丸森の人々も大勢駆けつけて、周囲は立錐の余地もないほどでした。
　立石は四方八方からの念波を受けて、集積と送信をくり返しました

何度も念波が行き来することで、増幅されることを知っていました。

　そのたびに、空の色が赤くなったり青くなったりするのですが、人間は気がつきません。しかし動物たちは一喜一憂するように、歓声のような鳴き声をあげていました。

　駆けつけた安倍生命は、この現象がノストラダムスの大予言集に記載されているのではと、つぶさに観察していました。

　多くの助けが四方からやってきて

　人には遠くから反抗し、

　かれらはとつぜんあわただしくなり

　もはやかれらを助けることはできなくなる

　　　　　　　　　　　（ノストラダムス予言書番外詩　5）

「おおー、番外詩5のままだー」

　生命は目をつぶりました。

　心配になった丈太郎は、みんなに声を掛けて、立石の周りを取り囲みました。ゴンやウリ坊もいます。淑子や耕太郎も手をつなぎます。

「姫子〜」

　淑子の呼びかけに、富作から離れて立石のそばに来た姫子が声をかけます。

「淑子〜」

　姫子と淑子は手をつなぎ共に立石の周囲に抱きつきました。

第19話
謎の森の炎とウラムの秘密

　淑子と丈太郎は、動物の声と空の色の変化に気がつきました。
「赤みがかった空と青みがかった空の色になるたびに動物の鳴き声が聞こえるわ。何か、恐ろしいことが起きるのかしら」
　と淑子は恐れます。
「音が聞こえる、立石さんの中から」と丈太郎。
　周囲を取り囲んだ人や動物は、耳を付けて中の声に集中します。
「ど、ど、どどー。ごごご、ごごー」
　パリッ。
　立石は、出る螺旋パワーと入る螺旋パワーを相殺させたのです。そしてわずかにオーバーフローになったエネルギーを、地上に向けて放電しました。人と動物で囲んでいないところの岩肌が少し破れて、一瞬光線が地面に吸い込まれました。空は暗闇に戻りました。
　丈太郎は上空を仰いで言いました。
「真っ黒な空もいいもんだね。日常が戻ったんだ！」
　それを聞いた動物たちは、鳴き声をあげて喜びました。
　近くの住民も、歓声をあげていました。
　祭壇岩が丈太郎に話しかけました。
〈立石さんは、発出と注入の間で気持ちに迷いがあったようだ〉
「祭壇岩さん、それで、ウラムパワーが出なかったんだね」
〈もともと念じる力だから、祈りで打ち消し合ったのかも〉
「謎森が、地球が破壊されなくてよかったね」
　周りを囲んでいた人や動物は、ほっとしてハイタッチで喜びをわか

ち合いました。
　立石の周辺に集まっていた猫や動物は喜び、喝采を上げました。
　人々も猫たちが喜んで山を下りるのを見て、家路につきました。
　洋二は動物や人々の力でウラムのパワーを止めたのだと思いました。
　富作だけが、実験失敗だと悔しがったのです。

　その夜、祭理幻夜を祝って駅前の館山市民センターでは、近くの飲食店が競演する3,000円ランチが振る舞われていました。
　みんなは3,000円ランチフェアの旗に目が釘付けになったのです。
「お腹がすいてきたー」
　丈太郎は淑子を見ました。
「3,000円ランチって高くない？　子供にはぜいたくよ」
　すると、地元の方がその話を聞いて声をかけてきました。
「4店舗の店主が地元で採れる素材を惜しみなく使って作るんです」
「そうなんですか」
「これまで3,000円ランチは春の筍シーズンや秋の自然薯シーズンなどに定期的に実施されていましたが、祭理幻夜に合わせて4店舗が足並みを揃えてやることになったんです。4人1組で行けば、同時に4種類の料理を味わうことができるんですよ」
「ええーどういうこと？」
「4人1組になって注文することで、4種類の3,000円ランチがテーブルに並ぶんです。友達や親せきなどの身内ならシェアして、4種類

第19話
謎の森の炎とウラムの秘密

の料理を味わうことができます。たとえばイノシシ鍋は、女性は頼みにくいと思うんですが、家内と一緒に食べたとき、甘味のあるイノシシのお肉にはまったのは、妻でした」
「それは豪華だし、いろいろ食べられるのはいいかも」
　八重子が口を開きます。
「見てみたい、食べてみたい。まさに長寿の秘訣が食べられるかも～」
　丈太郎も淑子を見ます。
　淑子も冷静にどんな料理なのかチラシを見ました。
「日本料理、割烹料理、和食、牡丹鍋と寿司の4種類ね。いいかも」
　姫子も話に加わります。
「牡丹鍋って食べたことないかも、それから割烹料理も」
　チラシには、4店のお品書きがありました。
　和食のそのまんま亭は、海鮮丼と煮物椀、鯛のあら汁、季節の野菜の天婦羅、そして茶碗蒸し。ジビエ料理も得意な黄金寿司さんは、大盛り牡丹鍋にイノシシ寿司、イノシシの焼肉にイノシシ汁、最後を締めるのはイノシシおじや。日本料理の桜屋さんは、色鮮やかなちらし寿司やお造りと牛鍋におくずかけ。福耳さんは瞬間冷凍した新鮮筍を中心にした、仙台牛の鍋と筍の煮物、天婦羅、それに筍御飯で、4つの飲食店は出張料理で忙しそうでした。
　すでに行くことが前提で何を食べるかを思案している4人でした。
　駅を背にして真っ直ぐに伸びる道路を歩くと、数分で館山市民センターに着きました。大きな会館のような建物で駐車場も広く、停めて

ある車も30台以上です。中に入ると、すでにテーブルには数十名の客がいて、受付には10人以上並んでいました。
「並んでいると、おいしいのかもって錯覚するよね」
「そうそう。新規開店のお店では、さくらで並ばせるらしいわ」
　八重子の話がわからない丈太郎は「桜並木のこと？」と聞きましたが冷ややかな笑いがあるだけで、答えてくれる人はいませんでした。
　案内されてテーブルに着くと、4種類の料理が運ばれてきました。熱々の牡丹鍋を姫子が取り分けてくれました。お肉の食感も柔らかで甘みがあり、上品な食感と味にビックリしました。今度は、海鮮丼やおくずかけなどを互いに取り分けて楽しみました。
「こんな食べ方もあるのね」
　淑子がつぶやきました。
　それが合図になって、みんなが話し出して大騒ぎになりました。
　これまでの体験を話し合ってはうなずき合いました。
　高級な料理を食べた充実感がありました。丈太郎は少し眠たくなったようです。
　午後の陽が西に傾く頃に、振袖姿の娘さんが何人も電車から降りて、その行列は駅から阿武隈川を渡り祭理屋敷まで続いていました。今日は和服祭りなので、男性も浴衣姿が多く、女性の浴衣とペアで歩く姿は風物詩になっていました。淑子も空腹を満たして祭理御殿へと進みました。仙台や福島、それに米沢や郡山、東京から来ている娘さんもいるようです。祭理幻夜に合わせた和服祭りは、夏の暑い日差しを避

第19話
謎の森の炎とウラムの秘密

けて16時ごろから人出が多くなります。祭理御殿の前は、着物姿や浴衣姿の女性たちの化粧水の香りで爽やかでした。

　祭理屋敷に向かう一行に、話しかけてくる男性がいました。
「お父さん、お母さんを捜しているのは、どちらのお嬢さんかな？」
　姫子は男を慎重に見定めようとしましたが、沈黙を守ることはできませんでした。
「この人よ、淑子さんのお父さん、お母さんを捜しているの？」
　男は淑子に向き直ると、目の奥を覗き込むように目線を合わせてきました。
　淑子は仕方なく重い口を開きました。
「あのー、父母とはどういうご関係ですか？」
「申し遅れました。私はこういう者です」
　名刺には、福島県警刑事大黒田裕治郎と書かれていました。
「父は悪いことはしていません」と淑子はきっぱりと言いました。
「いやいやそうじゃない、被害者の可能性があり確認したいことが」
「被害者？　やっぱりそうなのね」
「やはり、ご存じなんですね」
「牛の精液の件……」
「そう、それなら話は早い。近くのカフェでお話しできませんか」
　刑事の後をついて行きながら、淑子は当時のことを思い出し重い気持ちになりました。

父と母の思い出

　淑子と丈太郎の両親が津波に飲み込まれて行方不明になる2か月前、牛の精液取り違え事件がありました。血統書付きの有名な種牛から高額で精液を譲り受けブランド牛を育てるのですが、故意か過失か血統書の牛ではない精液が流通したという事件です。父は直接事件に関わっていないと言っていましたが、獣医師として地域の畜産農家がお得意先でしたから、大きな問題としてその解明に奔走していました。

　しかし、父の表情は日増しに暗いものとなり、母も同じように笑顔が消えていったのです。事の内容は教えてくれませんでしたが、新聞の記事に父の名前が出てしまい、疑いを掛けられていることを知りました。その後に趣味のサーフィンに出かけて津波に遭ったのです。

　あのとき、父母はどんな気持ちだったのでしょうか？

父と母の体験・恐怖の津波の谷

　北城河高之助と妻の匡子は、閖上(ゆりあげ)近くの波乗りポイントでサーフボードに乗っていました。少し肌寒い季節ですが、サーファーは気にしません。海岸で大きく手を振る友人を見ましたが、娘と息子が近くにいるので何かあったのかと不安になりました。沖にいた妻を見ようと体をひねったときに深い谷が現れました。海面がまるで海底を突き破るように急な勾配になっていて、転げ落ちるのではと思ったとき、圧倒的エネルギーで津波の谷が海水で埋め尽くされ大波となって、サーフボードの2人に押し寄せたのです。海上ではサーフボードしか頼るものはありませ

第19話
謎の森の炎とウラムの秘密

ん。顔をつけ両腕でボードを掴みました。妻も同じ仕草であることが目の片隅で確認出来ましたが、その後はどうなったかの記憶がありません。津波に飲み込まれては命はないものと、覚悟はしていました。

　何分後なのか、何時間後なのか、あるいは何日後なのか、大きな川の中州のような場所にいることに気がつきました。周囲には萱のような植物が繁茂していて辺りが見えません。サーフボードはその中に突き刺さったような形で止まったようです。川の水を飲みながら空腹を癒やし、命をつなぎました。寒い日が続き、萱を寄せてボードの上に屋根のようにかぶせて寒さを防ぎますが、それが結果的に発見を遅らせる原因になったと、後でわかりました。

　対岸から声が聞こえたので、空腹ではありましたが大声で存在を示しました。

　助けに来てくれた船には、男と女が乗っていました。
「あなた、あなた〜無事だったのね〜」
　女は、そう叫ぶと飛びついてきたのです。
　母は川岸に流れつき、助けてもらっていました。
　女が「夫が……」とうわ言のように、毎晩寝言を言うので、川の中州を捜していたと、後から高之助は聞かされました。

　大黒田刑事は、カフェで早口でまくし立てました。
「実は反社会勢力の関与が、捜査の結果わかってきたんです」
「何年も前のことなのに、やっとわかったんですか」

八重子はきつい口調で大黒田に迫りました。
「容疑者が海外に高飛びしていましてね。東南アジアの某国でICPOに逮捕され送還されたのが数週間前でした。調べたらご家族が結婚式を挙げられると聞いたものですから、阿武隈急行で急いでやってきました」
「それで、私たちに会ってどうしようというの」
「はい、ご本人と連絡が取りたいのです」
「でも死んじゃったんじゃない？」
　八重子はあきらめ顔だが、淑子や丈太郎は違いました。
　丈太郎は、猫に言われたことは間違いないと思いました。
　大黒田刑事は真顔で返しました。
「お亡くなりになった証拠はないのです」
「うそー」
　淑子はあふれるように思いを話しました。
「お正月の市で父母に似た人を見たけど、本当に、本当に生きているんですか？」
「捜査中なので詳しい話はできませんが、連絡を取って当時のことを確認したいのです」
「でも、刑事さんの方が詳しいんじゃありません？　私たちは死んだと思っていますし、連絡を取るなんてことは想像もしていません」
「そうですか。困ったな。容疑者の勾留期限もあり、至急連絡を取りたいんです。もし接触があったら、本官までご一報願います」

第 19 話
謎の森の炎とウラムの秘密

　大黒刑事の携帯電話が鳴って立ち去り、淑子たちは取り残されてしまいました。
　放心状態の八重子と、冷静さを保っている淑子と丈太郎でした。
　姫子は事の真相が掴めないままでした。
「父と母が生きている……」
　そうつぶやいた淑子でしたが、丈太郎は小声で言いました。
「お父さんは、お父さんは霊山で僕を助けてくれたんだ。岩山から転落したときに、頭の上に乗せてくれたんだ。温かい手の感触は今でも僕の中にあるんだ！」
　八重子と淑子、姫子も丈太郎の不憫な思い出に、目を潤ませました。

　祭理屋敷に夕闇が訪れ、飾られた提灯が明るくなりました。
　縞の着物に赤いタスキの男が、キツネのお面をかぶって練り歩き、後ろから太鼓の女性が追いかけています。お面の男は、周囲のお客にちょっかいをして、笑わせていました。
「浴衣姿の女性が多いわね、男性は3割くらいかなー」
　淑子がつぶやきましたが、屋敷の中は人の多さに身動きが取れません。提灯で近くの顔は見えるものの、遠くの人影は見えず何人いるかわからないほどのにぎわいでした。
　芝生の広場に猫がいました。着ぐるみの2人の猫さんは、体をくねくね動かし、両手を握って巻いて見せました。まるで人気のビバルディ劇団の猫のようです。

遠くから「淑子さーん」と声がしました。人混みで誰の声かわかりません。
　人混みの中から2人の男女が現れましたが、男性は清滝で流された夕反田勇でした。
「淑子さん、清滝以来だね。お母さんとお父さんにはお世話になっていたんだ。車を借りて丸森のあちこちを案内したよ」
　淑子は突然の話に、声を出すことも忘れていました。
　丈太郎は、勇と手を握り合う女性に気がついて、挨拶しました。
「こんにちは。勇さんの知り合い？」
　勇は、にこにこ顔で紹介してくれました。
「ガールフレンドの薫子さんだ。ここで知り合ったんだ」
　薫子という女性は、顔いっぱいの笑顔で応えてくれました。
　淑子は勇が彼女と一緒に祭理幻夜かと嫉妬しました。
「1年に一度の夜祭、こんなに人が集まるんなら、毎月やれば？」
　八重子の考えは前向きなのか後ろ向きなのか、よくわからない丈太郎でした。
「一番奥のステージに団圍さんがいるはずよ」
　八重子は早く団圍と会わせたいと、人混みをかき分けます。
「待って、叔母さん、もう少しゆっくり歩きましょうよ」
　紺の縞に菊の浴衣の淑子が、急ぐ八重子の二の腕を掴みました。
「痛いじゃないか、淑子。どうしたんだ？」
　二の腕掴まれた八重子は、振り返って大きな声で言いました。

第19話
謎の森の炎とウラムの秘密

「実は八重子叔母さんに話していないことがあるの」
　八重子から意外な言葉が返ってきました。
「結婚の話かい、薄々感じていたよ」
　人混みでごった返す場所でしたが、八重子は周りの喧嘩に負けまいと大声です。
「団囲さんだからね、別な女に目移りしても不思議じゃないさ」
「どういうこと？」
　淑子は眉間に皺を作り八重子をにらみました。
「聞いたよ。誰かが花嫁列車で言ってたのは、仙台の女が本命だって」
「うそ～」
　淑子はその場にうずくまってしまい、小さな肩を震わせています。
　丈太郎は八重子をにらみつけて言いました。
「八重子おばば。何で淑子姉さんを泣かすんだよ」
　丈太郎が言い終わるが早いか、淑子はワーと泣き出しました。
　丈太郎は目を吊り上げ口を尖らせて、八重子に向かいます。
「わたしゃ、本当のことを言ったのさ。どうもおかしいと思った」
　丈太郎は顔を真っ赤にして反論しました。
「淑子姉さんは言ってたよ、何通もラブレターが来てラブラブだって」
　やり取りを聞いていた淑子が、涙を拭きながら立ち上がりました。
「そうよ！　髪飾りよ。私は負けない」
　淑子はハンドバックから髪飾りを出すと、小首をかしげる仕草で付けました。

「ヨッシー大丈夫なの、団圃さん？」

「丈太郎のラブレターの話で思い出したわ。祭理幻夜でたくさんの浴衣の乙女が集まるから、目印にこの髪飾りを付けてきてほしいと手紙に同封してくれたの。さっき刑事さんとの話で、そのことが飛んでしまっていたわ。ありがとう、ジョー」

丈太郎は涙を拭いて立ち上がる淑子の目に力強さを感じました。

「髪飾りはね、2匹の子猫が愛らしい目で見つめ合っているでしょう。私と団圃さんよ」

祭理屋敷の本屋敷を抜けて、なりわいの蔵と住まいの蔵の間の細道を抜けると、裏門があります。右には納屋の蔵、守りの蔵を見て左奥に時の蔵があります。その前の広い空間には四角い池がありました。縦3m横6mくらいの大きさの御影石造りの池は水深は20cmほどだそうですが、次郎太郎山の湧き水を引き込んでいて掃除の行き届いているきれいな池でした。

お祭りのためか池の3方向に竹で組んだ絵灯篭が飾られ、水面(みなも)のわずかな波が絵灯篭を不思議な形にしています。

池で鯉を見ていると、時の蔵から着ぐるみの猫が2人来ました。

「ゲームしよう！」

丈太郎はねうぺの声にそっくりの着ぐるみの猫に驚きました。

リュックサックのねうじとねうぺの気配が消えていたからです。

姫子が池のほとりで鯉を見ていると、団圃さんが通り掛かりました。

「おお、待っていたぞ。祭りの日なのでごった返しておる」

第 19 話
謎の森の炎とウラムの秘密

　中央には小太りの男性が立っており、周りには小学生の男女が７人いました。手にはハーモニカやリコーダーを持っていて、演奏しながら練り歩いているようでした。
　団圃は姫子の手を取り、引き寄せて接吻をしました。
「ちょっと、なに間違えてんのよ」
　思わず張手をした姫子が団圃を突き離してにらんでいます。
　一番驚いたのは、後ろから来た淑子です。
「髪飾りのことも忘れて、フィアンセを間違えるなんて、最低」
　淑子は怒りに震えているようでした。
　その隣に見覚えのある髪飾りの女性がいることで、団圃は間違って接吻をしたことに気づき、照れ隠しで着ぐるみの猫に声を掛けました。
「かわいい猫さんだね〜」
「うん。おじさんも一緒にゲームする？」
　丈太郎も負けじと団圃に話しかけました。ねうじやねうぺとのクイズでは先輩です。
「淑子の弟の丈太郎です。猫さんと一緒にゲームしませんか？」
　団圃は弟の丈太郎のことは、手紙にたびたび出てくるので初対面とは思えませんでした。結婚式まで時間もあり、嫌われないためにもゲームを一緒にすることにしました。
「ゲームか！　私も好きなんだ。どんなゲームかな？」
　着ぐるみ猫が団圃に話します。
「池の縁に腰掛けて足を水面につけて〜」

第20話
死のゲームに泥魔王と富作が

　汗ばむ夏の夜、着ぐるみ猫や丈太郎の提案に、団圃は子供のように飛びつきました。
　団圃がやるからと、淑子や姫子、団圃の友人がゲームに参加しました。
　淑子と丈太郎は団圃を挟んで御影石の縁に座り、淑子は着物の裾をたくし上げ、下駄や草履を脱ぎ、足袋や靴下も脱いで池の水面に足をつけましたが、気持ちよく感じました。
「ねえ、ゲームどうするの？」
　2匹の着ぐるみ猫は低い声で話しました。
「そして、誰もいなくなったゲーム」
「何それ、ちょっと怖い」
　もうみんな池に足をつけていました。
「ねーねー。ゲーム早くやろう。涼しくって気持ちいいね」
　様々にお喋りしていましたが、丈太郎は青い顔になっていました。これまで色を持たなかった水面の色彩が、うっすらと赤い色を含んで血の色に似た状態になっています。
「おおー、きれいだわー」と口々に声をあげました。
　異口同音に感想が漏れて、みんなは団圃を見ました。
「いつの間に、池に電球を入れて光らす装置を仕組んだんだ。後で褒

第20話
死のゲームに泥魔王と富作が

美をやらねば」

　団圍はうなずきながら自慢げに言いました。

　しかし、池の色はどんどん変化し血の色が濃くなってきて、不気味な色になりました。数人が足を池から出そうとしましたが、水面は離してくれなかったのです。膝の下に手を入れて、足を上げようともがく姿は、事情を知らない人が見れば滑稽ですが、当人たちは事の重大さに言葉を口にすることもできません。右足左足と交互に持ち上げようとしますが、水面はまるで接着剤を流し込んだかのように足裏に張り付いているのです。若い女性の悲鳴が合図になり、ゲーム参加者は口々に声を張り上げました。

「助けてー。足が、足がくっ付いて離れない」

　周りの見学者は異常に気づき、慌てて手を引っ張ります。

　ゲーム参加者は4人掛かりで引っ張られて池から脱出できました。足には怪我や皮膚の変色はなく、痛みもないようでした。

　しかし、団圍と淑子を見ると、膝下まで池の中にはまっています。

「団圍さん、団圍団吾さん、淑子、よしこー」

　みんなは声をあげますが、団圍さんは苦渋に満ちた表情で答えることができません。淑子や丈太郎も同じように池にはまっています。

「猫さん。これがゲーム？」

　丈太郎が話しかけました。

「まだ、始まったばかり」と着ぐるみ猫。

「えっ、ちょっと待って、死んじゃうよ」

「命を賭けたゲームだから」
　腰まで水面に浸かった丈太郎は大きな声で言いました。
「命を賭けるなんて聞いてないよ」
　丈太郎は声を絞り出します。
「池から声が聞こえるだろう。言う通りにしないと死んじゃうぞ」
　着ぐるみ猫は怖い顔で言いました。
「そんなこと言ったって、足が抜けないし、もう死にそうだよ」
　団圃は太ももまで沈み込み、淑子と丈太郎、そして姫子も深くはまっています。
　丈太郎は周りの喧喧や悲鳴を無視して、池の声に意識を集中させました。
〈おおー来たな〉
　池の底からかすかにそう声がしました。
　丈太郎はその声の主に話しました。
「君はだあれ？　助けてください、池の主。もうすぐ結婚式なんです」
〈小僧、俺のつぶやきがわかるのか？〉
「大岩や森の木、小鳥やウリ坊、そして阿武隈川ともお話ししたよ」
〈ふーむ。かわいそうだがな〉
「助けて、助けて、たすけてーー」
　淑子の最後の叫び声が、池の周りで恐怖に震える人たちに届きました。
　団圃と淑子や丈太郎、それに姫子も、胸まで浸かってしまいました。

第20話
死のゲームに泥魔王と富作が

消防団が来て池の水を抜こうとしますが、太いホースがたちどころに詰まってしまいました。
「きゃーーー、きゃーーー、きゃあーーーーーー」
　周りからはあまりの惨状にいくつもの悲鳴があがります。
「淑子、淑子」
　団圃は髪飾りを見て、淑子の顔を両の手で包み込みました。
「淑子とおいらはこうなる運命かもしれない。死んでもよい、あの世で結婚しよう淑子！」
　2人は接吻しました。
「きゃーー、きゃーー」
　周囲の子供たちや浴衣姿の人々が、悲鳴をあげて遠ざかります。
　丈太郎は体が池に引き込まれて、水の中でもがき苦しみましたが、息ができず、手足も動かぬまま、池の水に溶けていきそうでした。
　死ぬ、死んでしまう。そう思ったとき、富作が意識の中に現れました。
「やあ、丈太郎君、大変そうだね」
「富作、助けにきてくれたんだね」
　丈太郎は富作に意識の中で話しかけました。
「いや、違うよ。エントロピーの研究もしていてね。こんなに素晴らしい完璧なエントロピーの増大を見るのは、研究者冥利だからね」
「だから、助けてくれるんでしょう」
「そんなもったいない。エントロピーがどのように増大していくか、

最後はどうなるのか？　ブラックホールの近縁種なのか、結果を記録し検証し次世代の技術革新に生かすのが研究者の務めだからね〜」

　丈太郎は富作には助ける気がないと知り、作戦を思いつきました。
「富作さん、池の中はものすごい化学反応だよ。きれいだー、こんな風景は見たことがない、きっと宇宙一だよー、これを見逃したら研究者として一生の不覚ってやつだよ！」

　富作はリモートで会話していましたが、丈太郎から研究者魂を持ち出されては、リアルで体験するしかないと思いました。
「本当かね、丈太郎君」

　富作が池に入ると、2匹の着ぐるみ猫が飛び込みました。
「ふぅぎゃーー、ぎゃぎゅーー」

　丈太郎はおぼろげな意識の中で気がつきました。
「ねうじとねうぺだ」

　丈太郎は空が一瞬光ったように思い、水の中から上空を見ました。
　空間が膨れて大きな猫が現れました。魔不惑命(まふぁるめ)です。
〈死のゲームもエンディングだ。2匹の息子には責任取ってもらおう〉
　丈太郎の意識は遠のき、死の淵へと来ていました。

　水面は波打ち大きな鯉が暴れているような状態でしたが、やがて静かになりました。

　なぜかその直後、姫子が池から脱出できました。

　しかし、団圃と淑子、そして丈太郎と富作はまだ池の中でした。そして富作が母星の姿のままで池に侵入したことを知る者は誰一人いま

第20話
死のゲームに泥魔王と富作が

せんでした。
　姫子が池を覗き込んで声をあげます。
「よしこー、じょうたろうー」
　丈太郎には姫子の声は聞こえません。富作は本来の生き生きとした姿で、最後とばかりに秘密を暴露しました。
「丈太郎君。池の中はまあまあの色彩だね。もう君の命もあと数十秒だから、最後に本当のお話をしてあげよう。もの言わぬは腹膨る思いだからねー。女神山の宇宙船はね、着陸するとき壊れちゃったから、母星には帰れないんだ。エネルギー機関は無事だったから透明にしたり、私を転送したりする力はあったけどね。もう1つ、乗組員は私1人さ。同僚のウラムパワー研究員なんかいないよ。それは「わ・た・し」だからね。母なる星には地球の女性よりも、もっとかわいくて、もっとグラマーな妻が3人もいて子供は11人いる。しかしそれが原因で揉め事を起こしてしまってね。宇宙船の試運転パイロットだったから、逃げるようにこの星に来てしまった。いわばお尋ね者さ。でもやっぱり故郷は恋しいから、帰りたい一心でウラムの螺旋パワーを起動させようとしたんだ。いいところまで行ったんだが君の友達が螺旋パワーを反転させて鏡像の配置を知ってしまったから、失敗に終わったのは残念だよ。姫子さんも美しい女性だから母星でのほとぼりが冷めたら連れて帰るが、もう少し2人でこの星を楽しもうと思っているよ」
　丈太郎は、意識を失いかけていましたが、その片隅で魔法のような科学がいやになっていました。

「あっ、それから祭壇岩のことを最後にお伝えしよう。あの岩がなぜ膨れ上がったか？　実はね。先輩たちの実験台になったのだよ、あの岩石はね、我々の作ったマイクロロボット数百万台の格納庫なのさ。ふわふわ苔は、マイクロロボット数千台が集まって、浮力を活かして、移動するための手段だった。

　今は消滅して祭壇岩はもぬけの殻だ。9匹の狼の出現には驚いただろう。あれは宇宙船のオールドアプリケーションが、君たちが行った時空のたたら製鉄で自動起動したんだ。先輩の技術は見事さ。これは君だけへの僕からの贈り物。死ぬ前のね〜ははは、ははははは」

　丈太郎は怒りさえ表現できないほどに追い込まれていました。
　淑子は体の中の酸素を使い果たし、池の水を飲み、意識がなくなっていました。団圃は、かろうじて石垣に掴まって、周りのみんなに引き上げられました。
　丈太郎は怒りで体が熱くなってきましたが、金縛りのようになって動けません。意識が遠のいてくるのを感じましたが、下を見ると恐ろしい光景が見えました。人間とは思えない姿の富作が、両手両足を2匹の猫に抑え込まれ、やがてどす黒い物体に覆われて、見えなくなっていったのです。
　丈太郎は呼吸ができず、意識が薄れていく中で淑子が危ないと感じました。
「ヨッシーを助けてー、まふぁるめー、ねうじー、ねうぺー」

第20話
死のゲームに泥魔王と富作が

「今度こそ、本当の死だ」
　全く音がない世界になりました。
　スローな動きになり逃げ出したいのに手足が動かず、言葉を出すことができませんでした。
　音のない状態がどのぐらい続いたのか、丈太郎にはわかりませんでした。
　池が赤からだんだん金色のような色に変わり振動が起こりました。
「ぶうーーおおおん。どどどおーーん。ごごごーーーーん」
　何かが壊れるような、何かが別な何かに変わるような、今まで感じたことのない振動を丈太郎は体験しました。その振動は地震のように足元を揺らし、池の周囲の人々もしゃがみこむほど大きくなりました。
　やがて、池からジェット機でも飛び出すような大きな音が響き渡り、光が出て周囲の人は耳をふさぎ目をつぶりました。
　2つの塊が池から飛び去っていったことには、誰もが気がつきませんでした。
「ゴゴゴゴーーーー。ぎゃああー。ぎやーああああーーー」
　池の奥底から悲しい響きが湧き上がり、音と光が収まりました。
　淑子は池の縁に手を掛けて顔を水面から出し息を吹き返しました。
「助かった。助かったわ」
　屋敷内は以前と同じ風景で、池の水面も静かでした。
　池の周りの絵灯篭が暗闇を背景に鮮やかでした。
「丈太郎がいない。丈太郎ー、ジョウタロー」

317

淑子は涙まみれの顔で池に向かいますが、団圃に止められました。
　姫子が大きな声で言いました。
「富作さんが助けてくれたんです。ウラムパワーも止めて地球を救ったヒーローなんです」

　丈太郎は池の端でみんなを遠巻きにしながら考えていました。
「みんなの声は聞こえるのに、話しかけても振り向いてはくれない」
　周りを静かに観察しました。東の空が明るくなってきましたが、周囲の人々も、時間の経つのを忘れていたようでした。無音の時間の間は、きっとここだけ時間が止まっていたに違いありません。もう日の出の時刻なのに、周りの人たちは同じ顔ぶれのままです。
　淑子は祭理御殿の庭から西の山裾を何気に見ました。小高くなっていて、細道がありました。昨夜は暗くて気が付かなかったのですが、細道からも団圃と小学生の合奏が聴けたようです。同じ空間に見慣れた２人がいるのに淑子が気づきました。
「お母さん、お父さーん」
　２人には淑子の声が聞こえなかったのか、細道を奥へと歩く背中が見えました。
　しかし、淑子は思いました。
「父母と同じ町にいるから、きっとどこかで会えるはずだわ」
　嬉しい気持ちになり団圃に飛びつきましたが、団圃は自分のことと思い抱擁し接吻しました。

第 20 話
死のゲームに泥魔王と富作が

　姫子は2人の長いキスが終わるのを待って、婚約者の富作のことを団圍に相談しました。
「団圍さん、富作さんはね、団圍さんと淑子、それに私を池から助けたヒーローなのよ。どこに行ったのかな〜探すのを手伝って！」
　明け方に近くなり人通りが少なくなってきました。
　淑子は池に向かって叫びました。
「ジョーター。ジョーター」
　姫子も悲嘆に暮れて叫びました。
「富作ー、どこにいるのー？　戻ってきてー」

　次の日、結婚式が1組ありました。仙台の花嫁さんと団圍さんの叔父さんの団圍団是さんの結婚式でした。
「私たちは結婚はするが、丈太郎君が見つかるまで式は延期しよう」
　提案してくれたのは、団圍氏でした。
　祭理御殿の離れに居を構えることになった淑子は、御影石の池のほとりにいました。
　ふと御影石の池を見ると水面に目がありました。
　恐怖で体が震えましたが、池からのかすかに声に耳をすませました。
〈淑子。お前の友達はひどいやつだな〉
「え、誰のこと？」
〈ほら、富作とか〉
「友達じゃないわよ」

〈知り合いか〉
「違うわよ、友達でも知り合いでも、近所でもないわ」
〈だよな〜、この世のものとは思えんひどいやつだった。そうか、友達じゃないんだな。実は富作とやらに、エントロピーの増大をしてしまった〉
「えっ？　どうして。あなたは泥魔王さん？」
「そう、よくわかったな」
「で、富作さんをどうしたの？」
〈我慢がならんやつだ。嘘ばっかり言う。だからお前たちが言う分子化で存在をなかったことにした〉
「え、死んじゃったの？」
「泥のように眠らせたのさ」
「そうなの！　2匹の猫が池に飛び込んで、その後現れないんだけど知ってる？」
〈実はな、猫族とは古い友人でなー。共同作戦で富作をおびき出すことにしたんじゃや〉
　淑子は死ぬ思いをした池の中を、思い出していました。
「丈太郎は、生きているんでしょう？」
〈丈太郎は、霊山の山から落ちて死んだ〉
「嘘。嘘おっしゃい！」
〈高子の城跡から落ちて死んだ〉
「嘘だわ」

第20話
死のゲームに泥魔王と富作が

　淑子は、わーっと声をあげて泣き出しました。
〈そして、あの池でもな。ふっ、ふっ、ふっ、ふっ、ふっ〉
　泥魔王は不思議な笑い声を残して、消え去りました。

　一方、別な世界で丈太郎と泥魔王は笑っていました。
〈真っ暗なところに引きずり込んですまんかった〉
　泥魔王は丈太郎にお詫びをしました。
「でも、僕には見えたよ」と丈太郎。
〈何が見えた？〉
「きれいな世界が」
〈二度も蘇らせたが、池の中でもう一度死なせてしまった〉
「えっ、そうなの、僕は死んでしまったの？　でも覚えているよ」
　泥魔王は無言です。
「そうだ！　大きな猫さんはねうじとねうぺだよね？」
　丈太郎は猫たちのことが心配で眠れなかったのです。
「天空の大猫神様、教えてください。ねうじとねうぺは生きているの？」
〈ジョーター、他の心配してる場合か！〉
　泥魔王が厳しい言葉を浴びせますが、丈太郎は意に介しません。
「ねうじー、ねうぺー」
　天空に向かって丈太郎は声を張り上げました
　御影石の池の隣には時の蔵があります。

２匹の子猫が時の蔵の屋根から少年を見守っていました。
「にゃーん。にゃあー」
　黒猫が鳴きました。
「にゃーーーん」
　三毛猫も鳴きました。

　聞き覚えのある猫の鳴き声に丈太郎は顔を上げました。
「ねうじー、ねうぺー」

　　　　　　　　　　　　　　　　　お　わ　り

〈著者紹介〉

ホシヤマ昭一 (ほしやま しょういち)

福島市出身。
前書『月影に松島』は、一部の観光客から絶賛。宮城県を中心に多数販売され、現在、ネットショップでも販売が続く。他にも短編小説を企画中。第二作の『振袖の謎森』は阿武隈急行が大好きで何度も乗車し、途中下車も繰り返して調べ尽くした力作です。中心の丸森町はファンタジーで表現したいとの思いで小説を実現しました。

振袖の謎森
勘違い淑子と丈太郎の不思議な花嫁列車物語

2025年4月23日　第1刷発行

著　者　　ホシヤマ昭一
発行人　　久保田貴幸

発行元　　株式会社 幻冬舎メディアコンサルティング
　　　　　〒151-0051　東京都渋谷区千駄ヶ谷4-9-7
　　　　　電話　03-5411-6440（編集）

発売元　　株式会社 幻冬舎
　　　　　〒151-0051　東京都渋谷区千駄ヶ谷4-9-7
　　　　　電話　03-5411-6222（営業）

印刷・製本　中央精版印刷株式会社
装　丁　　野口 萌

検印廃止
©SHOICHI HOSHIYAMA, GENTOSHA MEDIA CONSULTING 2025
Printed in Japan
ISBN 978-4-344-69165-0 C0093
幻冬舎メディアコンサルティングHP
https://www.gentosha-mc.com/

※落丁本、乱丁本は購入書店を明記のうえ、小社宛にお送りください。
送料小社負担にてお取替えいたします。
※本書の一部あるいは全部を、著作者の承諾を得ずに無断で複写・複製することは禁じられています。
定価はカバーに表示してあります。